U0136913

世間何物似情濃
——古典言情名劇新探

林宗毅 著

臺灣 學生書局 印行

世間何物似情濃
——古典言情名劇新探

目　次

序說
言情與研情──以《西廂記》、
《牡丹亭》、《長生殿》爲主軸

　　選擇「世間何物似情濃」作為書名的標題，乃因書中所收論文共同的特質都是「言情」，更可以看出是以《西廂記》、《牡丹亭》、《長生殿》為主軸，三者也是我曾開過的選修課程「西廂記」、「牡丹亭」、「長生殿」，長時間浸淫其中，筆端自然也緣此生發。基於生命秉性多愁，喜流連於「情而已」，最初碩論的研究對象本是《鳴鳳記》，再三讀之，終究藉口前不久才有他校研究生寫過，而迎來了《西廂記》，這算是「有情的都成了眷屬」嗎？

　　挑選進來的十三篇論文，都曾是會議論文，修改後也有十二篇先後發表於各期刊或收入會議論文集（參見本〈序說〉文末附註）。成書後的篇名，幾經斟酌，若要全部一一更動，構成章節形式或清楚反映所有探討子題，都有其困難，參考一些師長們的論文集或專書，決定以論文集的樣式呈現，不另包裝，以免扞格或彆扭，且保留發表於期刊或收入論文集時的篇名，當成一份樸樸實實的學思紀錄。

　　收錄的論文篇目及順序如下：

1.《西廂記》「三復情節」釋例

2.論《西廂記》主要人物的智謀

3.重評李日華《南西廂記》

4.《繡襦記》三題新論

5.《懷香記》與「西廂」故事之關係新探

6.《明珠記》三題補論

7.《西樓記》研究的幾點補論

8.《才子牡丹亭》與《西廂記》之關係試探──以「褻喻」、紅娘、鶯鶯為討論中心

9.《牡丹亭》之情理衝突與翻轉──兼論「文房四寶」與「花間四友」之寓意

10.論《牡丹亭》中的夫妻之情及其意義

11.再談《牡丹亭》「柳」、「梅」意象

12.論《長生殿》之〈獻髮〉、〈進果〉、〈疑讖〉、〈偷曲〉及其相關改編問題

13.《驚鴻記》對《長生殿》的幾點影響之新論

　　〈《西廂記》「三復情節」釋例〉一文，論題靈感得自於大陸學者杜貴晨認為中國古代小說多有從形式上看來經過三次重複才能完成的情節，借《論語‧先進》：「南容三復白圭。」一句，謂之為「三復情節」。閱讀、研究、教授《西廂記》、元雜劇選讀多年，甚早已留心到北曲《西廂記》及其他元雜劇運用「三復情節」的手法極頻仍，只是尚未慧眼覷及、靈手捉住「三復」一詞以稱之，此篇即借《西廂記》釋例並論其運用之妙。爾後，更指導研究生謝睿德完成《元雜劇中「三復情節」與「三事話語」之運用研究》（2012.6）。

〈論《西廂記》主要人物的智謀〉探討的是《西廂記》主要人物的智謀。細讀《董西廂》、《西廂記》二者文本及其相關研究文獻，發現《董西廂》的人物塑造，並不在「智謀」這方面著力，而學界也未曾從此一角度去發掘《西廂記》的創新手法。因此，如何發掘《西廂記》主要人物的智謀，對人物思想行為或故事情節的詮解就非常重要。論述的方式，是先個別找出《西廂記》主要人物智謀的表現，且以新的角度切入詮證。繼而回頭至《董西廂》去驗證這些塑造或刻畫是否出於《西廂記》的原創。

而經對照分析，驗證了《西廂記》主要人物的智謀，除了紅娘較相近，張生、崔鶯鶯、崔老夫人之智謀或陰謀形象，確實是《西廂記》創造、刻畫出來的。在人物彼此的鬥智中，除崔老夫人常功敗垂成外，其他三人則有達成智謀之預期目的。而本論文的撰寫，也運用了〈《西廂記》「三復情節」釋例〉中的許多例子證成，故兩篇有承繼之關聯。

〈重評李日華《南西廂記》〉一文，是有感於明代劇作家李日華《南西廂記》自問世以來，實在罕見對它有所肯定的評價。本文認為應不全然如古人所評，其中可商榷處亦復不少，筆者首先列表統計南北《西廂》曲牌數之多寡，從表中數字所透露之訊息，推測方便南方吳人清唱演出是其改編動機，曲文之刪繁就簡是其改編原則。明乎此，繼而以十一例論其得失。發現某些曲文之弊，或古今共見，不容多所迴護，然竊以為有些情節更動，卻是補了王實甫《北西廂》之罅漏，或有曲文、情節疑義（不一定是敗筆），李日華以己意疏通明朗化，後者之功過較有爭議，但悉以「創作」標準論斷其功過，難免過激或不公。經由諸例之探討、舉證，可以探知李日華改編的原則與透過此一原則

所達到的由雅奧繁密趨於通俗朗豁的文字風格傾向，其苦心應不容抹煞！

〈《繡襦記》三題新論〉要探討的問題，首先是《繡襦記》中李亞仙繡羅襦、剔目勸學之關目，過去學者也討論過，但總是視為兩件事，沒能整體來看它們所代表的一個不容分割的意義。次者，分析《繡襦記》與《西廂記》之間的關係，這是沒有人做過的研究課題，是筆者在閱讀明清傳奇時的發現，卻成為此後必留心之處。第三，則是借用清代洪昇《長生殿‧自序》的一段話，解說《繡襦記》中「樂極哀來」及「情悔」的轉折寓意。

所得的結論：第一，李亞仙繡羅襦，是從良願望的具體象徵。「剔目」則是為了維護即將圓滿的婚姻所使用之激烈手段，目的在「勸學」；而「勸學」在使鄭元和得功名，以回返人倫及社會，繼而使婚姻得到保障。而從過往「刺目」的記載來看，徐霖刻畫李亞仙剔「一目」的可能性較大，以不影響婚姻生活為原則。也就是說，從繡羅襦到剔目勸學的過程，都在呈現李亞仙脫娼從良，完滿幸福的人生奮鬥；間接讓依違於情理的鄭元和也有圓融的前程與下場。第二，《繡襦記》中除了淵源於〈李娃傳〉的人物與細節，還有一些曲文是來自《西廂記》，其作用就像劇中劇，對劇情有相輔發酵之功。有的曲文賓白完全一樣，有的略有轉化，更有的似無痕跡可尋，經爬梳解析後，對人物的婚戀進展是有其增豔加分效果的。且《西廂記》對言情傳奇及小說的影響，是值得去細細挖掘的，如其之於《懷香記》、《西樓記》或《紅樓夢》等等。第三，以洪昇《長生殿‧自序》的一段話解說《繡襦記》，反更能襯托出《繡襦記》鄭李愛情中的迷失與知返，同樣是有一「樂極哀來」的歷程，也同樣有知悔的體悟，且

適足以顯其情深。

〈《懷香記》與「西廂」故事之關係新探〉主要探討《懷香記》與「西廂」故事之雙向關係,所謂「雙向關係」是指,《懷香記》所改編的「韓壽偷香」故事在流傳的過程當中,極有可能先影響〈鶯鶯傳〉和《西廂記》部分情節的形成;而不單單只是「西廂」故事影響了《懷香記》許多情節的編撰,兩者實呈現極為巧妙的「雙向」關係。當然,其中也印證了《西廂記》對《懷香記》的影響之深遠,不僅在情節的相似,兼隨處可見《懷香記》作者對《西廂記》曲詞的熟稔,安插於字裡行間,與其創作《南西廂記》的不襲一語之悍志,終究宣告兩劇皆雙雙失敗。再者,《懷香記》也絕非只有「西廂」故事的影響,本身「韓壽偷香」故事亦實質在情節編撰上起著作用。因此,應該這麼說:《懷香記》至少是「西廂」故事和「韓壽偷香」故事交互影響下的作品。

〈《明珠記》三題補論〉旨在針對《明珠記》的三個論題,提出個人的一些見解,以為商榷或補正,論題綱目如下:(一)作者問題與創作動機商榷、(二)關目改編的討論──以〈煎茶〉為例、(三)「明珠」的精神內涵與物質價值。

以上三題的討論,首論「作者問題與創作動機商榷」,主要借力於前賢徐朔方的《晚明曲家年譜》,以及前輩王夢鷗的《唐人小說校釋》,兩相結合,所作的補充推論。次論「關目改編的討論──以〈煎茶〉為例」,是對古代戲曲理論家李漁的說法略作商榷,發現陸氏、李漁各有其著眼點,從傳奇體製、腳色戲份的對稱而言,也許較能給予陸氏公允的評價;也從比對中指出李漁改本可能另藏其他意圖在內。末論「『明珠』的精神內涵與物

質價值」，是關於「表記文學研究」，本文除釐清「明珠」確為原本事小說所無，也試圖進一步找出它轉化而來的歷程，以凸顯《明珠記》在同類作品中的獨創性。總之，這一番自圓其說，盼能對舊說有所補正。

　　〈《西樓記》研究的幾點補論〉著重在《西樓記》與《西廂記》之關係的論述，兼論及與《牡丹亭》的比較，以及對大陸學者陳多的幾點看法，提出一己的另解，得到的結論是，《西樓記》從其故事淵源、情節安排與筆法、故事流傳衍生的傳說等等，無不有《西廂記》的影子，可說是戲曲史上極為奇妙的「隔代」遺傳！《西樓記》與《牡丹亭》聯想在一塊的原因，除皆言「情」之外，還有「夢」，以及男女皆由生而死，由死而復生，但兩人其實都只是休克、暈厥，並未真正死去，如此，自然無所謂「死可以生」，更無起死回生的奮鬥過程，當然就遠遠不及《牡丹亭》了。至於大陸學者陳多所提三點：《牡丹亭·驚夢》和《西樓記·錯夢》可稱為明傳奇中寫夢的雙璧；《西樓記》較《西廂記》、《牡丹亭》有所前進之處，在於男女相悅不是非常講求才貌相稱；〈巧遘〉一齣，胥長公手刃池同、趙伯將，為于鵑報仇之舉，有三點可議。經本論文論辯之後，筆者認為《西樓記·錯夢》與《西廂記·草橋驚夢》亦可相比，且更能凸顯〈錯夢〉之「幻」。《西樓記》之男女相悅的同時，也是講求才貌相稱的。胥長公手刃池同、趙伯將一事，若從以惡人之由生步向死，大有反襯生且生死盟誓、起死回生之相逆發展，未嘗不好！除以上，最後則有針對輕鴻之死，提出「徐夫人匕首」用典之說，或可供思考。這篇論文，採取特別的觀點切入，希冀對古代的作品研究，起到些微補論的效果！

　　〈《才子牡丹亭》與《西廂記》之關係試探〉一文，探討的是《才子牡丹亭》這部罕見而有獨特見解的《牡丹亭》評本後附錄的〈《西廂》並附証〉。而元雜劇《西廂記》與清人戲曲評本《才子牡丹亭》，就如此巧妙地藉由明湯顯祖《牡丹亭》居間媒介，有了極為奇特的連結。透過吳震生、程瓊夫婦的評點，發現其對《西廂記》的解讀有幾點是相當特別的：一是延續對《牡丹亭》曲文、賓白處處皆「男女二根」的「褻喻」說法，《西廂記》也被如此「情色想像」、解讀。二是認為《西廂記》只深寫一紅娘，且強調紅娘深解性事，欲與鶯鶯共事張生，這應該與批者吳震生、程瓊夫婦提倡「對食」有關。三是鶯鶯情欲的自主性被強化，緣於對毛大可批本《西廂記》說法的吸納，而金聖歎批本《西廂記》「秉禮」的鶯鶯未受肯定，應與《才子牡丹亭》抨擊「賢文禁殺」有密切的關聯；然而，金批本並不全然被排斥，若與《才子牡丹亭》旨趣目標一致者，仍會熔冶於一爐。

　　〈《牡丹亭》之情理衝突與翻轉──兼論「文房四寶」與「花間四友」之寓意〉要探究的論題有二：一是《牡丹亭》中的情理衝突，〈作者題詞〉云：「嗟夫！人世之事，非人世所可盡。自非通人，恆以理相格耳！第云理之所必無，安知情之所必有邪！」筆者欲另闢蹊徑，從人物杜麗娘一夢而亡後，逐一以情動之的對象及過程，亦即經歷胡判官、柳夢梅、石道姑、杜母、春香、陳最良、皇帝、杜寶等人，將這些人從以理相格的思考模式，逐一扭轉成以情相推究，最後，更由客觀事理與主觀情思之異，轉為傳統禮教與自由意志之爭，僵持不下，實為情理衝突之最高潮，也是湯氏情理不相容的思想體現！二是《牡丹亭》除場上盛演不輟外，作為案頭文本閱讀，有些改本或折子戲刪去的內

容，並非糟粕，實更具深意，如「文房四寶」、「花間四友」，前者可反映陳最良之迂腐及不懂夫妻情愛。湯顯祖更藉【尾聲】「女弟子則爭箇不求聞達，和男學生一般兒教法。」反諷男女其實差異是甚大的，如果是這個意思，「文房四寶」就成必要的伏筆。後者借花間四友所投胎者皆與春天有關，暗指杜麗娘之罪亦與春天有關。「花間四友」之稱，則與元喬吉《杜牧之詩酒揚州夢》及《李太白匹配金錢記》有極為明顯的承繼關係，也都與婚戀有關。其中蜜蜂更與第七齣〈閨塾〉「蜂穿窗眼咂瓶花」相承接。也有討論《牡丹亭》「局部」改編的狀況，如〈驚夢〉結尾處，杜母或春香喚醒杜麗娘，對主題的體現是不一樣的。〈驚夢〉安排杜麗娘回房作夢，為的就是母親來找她，且驚醒她！兼用了極弔詭的手法，輔以極合「理」的另一病因，驚嚇到「潑新鮮冷汗粘煎，閃的俺心悠步嚲，意軟鬏偏。」反顯得「理」才是真正戕害身心自由的主因！

　　〈論《牡丹亭》中的夫妻之情及其意義〉著重的是，以劇中「夫妻」為組別，討論其夫妻關係和互動情形，共六組夫妻、一組夫妾：柳夢梅與杜麗娘、杜寶與甄氏、李全與楊婆、陳最良與其妻（未出場）、石道姑與其夫（未出場）、秦檜夫妻鬼魂（皆未出場），兼論武官與小奶奶（妾，未出場）。可以看出湯顯祖在詮釋不同類型的婚姻，柳夢梅杜麗娘是作者筆下最理想的「夫妻」類型，假設遭遇如石道姑婚姻般陰陽不諧、無子、納妾等世俗問題，應該也有足夠的智慧與深情去化解。杜寶甄氏一類傳統夫妻，理勝於情、甚至過度節制情，或者如陳最良者，視妻如無物，從不正視或關心，才是作者要批判的。七組之中，另有李全楊婆夫妻，引申出的歸隱情結；秦檜夫婦寓含的讒譖之敗

德；武官物化他的妻妾等等，適足以說明此劇所含意義的深刻！

　　〈**再談《牡丹亭》「柳」、「梅」意象**〉一文，由於論題涉及故事淵源的考證，所以，本論文先釐清《牡丹亭》的因襲，再談它的創新。確定關乎杜麗娘的故事，「折柳」是因襲，「弄梅」是新創，兩者基於「柳枝」寓有「復活」及「容止」的特性，進一步推論出柳夢梅必得「持柳」，杜麗娘也只能「弄梅」，窺知可能來之於典故的制約。

　　湯顯祖《牡丹亭》中的「柳」、「梅」意象雖源於〈杜麗娘記〉中的「折柳」與「梅樹」、「梅子」，且在《紫簫記》、《紫釵記》等愛情劇作中，已約略有柳梅或美人立梅下、手撚玉梅或嗅青梅的場景。但其他托寓之意卻是直到《牡丹亭》才具備且創新的，即與柳之「復活力」有關，在這「死而復生」的故事模式中，「柳」占有極關鍵之地位；而它也是男子容止的借喻，這就確立了「折柳」一方的固定，續而從典故的窺探得知「弄梅」另一方的固定，可能有「青梅竹馬」之喻，後「竹馬」有換替為「楊柳」之跡象；以及可能承自《紫釵記》中的「梅者，媒也」、霍小玉「手撚玉梅」、「也撚青梅做嗅」形象。另一方面，白樸的《裴少俊牆頭馬上雜劇》之「落紅」、「殘花」也為湯氏所承襲，轉為杜麗娘「身似殘梅」的惋歎，遂成今日閱讀文本的面貌。

　　綜觀「柳」、「梅」意象的因襲與創新，除受流傳的杜麗娘故事影響，也轉益自其他文本或典故；同時也在《紫簫記》、《紫釵記》等劇作中醞釀、發展，至《牡丹亭》中匯為一體，凸顯「柳」、「梅」意象在湯氏愛情劇中所起的作用，這在其往後《南柯記》、《邯鄲記》等出世思想劇中是看不到的。

　　〈論《長生殿》之〈獻髮〉、〈進果〉、〈疑讖〉、〈偷曲〉及其相關改編問題〉處理的問題有三：一是從曹操「割髮代首」的故事，談洪昇《長生殿》的〈獻髮〉與〈進果〉是否受到這個故事的影響或啟發？並兼論高力士形象的塑造，是否也受到間接影響？二是談〈疑讖〉改為〈酒樓〉之後，有的演出本進一步加工改編，探討其變化如何？三是「李謩偷曲」故事淵源何來？李謩此一人物在《長生殿》中的作用如何？

　　經探討分析，結論如下：首先，三國時曹操「割髮代首」的故事，「割髮」與《楊太真外傳》原有的「剪髮」轉為《長生殿》中的「獻髮」，「割髮」的肇因「馬騰入麥中」轉為〈進果〉中的「踏苗踐人」，並結合原先的進貢荔枝情節，最後再將「曹瞞詐術深」移往高力士身上，豐富細緻化這個腳色！再者，今本折子戲〈酒樓〉之局部加工改編，使本齣不再是以讖詩預言楊貴妃馬嵬坡之死為主，而是為腳色（郭子儀）量身打造的一齣戲，不僅道出郭子儀的人生浮沈，可能也道出了與其相似不遇的許多人共同心聲，甚至奢望「不次擢拔」。第三則探討李謩偷曲的故事淵源及其在《長生殿》中的作用如何？發現李謩相關的改編素材，理應有元稹的〈連昌宮詞〉在內。而李謩也貫串了長安、馬嵬坡、金陵三地的十年人事，其作用顯在於抒發天寶興亡之黍離滄桑！並與劇中《霓裳羽衣》曲的傳播路線、李楊情緣回歸天庭、《長生殿》流播人間有關。人世間的傳播路徑非止於李龜年而已，而是由偷曲未全的李謩來完成這個傳曲任務。最終，使得《長生殿》永久流傳的冀望，與唐明皇、楊貴妃情緣歸宿於永恆之境相呼應！

　　〈《驚鴻記》對《長生殿》的幾點影響之新論〉一文，旨

在探討李、楊故事中明傳奇《驚鴻記》對清傳奇《長生殿》的影響，傳統大都只就白居易〈長恨歌〉、白樸《梧桐雨》與《長生殿》的關係或洪昇自言取材《天寶遺事》等書入手，對於洪昇〈自序〉中所提唯一一本明代傳奇《驚鴻記》似都不以為意。筆者深入追蹤後發覺《驚鴻記》對《長生殿》情節轉化可能強過以往聚焦的幾本相關文本，至少有如下幾點值得探討：（一）洪昇所謂《驚鴻記》「未免涉穢」，與今之所見似有所差距，應予以深入辨正；（二）洪昇三易稿《長生殿》，第一稿以李白為主角；第二稿入以李泌輔肅宗中興事，今之第三稿中前二者幾已略去，卻可在《驚鴻記》裡清楚見到，兩本劇本之微妙關係至今無人詳細論及；（三）《長生殿》釵盒情緣與樂極哀來的主題，後者很可能是承自《驚鴻記》而來；（四）結尾李、楊前身皆是仙胎，尤其唐明皇突被冠以孔昇真人稱號，兩本如出一轍，皆無前兆；（五）其他如《驚鴻記》梅妃的被貶及南宮遇楊與《長生殿》〈傍訝〉、〈獻髮〉、〈絮閣〉等幾齣非常類似；《驚鴻記》的貢梅改貢荔枝與《長生殿》之進荔枝果幾可說是雷同。以上為筆者窺及的幾點較重大之論見。

　　從以上的摘要式說明，可以窺知，是以《西廂記》、《牡丹亭》、《長生殿》三部言情名劇為主軸排序，前八篇可以看出以《西廂記》為中心，次及相關的《南西廂記》，再接以討論受到《西廂記》影響的幾部明傳奇；也把寫過《南西廂記》的陸采其他作品作了一番補論。銜接《牡丹亭》之前，還安排了一篇討論《才子牡丹亭》與《西廂記》之關係的論文。《西廂記》相關論題占了本論文集一半的篇幅，說明碩博士論文以來，對《西廂

記》關注的研究方向並未改變，從版本、評點、校注與改編本之探討，漸擴及《西廂記》與其他劇本的關係之研究。《牡丹亭》、《長生殿》則是後起的研究方向，有些論文篇幅稍短或尚待修改擴充，暫時沒收進來；就現有幾篇檢視，故事淵源或意象轉化來源，或者關目之改編，以及情之言訴等等，也都有與《西廂記》研究焦點相呼應之處。再者，各篇命之以「新論」、「新探」、「補論」、「試探」等等，說明了企圖所在。也請方家不吝批評與指正！

筆者個人很珍惜這些論文，以及非學術的課餘紀事、抒情雜文、照片，因為它們是在失眠與憂傷長期強烈侵占大半生活版圖的情況下，奮力掙脫出來的，算是身心戰火中的倖存者，也許奮筆疾書之後，除檢視學術成果外，希望也能從艱辛的歷程中體念生命的既弱且韌！

附註：各篇論文原宣讀及發表出處

1. 〈《西廂記》「三復情節」釋例〉，原宣讀於 2004/5 靜宜大學中文系第三十二次教師學術論文研討會，後發表於 2006/7《文學新鑰》，第 4 期。

2. 〈論《西廂記》主要人物的智謀〉，原宣讀於 2022/12 靜宜大學中文系第六十九次教師學術論文研討會，後發表於 2023/4《藝見學刊》，第 25 期。

3. 〈重評李日華《南西廂記》〉，原宣讀於 2004/5 南華大學文學系第一屆明清文學與思想學術研討會，後發表於 2004/7《文學新鑰》，第 2 期。

4. 〈《繡襦記》三題新論〉，原宣讀於 2016/6 靜宜大學中文

系第三屆明清文學學術研討會。

5. 〈《懷香記》與「西廂」故事之關係新探〉，原宣讀於 2011/8 北京明代文學與文化國際學術研討會，後收入 2014/11《明代文學研究的新進展：2011 明代文學與文化國際學術研討會論文集（精選）》。

6. 〈《明珠記》三題補論〉，原宣讀於 2011/9 靜宜大學中文系第一屆明清文學學術研討會，後收入 2011/10《靜宜大學中國文學系第一屆明清文學學術研討會論文集》。

7. 〈《西樓記》研究的幾點補論〉，原宣讀於 2015/6 靜宜大學中文系第五十四次教師學術論文研討會，後發表於 2015/10《藝見學刊》，第 8 期。

8. 〈《才子牡丹亭》與《西廂記》之關係試探——以「褻喻」、紅娘、鶯鶯為討論中心〉，原宣讀於 2013/8 復旦大學明代文學國際學術研討會，後發表於 2014/4《藝見學刊》，第 7 期。

9. 〈《牡丹亭》之情理衝突與翻轉——兼論「文房四寶」與「花間四友」之寓意〉原宣讀於 2019/10 靜宜大學中文系第四屆明清文學學術研討會，後發表於2019/10《藝見學刊》，第 18 期。

10. 〈論《牡丹亭》中的夫妻之情及其意義〉原宣讀於 2015/8 首都師範大學明代文學思想與文學文獻國際學術研討會，後發表於 2016/10《藝見學刊》，第 12 期。

11. 〈再談《牡丹亭》「柳」、「梅」意象〉，原宣讀於 2017/12 靜宜大學中文系第五十九次教師學術論文研討會，後發表於 2017/12《藝見學刊》，第 14 期。

12. 〈論《長生殿》之〈獻髮〉、〈進果〉、〈疑讖〉、〈偷曲〉及其相關改編問題〉，原宣讀於 2020/6 靜宜大學中文系第六十四次教師學術論文研討會，後發表於 2020/10《藝見學刊》，第 20 期。

13. 〈《驚鴻記》對《長生殿》的幾點影響之新論〉原宣讀於 2009/8 湘潭大學明代文學年會暨明代湖南文學國際學術研討會，後發表於 2011/11《中國語文學刊》，第 4 期。

《西廂記》「三復情節」釋例

一、前言

　　所謂的「三復情節」，是大陸學者杜貴晨於一九九七年左右提出來的，「三復」一詞借自《論語・先進》：「南容三復白圭。」一句，認為中國古代小說多有從形式上看來經過三次重複才能完成的情節，大者如《三國演義》的「劉玄德三顧草廬」、《水滸傳》的「宋公明三打祝家莊」、《西遊記》的「孫行者三調芭蕉扇」，小者則如《儒林外史》中周學道三閱范進試卷或范進三笑而瘋的描述，也算是「三復情節」之運用。但其有一限義是「這種情節的特點是：同一施動人向同一對象作三次重複的動作，取得預期效果；每一重複都是情節的層進，從而整個過程表現為起——中——結的形態。」本文實際論證時，這一「但書」並不嚴格遵守，畢竟文體不同，理論體系尚未建立之際，應容許百家爭鳴。

　　而「三復」為何會成為寫作上的一種慣例，杜先生在其〈古代數字「三」的觀念與小說的「三復情節」〉和〈中國古代小說「三復情節」的流變及其美學意義〉兩篇文章[1]搜證極多，竊以

---

[1]　兩篇論文，收入杜貴晨《傳統文化與古典小說》，河北大學出版社，

為底下一條引文最具代表性:

> 《禮記‧曲禮上》:「卜筮不過三。」孔穎達疏:「卜筮
> 不過三者,王肅云:『禮以三為成也,上旬、中旬、下
> 旬,三卜筮不吉,則不舉也。』」

從「禮以三為成」引申而來的人情世故——「事不過三」或「無三不成禮」,小說既多為人情世故之反映,當然也會有此約定俗成之情節描述與安排。[2] 而「三復情節」在戲曲中雖不如小說盛行,卻也不乏見,如據莊一拂《古典戲曲存目彙考》[3] 所錄,從劇名可判定為「三復情節」者,觸目可拾,如《三難蘇學士》、《三遷記》、《包待制三勘蝴蝶夢》、《呂洞賓三醉岳陽樓》等等。且度脫劇運用「三復情節」情況最多,如《王祖師三度馬丹陽》、《呂洞賓三醉岳陽樓》、《月明三度臨歧柳》、《韓湘子三度韓退之》、《韓湘子三赴牡丹亭》等等,縱使如《風雨像生貨郎旦》般劇名未見「三」者,亦可見其第二折【沽美酒】前賓白中之科範提示有「(三喚科)」、第三折【么篇】後賓白中之科範提示亦可找到「(三喚)」,兼於第二折情節中,李彥和落水乃是遭妓女張玉娥及魏邦彥合謀算計所致,作者分別以「(外

2001 年 7 月,1 版 1 刷。

2 杜先生曾就江蘇省社會科學院明清小說研究中心所編《中國通俗小說總目提要》粗略檢索,列表交代共有古代小說 67 部運用 97 次「三復情節」,見〈中國古代小說「三復情節」的流變及其美學意義〉。

3 莊一拂,《古典戲曲存目彙考》,上海古籍出版社,1982 年 12 月,1版 1 刷。

且推李科）」、「（外旦又推李）」、「（淨推李下河）」三復
而成，且三復之中又稍作變化，第一次李彥和險些兒「弔下河
裡」，第二次是被家中「妳母」張三姑「將他衣領揪」救回，第
三次則被張玉娥奸夫魏邦彥推下洛河之中。[4]而像第三折般
「（三喚）」以證是人是鬼的情節，戲曲中尤其多見，經典名劇
《牡丹亭》第四十八齣〈遇母〉，即有「三呼三應」之介。另，
莊一拂《古典戲曲存目彙考》中有一已佚作品《三聘記》的著錄
及按語頗值注意：

> 遠山堂《曲品》著錄。　其他戲曲書簿未見著錄。《曲
> 品》云：「作者胡靈臺，吾不知何如人。觀其所為傳奇，
> 掇拾帖括，俗氣填於膚髓。是迂腐老鄉塾，而強自命為顧
> 曲周郎者。以伊尹三聘入曲，豈得有佳境。」按：本事見
> 《史記・殷本紀》，湯使人聘之，五返然後肯往。元人鄭
> 光祖有《放太甲伊尹扶湯》，題材同。　佚。[5]

又，明傳奇《精忠記》第十二齣〈班師〉寫岳飛「一日奉十二金
字牌」，也是概括寫出宣詔使者三次上場，三次即已顯催促逼人
之態，不需十二次逐一排之場上。[6]以上兩例，將「五返」縮減
成「三聘」，十二金牌簡約為三催，誰曰不是以「事不過三」為

4　見《元人雜劇選》，顧學頡選注，人民文學出版社，1998 年 8 月，1 版
　　1 刷。

5　莊一拂，《古典戲曲存目彙考》，中冊，頁 1062-1063。

6　情節參見《六十種曲評注》第四冊，黃竹三、馮俊傑主編，陳紹華評
　　注，吉林人民出版社，2001 年 9 月，1 版 1 刷，頁 70-73。

考量呢？

　　至於跨齣運用者，最著名且撼人心弦的，莫過於《牡丹亭》中杜麗娘各於第十齣〈驚夢〉、第十四齣〈寫真〉、第五十齣〈圓駕〉的三次臨鏡，展現了對生命美麗的驚覺、挽戀以及重生再現的自信！

　　再者，明邵璨《香囊記》第三齣〈講學〉，腳色插科打諢，照例「諢不過三」，即由末腳於劇中指出。更重要的一條資料，《香囊記》第三十六齣〈強婚〉提到「三復《寡鵠公》，淒涼斷人腸」，表示戲曲中亦有「三復」一詞，足見亦可以之研究戲曲。[7]

　　至於論文釋例篇幅分配，就單一文本，尤其是元雜劇，要立章節錯綜比較，並求釋例篇幅均勻，有時不易達成，故釋例有長有短。而本文所用以論述的《西廂記》定本為何？《西廂記》版本約三百多種[8]，本人採用里仁書局二〇〇〇年九月三十日初版三刷的王季思校注本，理由是它通行且極易翻檢，也因此後文舉例時，可毋庸詳指引文之出處頁數；再者，校注者王季思先生亦是《西廂記》研究的專家，以一甲子左右的時光數次校注《西廂記》，在定本的校勘上，頗受人信任。[9]

---

[7]　例子分見《六十種曲評注》第二冊，黃竹三、馮俊傑主編，張仁立、張仁明評注，吉林人民出版社，2001 年 9 月，1 版 1 刷，頁 423、764。

[8]　參見《西廂記新論》中所收寒聲〈西廂記古今版本目錄輯要〉統計，「至 1990 年夏，583 年中《西廂記》各種版本共 312 種。」中國戲劇出版社，1992 年 8 月，1 版 1 刷。

[9]　該書之整理過程，可參看該書所附〈後記〉之交代。不過，排版過程，仍有手民誤植現象，但極易發現，不影響引用。

要聲明的是，本論文「三復情節」之討論限以「文本」為主，因為劇團或演員常以個人之體會，設計身段次數，而這是原劇本所未載明的。如〈寄子〉之伍子胥厥身段，上海崑劇團兩次，江蘇省崑劇院三次；〈迎像哭像〉上海崑劇團蔡正仁折末依依不捨之回眸，某兩次演出，卻各作一次或三次。當然，兩齣折子戲，皆以三次為勝。

二、「三復情節」釋例

例一

首先，要談的是《西廂記》第一本第二折的張生「借廂」情節，老夫人「治家嚴肅，有冰霜之操」即透過「三復情節」之運用，得到加強、證實。

據可見視聽資料、文獻記載，舞台上一演到張生借廂這一折，只有張生攔住紅娘自報家門一場，完全不見【快活三】、【朝天子】等曲文演唱，縱使是皮黃之板腔系統，也不會有類似關目。或有人會以為演出時間照例要濃縮在兩三小時之內，有些細節不得不刪除。但此處絕非細節而是關棙，兩曲不略唱，也絕差不了幾分鐘。總之，是被有意忽略了。

為何說是「有意」？竊以為演員或說是主排，應不會去演或排連自己也不甚理解的情節，因為自來連以案頭角度欣賞這一段文字都已不易掌握作者突來的這一筆，更何況舞台上曲文瞬間即過，更增理解之難度。清代最流行的金聖歎批本，有如下評語：

右第十二節。張生靈心慧眼，早窺阿紅從那人邊來，便欲

　　深問之，而無奈身為生客，未好與人閨閣。因而眉頭一
　　皺，計上心來，忽作醜語牴突長老，使長老發極，然後輕
　　輕轉出下文云然則何為不使兒郎，而使梅香，便問得不覺
　　不知。此所謂明攻棧道，暗渡陳倉之法也。儃父又不知，
　　以為張生忽作風話。[10]

側面反映當時儃父不知的狀況，都「以為張生忽作風話」，其
實，金氏已提示重點──張生是「計上心來」，以醜語「崔家女
艷妝，莫不是演撒你個老潔郎？」牴突法本，都是因為「身為生
客，未好與人閨閣。」陌生人，又是男子，向法本打探鶯鶯消
息，出家人，又是與崔家淵源甚深之長老，如何肯說？而出家人
稱之為「潔郎」，怕的當然是不潔、被誣為六根不淨。君不見今
日社會新聞，出家人一旦被信徒指控性騷擾，恐怕都是跳進黃河
也洗不清！因此，張生以此罩門輪番進逼法本，連修養極佳的法
本也忍不住「怒云」，指斥張生言語極為不當，也表明自己絕不
作此等之態。然而，作者為何安排法本發怒之慢或一定要在劇本
中提示法本已經發怒？在此之前早有伏筆（金聖歎批云：右第四
節。乃不可少。）張生初見法本，即讚道：

　　【迎仙客】我則見他頭似雪，鬢如霜，面如童，少年得內
　　養；貌堂堂，聲朗朗，頭直上只少個圓光。卻便似捏塑來

---

[10]　《金聖歎批本西廂記》，張國光校注，上海古籍出版社，1986年4月，
　　1版1刷，頁55。

　　的僧伽像。

「少年得內養」至今，果然張生要激怒他，還得花一番口舌工夫。也因此，證明了張生這番「風話」是頗具心機，否則【迎仙客】與【快活三】、【朝天子】二曲不倫，豈非張生真的突然瘋言瘋語？當然不是！張生是極聰明，咄咄逼人，終於逼出「老夫人治家嚴肅，內外並無一個男子出入。」之重要情報，也因此，這一番「風話」到此也就告一段落，只是張生單從一人口中得知，仍半信半疑，故云「這禿廝巧說。你在我行、口強，硬抵著頭皮撞。」緊接著張生攔住紅娘，自我介紹籍貫、生辰八字，企圖也就非常明顯，是為了印證法本之言，而果真印證，紅娘亦透露「俺夫人治家嚴肅，有冰霜之操。內無應門五尺之童，年至十二三者，非呼召不敢輒入中堂。」前呼後應，焉知明攻易曉，暗渡難明，生生被刪，實在可惜！

　　也就是說，張生經由崔家「外」最有關係之法本口中，以及崔家「內」最親近鶯鶯身邊的紅娘話裏，得到一樣的情報，當然「聽說罷心懷悒怏，把一天愁都攝在眉尖上。說：『夫人節操凜冰霜，不召呼，誰敢輒入中堂？』……」紅娘訓了他一大段話，他在意的只有與法本重疊的幾句。也擺明了──崔老夫人的管教方式果真如此，經由崔家「內」、「外」及「當事人」張生一而再、再而三強調，縱使崔老夫人至此仍深藏不露，也易給人「三人成虎」之感！而王實甫顯然非常精於中國人所謂的「事不過三」，強調崔老夫人之嚴厲家風，本折三次重複之論調，實已足矣！

　　依此一角度來看，張生之牴突法本一段，實不該刪也！而張

生用不同計策得到相同情報，支開紅娘，（內容不堪入耳，恐真的激怒紅娘，吃不完兜著走──連法本都得為張生慶幸。）先激法本；後向紅娘自報生辰八字，停語在「並不曾娶妻」，大有要假借紅娘之口告訴鶯鶯儘可去配八字。這種「兩面」手法，張生還能是紅娘口中的「傻角」嗎？

　　張生處世的聰明，往往被觀眾或讀者所忽略，金聖歎早已瞧破，可說是慧眼先具。話又說回來，誰是省略掉激怒法本一段的始作俑者呢？如果以舞台一般循《南西廂記》改編系統演出，李日華本人恐難逃干係。據其改寫的《南西廂記》第六齣〈禪關假館〉，即已不見激怒法本一節，但改編者李日華卻由法本一上場即道明「那夫人處世有方，治家嚴肅。是是非非，人莫敢犯。」也補足了「三復」的次數，可見這種修改仍不脫「三復」慣例使然。[11]

例二

　　第二本第一折的〈寺警〉，強調崔鶯鶯美如西施、楊貴妃，也是套用此一模式──崔家之「外」的孫飛虎，崔家之「內」的崔老夫人，以及「當事人」崔鶯鶯，重複同樣的話三次來肯定崔鶯鶯「眉黛青顰，蓮臉生春，有傾國傾城之容，西子太真之顏。」這也就是孫飛虎只是耳聞鶯鶯美貌，即欲劫為壓寨夫人。耳聞之所來，早在前一本第四折暗示了崔府超渡亡靈之法會，「沒顛沒倒」的芸芸眾生，無論「老的小的，村的俏的」，皆被稔色可意的崔鶯鶯所「迷留沒亂」，理所當然會一傳十，十傳

11　《南西廂記》相對應情節可參看臺灣開明書店《繡刻南西廂記定本》第
　　六齣〈禪關假館〉，1970 年 4 月，臺 1 版。

百，傳到孫飛虎耳中，遂不假思索，即動用五千人馬圍寺索人，作者於本折又「三復」其美，鶯鶯之美實已不容置疑！而且，這「三復」中，隱隱點出歷史中之美女西施引起吳亡越興、楊貴妃引起安史之亂，崔鶯鶯也與寺警有關，豈不是以「美色和戰爭」三次聯結來讚歎其美？

例三

張生有其聰明之處，論及崔鶯鶯，也是不遑多讓。〈寺警〉一折後半的「五便三計」，雖然今天舞台不是變為兩計（《南西廂記》已作兩計編排）就是縮減為一計，甚至提出者反為法本或崔老夫人，皆非作者本意，因為崔鶯鶯的「三計」乃是利用母親愛面子重於性命的心理，一步步引其入甕。（第四本第二折紅娘也是利用崔老夫人此一心理反敗為勝。）故首先一計為「將我與賊漢為妻」，被崔老夫人以「俺家無犯法之男，再婚之女，怎捨得你獻與賊漢，卻不辱沒了俺家譜！」否決；繼而「白練套頭兒尋個自盡」，動了為人母的慈愛之心，不忍其死，順理成章而別有一計：「不揀何人，建立功勳，殺退賊軍，掃蕩妖氛；倒陪家門，情願與英雄結婚姻，成秦晉。」迫使崔母在別無他計可選的情況之下，勉強認為「此計較可」。

命在逡巡之際，全寺提計策者只有崔鶯鶯，而且敢於自獻、自裁以換來母親的採納第三計，三計的「三復」效果，不僅表現了崔鶯鶯的大智，也表現了她的大勇，而這一折的「三復情節」連用兩番，其實已表彰了崔鶯鶯的「外」、「內」皆美，張生為其「便不往京師去應舉也罷」，實在也是值得的！

例四

第二本第四折老夫人的賴婚，把盞敬酒一節，也可視為「三復」之運用。試看以下舞台動作、表情提示及其賓白：

1.（夫人云）紅娘看熱酒，小姐與哥哥把盞者！
2.（旦把酒科）
3.（夫人央科）
4.（末云）小生量窄。
5.（旦云）紅娘接了臺盞者！
6.（夫人云）再把一盞者！
7.（紅遞盞了）

中國人非常講究儀式之意義，今天崔老夫人要賴婚，使崔張二人以兄妹相稱，當然要以一種「儀式」來完成，這一折的把盞敬酒即是意圖以家長的威權逼迫後生晚輩完成兄妹相認的典禮儀式，而作者深諳「禮以三為成」，筆下人物當然也深諳此道，然而以上七個步驟如何視為「三復」情節的運用？

第一輪敬酒，酒杯從紅娘遞至崔鶯鶯手中，但停了下來，崔鶯鶯心中抗拒，猶豫半天（從夫人「央」科可知）。故算失敗。

第二輪老夫人再度命令（「央」在此不宜作「央求」解，而是有逼迫之意。）崔鶯鶯將手中酒杯往張生處送，但被張生以酒量不好婉拒，也給了鶯鶯臺階下，故酒杯反而推回給紅娘。

無三不成禮，故崔老夫人又催逼第三輪的敬酒，但作者於此卻故作狡獪，提示紅娘是個奴婢，只有奉命遞盞，但儀式是成立或失敗，卻未明白敘寫，不過從【月上海棠】首二句「一杯悶酒尊前過，低首無言自摧挫」看，顯然崔母是白費心機了，而其應也是深諳「事不過三」，所以，並未再有任何逼催動作或言語。

雖然表面上情勢是崔張不能成合，但經此「三復」之效，反倒可以慶幸崔張二人並非結為兄妹，反有契機可待！[12]

例五

此例，倒可補充杜貴晨先生「三復情節」的說法，他所謂的「三次重複才能完成的情節」，「完成」一詞實有商榷餘地，有時候只是一種「凸顯」，或在情節、或在性格、或在氣氛。如張生對「待月西廂下，迎風戶半開，隔牆花影動，疑是玉人來。」一詩的理解，作者有意藉張生自信是個「猜詩謎的社家，風流隋何，浪子陸賈」，三復其詞於第三本第二、三折兩折，後反遭崔鶯鶯變卦訓斥、紅娘奚落。而紅娘的嘲弄尤其有其針對性（因張生兩次在其面前自誇，一次自言自語），三次調侃：

一曰：禁住隋何，迸住陸賈……。

二曰：羞也，羞也，卻不「風流隋何，浪子陸賈」？

三曰：猜詩謎的社家，夯拍了「迎風戶半開」，山障了「隔牆花影動」，綠慘了「待月西廂下」。

兩折連用兩次三復，凸顯人物的自信與過度自信招來出人意料的強烈挫折，也難怪張生「眼見得休也」！

例六

第四本第一折，即相對於《南西廂記》〈佳期〉一齣的情節，用「三倚定」，狀張生盼佳人之殷切，本折寫張生，從「竚立閒階」寫起，卻仍忍不住如熱鍋上螞蟻，走來趲去，作者讓其

---

[12] 至於金聖歎為合乎自己所謂「只一把盞，看他一反一覆，寫成如此兩節……。」已將賓白更改為明顯敬酒兩輪而已。

「則索呆答孩倚定門兒待」、「我則索倚定門兒手托腮」、「倚定窗櫺兒待」，以「三倚定」反襯其「意懸懸業眼，急攘攘情懷，身心一片，無處安排。」[13]越想就此「倚定」，心就越定不下來，不斷換地方（閒階、門、窗）張望鶯鶯來的方向。而鶯鶯就在其幾乎絕望之際到來！

例七

前面提到第四本第二折，原是崔老夫人拷紅，卻被紅娘利用老夫人愛面子的心理反撥局勢，果真如此？抑或筆者或觀眾自己的推測，試看紅娘言其害：

> 目下老夫人若不息其事，一來辱沒相國家譜；二來張生日後名重天下，施恩於人，忍令反受其辱哉？使至官司，夫人亦得治家不嚴之罪。官司若推其詳，亦知老夫人背義而忘恩，豈得為賢哉？

分析以上這段話，相國家譜在獻計時早已發生效用，此處當然有用；另，「治家嚴肅」一向是眾人對崔老夫人敬畏之稱道與印象，一旦崩解，崔老夫人何以自容？而「背義忘恩」、「不賢」，當然崔老夫人更無力承擔，不然她不會「不當留請張生於

---

13 金聖歎認為本折尚有【油葫蘆】的「倚在枕」，但細繹曲文「情思昏昏眼倦開，單枕側，夢魂飛入楚陽臺。早知道無明無夜因他害，想當初『不如不遇傾城色。』……」（里仁書局王季思校注本）宜指張生今夜之前的相思病症，不一定真的跑去枕頭上眠，更何況作者偏偏不用「倚定」二字，足以證明有意造成「三復」效果。

書院」，只為想出悔約後之替代方案。而且，本折崔老夫人，共對三個人「三復」其最在乎的價值觀，其一對紅娘云：

> 這小賤人也道得是。我不合養了這個不肖之女。待經官呵，玷辱家門。罷罷！俺家無犯法之男，再婚之女，（按：與否定崔鶯鶯「五便三計」中首計理由一樣。）與了這廝吧。

其二喚來女兒鶯鶯，又云：

> 鶯鶯，我怎生抬舉你來，今日做這等的勾當；則是我的孽障，待怨誰的是！我待經官來，辱沒了你父親，這等事不是俺相國人家的勾當。

其三則對張生說：

> 好秀才呵！豈不聞「非先生之德行不敢行」。我待送你去官司裏去來，恐辱沒了俺家譜。我如今將鶯鶯與你為妻，則是俺三輩子不招白衣女婿，你明日便上朝取應去。我與你養著媳婦，得官呵，來見我；駁落呵，休來見我。

上朝取應「駁落」就不要來見崔老夫人，說穿了，還是「相國家譜」在作祟！

例八

　　第一本第一折崔張二人一見鍾情，看似俗套，卻以「鶯鶯引紅娘撚花枝上云」及張生唱「只將花笑撚」，令人聯想到「拈花微笑」與「心心相印」一組成語，檢視該折全文，果真兩人一句話也沒對答，就已「心心相印」。且作者更運用「三復情節」的筆法強調二人之「以心印心」。第二次乃藉第一本第三折之月下聯吟訴衷情，其實仍是隔牆吟詩酬和，未直接對談，「雖然是眼角兒傳情，咱兩個口不言心自省。」亦能達到「惺惺的自古惜惺惺」的境界。第三次則是崔老夫人悔婚後，張生於第二本第五折借一陣順風，將琴聲吹入崔鶯鶯「玉琢成、粉捏就、知音的耳朵裏去者。」作者藉崔鶯鶯之聽琴過程，進行「三復」最後步驟。【聖藥王】曲云：

> 他那裏思不窮，我這裏意已通，嬌鶯雛鳳失雌雄；他曲未終，我意轉濃，爭奈伯勞飛燕各西東；盡在不言中。

末句「盡在不言中」之「不言」，恰恰就是「心心相印」的最佳印證。

例九

　　此例要探討的是，在有限的篇幅中，花園與男女情愛發生關聯，意即男女主角在花園內外左右的情節描寫，恰恰好就有三次。乍看之下，這也許只是佳人才子故事中，幽期密約後花園，春雷響動中狀元的必有情節公式安排。

　　但正因為「三復情節」的運用，才顯出愛情甜果的得來不

易。門掩重關的普救寺，令崔鶯鶯閒愁萬種，但張生的熱情卻讓這一座梵王宮成了武陵源，「鐵石人也意惹情牽」。花園這一塊綠地，成了女主角燒香祝禱婚姻、長嘆動情之地。第一次男主角逡巡徘徊在太湖石畔牆角兒邊，藉吟詩讓心聲先越過了牆，可惜被行監坐守的紅娘打散。賴婚之後，張生在書房中操琴，鶯鶯月下花園中聽琴，也只能隔著一層紅紙疏櫺，「盡在不言中」。直至第三次，張生好不容易翻過有形的牆，卻撞著崔鶯鶯心中築起的心牆，做為幽期密約的花園，卻已「晴乾了尤雲殢雨心」。然而，再也沒有第四次的花園相會，鶯鶯終於「仰圖厚德難從禮」，將身上的蘭麝香散往張生的幽齋。

例十

　　古今甚多文人認為《西廂記》第五本與前四本非同出一手，此一問題，筆者已在博士論文《「西廂學」四題論衡》中〈附論：力辯《西廂記》第五本之完整性〉[14]一節有清楚論辯，筆者主張《西廂記》一定要有第五本的存在，才顯得情節完整，而今更可以「三復情節」的手法來印證崔老夫人性格的深沉，如果前四本「三復情節」是普遍存在的現象，則橫跨第二本第四折、第四本第二折及第五本第三、四折的三次賴婚手段，就可能是「三復」效果的考量。第一次賴婚，崔老夫人鐵了心，要求崔鶯鶯與張生兄妹相稱，明許婚也明賴婚；第二次，逼張生赴京趕考，雖將鶯鶯與張生為妻，但婚禮須待得官回來才舉行，一旦駁落，依然可以不舉行婚約，是明許暗賴；第三次假借鄭恒捎來之謠言，

---

[14]　拙著《「西廂學」四題論衡》，臺灣大學中國文學研究所博士論文，1998 年 6 月，頁 215-226。

以及先夫之遺願,來遂其暗藏之「據我的心則是與孩兒(按:指鄭恒)是」,不是她「最聽是非」,而是真的自小溺愛鄭恒。更可怕的是,她假鄭恒之口賴婚,鄭恒不自知,反沾沾自喜「中了我的計策了」,旁人如法本高僧亦懵然不覺,可說是虛推實賴,末了真相大白,鄭恒成了眾矢之的的替死鬼,觸樹身死,崔老夫人倒全身而退,主持婚事去了。如果沒有第三次的補足,崔老夫人城府之高深莫測可能失色不少;也正因此,有情人終成眷屬的鼓舞力量方能更顯莫之能禦!

三、結語

　　除以上所舉,尚有清金聖歎在卷三之四〈後候〉批語中所提及的「三漸」、「三得」、「三縱」,關乎戲劇結構,亦可算是「三復情節」的運用。[15]金氏意見及其影響,今之學者討論已詳,故不再於本文一一贅敘、增填例證。另,眾所周知,王實甫《西廂記》關目多改編自《董西廂》,但以上十例,僅例九、例十雷同,合乎「三復」次數。仔細比對,例十老夫人之「三賴」,在《董西廂》中,應試反而是張生主動提起;鄭恒造謠,直詣老夫人,乃老夫人被鄭恒利用,而非老夫人利用鄭恒,其城府不如王實甫筆下老夫人之深。經此相比,更能凸顯王實甫《西廂記》除例九外,其餘「三復情節」皆獨出機杼。

　　研讀《西廂記》多年,甚早已留心到北曲《西廂記》運用「三復情節」的手法極頻仍,只是尚未慧眼覷及、靈手捉住「三

15　《金聖歎批本西廂記》,張國光校注,頁 194-197。

復」一詞以稱之，今即借此舉例釋之，論其運用之妙，並提出筆者所論異於杜貴晨先生之處──「三復情節」之定義不必然只是「經過三次重複才能完成的情節。」由以上十例可知運用時，或只是一種「凸顯」，或在情節、或在性格、或在氣氛，不必然一定要完成某種情節。甚至「三復」之描寫更常是富變化或呼應的關係，這應是筆者異於杜先生最大之處。

　　次者，經由元雜劇《西廂記》的釋例，筆者與杜先生另一相異點在於：本人並不遵其「同一施動人向同一對象作三次重複的動作」此一限制，或有人謂此乃小說與戲曲之不同乎？筆者不敢遽斷，須待將來全面論析戲曲作品方知。

　　當然，若整部皆以「三復情節」不斷重複運用，反而易陷於單調凝滯，明清傳奇鉅作如《長生殿》之金釵鈿盒、《桃花扇》之扇等定情物出現的頻率都不止三次[16]，《西廂記》本身也有如金聖歎批《西廂記》所謂的「二近」、「兩不得」[17]，故戲曲情節之安排有多於「三」者，也有少於「三」者，小說亦然，但這其實並不會削減「三復情節」的功效，反更能印證寫作有法而無

---

[16]　《長生殿·例言》中作者自云整部戲「專寫釵合情緣」，金釵鈿盒共計出現九次（實際被人物取出），分別是第二齣〈定情〉、第十九齣〈絮閣〉、第二十五齣〈埋玉〉、第三十齣〈情悔〉、第四十齣〈仙憶〉、第四十七齣〈補恨〉、第四十八齣〈寄情〉、第四十九〈得信〉、第五十齣〈重圓〉。

　　《桃花扇》作為定情物或信的扇子，共計出現八次，分別布局於第六齣〈眠香〉、第七齣〈卻奩〉、第二十二齣〈守樓〉、第二十三齣〈寄扇〉、第二十七齣〈逢舟〉、第二十八齣〈題畫〉、第三十九齣〈棲真〉、第四十齣〈入道〉。

[17]　《金聖歎批本西廂記》，張國光校注，頁194-197。

法的魅力，更何況《西廂記》確實還是以「三復」為一貫筆法、為其強烈特色。

　　「三復」運用之探討，在戲曲研究方面蓁莽未開，筆者所論，某些細節縱使不免予人穿鑿附會之感，此或可以李漁所謂「拘即密已甚者也」（《閒情偶寄・填詞餘論》語）聊以自恕，但更重要的，私心乃期能拋「一」磚而引「眾」玉，蔚為風氣。

論《西廂記》主要人物的智謀

一、前言

　　「西廂」故事淵源於〈鶯鶯傳〉，成型於董解元《西廂記諸宮調》（後文簡稱《董西廂》），元雜劇《西廂記》則後出轉精。討論《西廂記》如何承繼《董西廂》或兩者有何不同的論文非常多，人物形象的比較就常被討論。而這篇論文要探討的是《西廂記》主要人物的才智謀略。細讀二者文本及其相關研究文獻，發現《董西廂》的人物塑造，並不在「智謀」這方面著力，而學界也未曾從此一角度去發掘《西廂記》的創新手法。

　　因此，如何發掘《西廂記》主要人物的智謀，對人物思想行為或故事情節的詮解就非常重要，尤其是要避免人云亦云，或避免重複探討單純易曉的刻畫段落；而是發其幽微或重新解讀，故正文中所詮解的角度都力求新穎。

　　本論文的論述方式，先個別找出《西廂記》主要人物智謀的表現，且以新的角度切入詮證。繼而回頭至《董西廂》去驗證這些塑造或刻畫是否出於《西廂記》的原創。之所以如此，是因為閱讀完兩者文本，結論大致就可確定，餘下的則是如何證成與說

明；與一般先假設再分析證成的論述不同！[1]

二、《西廂記》主要人物的智謀

《西廂記》主要人物有張生、崔鶯鶯、紅娘、崔老夫人，以下即依此順序配合情節發展論其智謀。

（一）張生：忽作瘋話，暗渡陳倉

張生的智謀，較明顯的表現，當然是文本中一提再提的孫飛虎圍普救寺一事，他寫了一封信向八拜之交的白馬將軍杜確求援，及時救了所有人性命，也為自己爭取到娶鶯鶯為妻的機會。劇中人紅娘和崔鶯鶯先後都說過張生「合當欽敬」、「欽敬呵當合」[2]，即是針對舉將除賊這事。但若僅止於此，無從比較出《西廂記》比《董西廂》更突出人物的智謀，因為這整段情節《董西廂》也是有的，差別不大。

筆者認為在此危機之前的第一本第二折，包含了張生激怒普救寺住持法本長老和向紅娘自報生辰八字及未曾娶妻兩小節，彼此相關，就已展現張生在愛情追求上的智謀表現！

張生在邂逅鶯鶯的隔天，到普救寺向住持法本長老假借廂房

1　本文論述，凡摘引《西廂記》曲文賓白，皆從王季思校注本。（《西廂記》，里仁書局，2000 年 9 月 30 日，1 版 3 刷。）《董西廂》引文，則採凌景埏校注本。（《西廂記》（董王合刊本），里仁書局，1981 年 12 月 25 日。）

2　分見王季思校注本《西廂記》，頁 72【粉蝶兒】、頁 81【五供養】曲文。

溫習詩書，其實是便於接近鶯鶯。洽談中，張生對法本的第一印象是好的，正如下所唱云：

【迎仙客】我則見他頭似雪，鬢如霜，面如童，少年得內養；貌堂堂，聲朗朗，頭直上只少個圓光，卻便似捏塑來的僧伽像。[3]

恭維法本只差一步就修成正果。相談正歡之際，紅娘奉崔老夫人之命，問法本長老幾時好與老相國做超渡法事？法本正欲同紅娘去會場勘察，要張生稍待，張生卻請與同行，更要求途中讓紅娘先行，長老與他「稍近後些」。緊接著一段談話，就是咄咄逼怒法本。一開口就逼問「崔家女豔妝，莫不是演撒你個老潔郎？」二問「既不沙，卻怎睃趁著你頭上放毫光，打扮的特來晃。」三再「激將」云：「過得主廊，引入洞房，好事從天降。我與你看著門兒，你進去。」終於激得「少年得內養」、恐不易動怒的法本也「怒」云：「先生，此非先王之法言，豈不得罪於聖人之門乎？老僧偌大年紀，焉肯作此等之態？」這些內容正如法本所言，不是能講給紅娘聽的——「先生是何言語！早是那小娘子不聽得哩，若知呵，是甚意思！」這其實也是張生聰明之處，因人施計，對法本用「誣蔑激怒法」；對紅娘則不可，所以，張生才要求紅娘走前，自己與法本近後些，原因即在於此。這不簡單，才見過紅娘兩次面，張生就能判定紅娘不能採抹黑手段，也必須算出法本怒回的聲量不會張揚過遠，要保持安全距離。

---

[3]　王季思校注本《西廂記》，頁17。

　　張生三逼法本後，終於激怒了法本，火上加油再添問「好模好樣太莽撞，沒則羅便罷，煩惱怎麼那唐三藏。怪不得小生疑你，偌大一個宅堂，可怎生別沒個兒郎，使得梅香來說勾當。」此時法本自清之餘，不經意透露「老夫人治家嚴肅，內外並無一個男子出入。」這對張生是一則挺重要而有用的情報，就沒再以「桃色緋聞」纏著法本。可是光聽法本一人說，難免半信半疑「這禿廝巧說。你在我行、口強，硬抵著頭皮撞。」因此張生追上紅娘，另施一計，試圖求得印證。張生轉而用「紆尊降貴法」試探紅娘。

　　張生的聰明在於識人，知道出家人六根清淨，最怕緋聞纏身，明哲保身之際，急不擇言；紅娘久為奴婢，屈人之下，如能抬高其優越感，自大之餘，不免言語多溢。張生故意傻里傻氣地在一個陌生小妮子面前自道：「小生姓張，名珙，字君瑞，本貫西洛人也，年方二十三歲，正月十七日子時建生，並不曾娶妻⋯⋯。」話有兩個重點，一為生辰八字；二為單身漢，兩者皆與婚姻有關。說明張生與鶯鶯非但一見鍾情，還已決定娶她為妻，所以，乾脆生辰八字也給了，崔家不放心也可先去合一合。兼之，表明家中並無婚配，娶鶯鶯絕對是當元配，而非妾。此時張生雖不知鶯鶯與其表哥有婚約在先，但設想鶯鶯本人，其對父母之命的婚姻已有怨言，若有機會，其選擇有婦之夫的可能性實在微乎其微。而張生這種方式無非是以「傻」博取紅娘的自認為聰明，到頭來反被利用的心理。當張生又問：「敢問小姐常出來麼？」紅娘即拿孟子曰「男女授受不親，禮也。」、《論語》的「非禮勿視，非禮勿聽，非禮勿言，非禮勿動。」搶白了張生一頓。張生是儒生，熟稔《論》、《孟》，自不在話下。而平時聽

人使喚慣的紅娘居然有機會教訓一位書生，叫她如何不油然得意自鳴。果不其然，訓完以上聖賢話之後，毫不防備（其實弔詭的是，她正十分密實的防備著張生這位陌生人接近鶯鶯小姐）吐露以下的訊息：「俺夫人治家嚴肅，有冰霜之操，內無應門五尺之童，年至十二三者，非召乎不敢輒入中堂。」與法本所言幾乎一模一樣，張生豈能不信？因此張生被紅娘搶白之後，心理是如此反應：「聽說罷心懷悒怏，把一天愁都撮在眉尖上。說：『夫人節操凜冰霜，不召呼，誰敢輒入中堂？』」張生自己剖白此刻憂心之處，正是法本與紅娘說法一致的關鍵幾句，且其真已是無可置疑的。

　　此處對崔老夫人治家之嚴肅，採用了「三復情節」的筆法，[4]讓這個訊息，經由崔家之外，與崔家頗有淵源的法本長老道出；再由崔家之內，與崔母十分接近的紅娘侍婢重道一遍；最後由打探消息的當事人張生重述一遍，確認這則訊息可信，表示相信崔老夫人的治家風格嚴肅，也預告了崔老夫人將是張生追求愛情婚姻的極大阻力。

　　再者，經由張生攔住紅娘這一段情節的解說，回頭去反省張生激怒法本的情節，兩者之間的關聯性與寓意，也就變得非常明朗。關鍵處在於紅娘的出現讓張生靈機一動，改變與法本和諧對談的氛圍，接連以激怒對方和抬高對方優越感來套取情報，過程

---

[4]　所謂的「三復情節」，是大陸學者杜貴晨於 1997 年左右提出來的，「三復」一詞借自《論語・先進》：「南容三復白圭。」一句，認為中國古代小說多有從形式上看來經過三次重複才能完成的情節。筆者曾借用「三復情節」來探討《西廂記》，見〈《西廂記》「三復情節」釋例〉，《文學新鑰》第四期，2006 年 7 月，頁 85-96。

非常緊湊，所以說張生機智！[5]

　　金聖歎也認為前段事件是張生使用「暗渡陳倉」的韜略，其批云：

> 張生靈心慧眼，早窺阿紅從那人邊來，便欲深問之，而無奈身為生客，未好與人閨閣。因而眉頭一皺，計上心來，忽作醜語觝突長老，使長老發極，然後輕輕轉出下文云：然則何為不使兒郎而使梅香？便問得不覺不知，此所謂明攻棧道，暗渡陳倉之法也。儈父又不知，以為張生忽作風話。[6]

雖只是簡單的一段批語，但將其視為一種「明攻棧道，暗渡陳倉」的兵法韜略，就是在凸顯張生的智謀！

　　張生自報生辰八字與「並不曾娶妻」等內容有無透過紅娘「暗渡陳倉」至鶯鶯耳中？紅娘果真「不知他想甚麼哩」，直認為「世上有這等傻角！」並於下折一五一十將張生話語說給鶯鶯聽。而鶯鶯果能領略，並「笑」著對紅娘「輕描淡寫」地說「休對夫人說」，此「休」字勿作「千萬不要」；而是「小事一樁，不值得提」，此乃鶯鶯「笑」之因也！[7]

　　張生向紅娘自報家門這段有「笑」果，戲台上必演；相反的，上一重點因費尋思，反見刪於戲台。其實兩段是相關的，合

5　以上情節及引文，見王季思校注本《西廂記》，頁 20-22。

6　《第六才子西廂記》，王實甫原著，金聖歎批點，張建一校注，三民書局，2008 年 5 月，2 版 1 刷，頁 63。

7　以上情節及引文見王季思校注本《西廂記》，頁 32。

起來看，張生不是紅娘形容的「傻角」，反而是聰明的書生。

（二）崔鶯鶯：五便三計，多般假意

　　孫飛虎圍普救寺之前，第一本對崔鶯鶯的描寫大都是外在美。至第二本，終於有了其他方面的刻畫，諸如勇氣與機智。崔鶯鶯的勇氣在於面對五千人馬的強搶，她並沒有嚇得花容失色、手足無措，相反的，眾人苦無計策、命在旦夕之際，她居然冷靜又敏捷到連提「五便三計」，這是她面對自己生命困境的大勇表現。而更重要的是，在千鈞一髮之際，她仍能從容利用這個危機，試圖扭轉自己未來不幸的婚姻，且不露一己之私的破綻，有貌有勇有謀，可說是內外兼美的佳人。

　　崔鶯鶯所提的「三計」順序與內容如下：

　　第一計為「將我與賊漢為妻，庶可免一家兒性命。」第二計為「白練套頭兒尋個自盡，將我屍櫬，獻與賊人，也須得個遠害全身。」第三計為「不揀何人，建立功勳，殺退賊軍，掃蕩妖氛；倒陪家門，情願與英雄結婚姻，成秦晉。」先後不可顛倒，乃是利用其母崔老夫人的價值觀，以及對女兒的關愛所做的安排，必知第一計、第二計必遭否決，而逐步引導至第三計，以祈遂其心中所願。第一計利用崔老夫人愛面子重於一切的價值觀，知其必反對。果然，崔老夫人聞之哭云：「俺家無犯法之男，再婚之女，怎捨得你獻與賊漢，卻不辱沒了俺家譜！」「家譜」在崔老夫人心中重於一切，這在故事一開始的第一本楔子中就透過家道中落的感嘆，暗示其價值觀是重相國家譜的；往後也還會重複出現，頗值得留意。

　　再者，第一計又有「五便」，崔鶯鶯特意強調：「其便有

五：第一來免摧殘老太君；第二來免堂殿作灰燼；第三來諸僧無
事得安存；第四來先君靈柩穩；第五來歡郎雖是未成人，須是崔
家後代孫。」其順序第一與第五顯然是精心設計過的，因為在古
代「不孝有三，無後為大」的傳統觀念下，香火賴其弟歡郎綿
延，他才是最重要的，卻被擺在最末，而「年六十歲，不為壽
夭」的崔老夫人卻遠遠超乎其上，置於第一，在崔老夫人心中，
一定深受感動，足見鶯鶯口才之佳與機智過人。

　　第二計，源於前面第一本楔子，崔老夫人仍是關愛女兒的，
有時要紅娘陪鶯鶯出去走走，此時當然不會任由女兒犧牲生命。
雖不見崔老夫人回應，但從鶯鶯唱詞：「母親，休愛惜鶯鶯這一
身」，及續提第三計，可知第二計一如她所料，被否決了。幾支
曲子銜接處並無崔老夫人道白，應是為了製造「間不容髮」的感
覺，崔老夫人也可能只是頷首或搖頭示意而已。

　　第三計終「逼」獲母親認為「此計較可」，雖語氣聽得出來
是不太滿意，也苦無其他良策，正中了鶯鶯下懷。而此計之所以
獲得接納，還是利用了母親重「家譜」的心理，因為放眼普救
寺，眼前並無其他達官貴人一起受困，將「平民老百姓」代以
「英雄」，或可稍寬崔老夫人心中的失落；再者，「倒陪家
門」，也說明了崔家定比其他人家世來得優越，才能說是「倒
陪」。這些應該都能滿足崔老夫人念茲在茲的「家譜」。而正因
其答允得勉強，也同時埋伏下日後悔婚的可能。[8]

　　崔鶯鶯的勇氣展現在三條計策條條都賭上自己，甚至一死也
不推諉，也不企求何人替代；機智在於「間不容髮」的緊急之

8　以上情節及引文見王季思校注本《西廂記》，頁 52-53。

際，有辦法想到這麼多計策，還能排出順序，利用對母親深刻的理解，料定不會選擇連她也不願選擇的前兩條計策。借第三條計策給張生獻退賊之策的機會，化危機為婚姻的轉機，且又能將一己私願成功隱藏在壯烈無畏的宣示中，其智謀堪稱女諸葛！

崔鶯鶯除以上之智勇表現外，尚有以「偌多般假意兒」之智謀測探對方立場或是否真心。

根據第三本第四折的藥方，崔鶯鶯還提醒張生要提防「紅娘」撒沁，將幽會的事情洩漏或張揚出去。可見兵臨城下之際，仍不信任紅娘。但奇怪的是，第四本第一折卻又由紅娘護送她至張生書房成就佳期，顯然信任紅娘不會向崔老夫人打小報告。究竟何時紅娘取得崔鶯鶯的信任？在緊湊的情節中，從何看出？唯一的可能，當然是介於兩折中的楔子。乍看無任何蛛絲馬跡，但若從鶯鶯「真假、其間兒難按納」[9]的性格，以下的對話實已透露崔鶯鶯完成最後的驗證程序，確保紅娘是站在她與張生這邊。其假託要睡覺，沒有要去張生那兒的意思：

> （旦云）紅娘收拾臥房，我睡去。（紅云）不爭你要睡呵，那裏發付那生？（旦云）甚麼那生？（紅云）姐姐，你又來也！送了人性命不是耍處。你若又翻悔，我出首與夫人，你著我將簡帖兒約下他來。[10]

崔鶯鶯成功以假話激出紅娘的立場——小姐不赴約，她要去舉

9　見王季思校注本《西廂記》，頁126【攪箏琶】曲文。

10　以上情節及引文見王季思校注本《西廂記》，頁143。

發；言下之意：去的話，反而不會去告訴崔老夫人。崔鶯鶯以此等方式試人，相信氣急敗壞的紅娘可能還不知這次又被矇了！再者，還有第四本第三折長亭送別時，張生臨行時，鶯鶯口占一絕：「棄擲今何在，當時且自親。還將舊來意，憐取眼前人。」張生謹賡一絕，「人生長遠別，孰與最關親？不遇知音者，誰憐長歎人？」歷來對襲自〈鶯鶯傳〉的前一首詩，用在此處，認為多少有些不倫，一如張生所說：「小姐之意差矣」。但崔鶯鶯有她堅強、冷靜、機智的時候；也有軟弱、絕望、恐懼如一般女子的時候，故本折擔心張生「停妻再娶妻」的憂慮仍是縈繞不去。當然依鶯鶯複雜、真假難辨的個性，難保鶯鶯不是故意一試。如果真是這樣，張生的真心是在毫無察覺鶯鶯意圖之下坦白無欺地被測試出來，答案也是鶯鶯想要的內容。而以上兩例，亦可視為崔鶯鶯的智謀表現。

（三）紅娘：心繫崔張，反拷主人

　　相對於其他三位主要人物，聰明伶俐、足智多謀，紅娘似早已是一種形象印記，這應該與她的人物定調或事蹟明顯有關，也是與《董西廂》在人物形象上最接近的一位。看似在西廂故事流播中最搶風頭者，但若就智謀而論，曾被張生、鶯鶯利用或測試而不自知，有時也看不出崔老夫人的陰謀，故也非智謀最突出者。筆者認為紅娘眾多表現中，仍以第四本第二折呈現之勇氣與機智，堪與崔鶯鶯之五便三計匹敵，且遙相呼應！

　　本折又名〈拷紅〉，原指崔老夫人拷問紅娘，紅娘屈於下風，處於危機之中。但紅娘卻能化危機為轉機，反居於上風，拷責崔老夫人的失信，幫崔張愛情爭來名分。展現了紅娘十足的機

智與勇氣，與第二本第一折「五便三計」的崔鶯鶯之機智勇氣遙相呼應。也在前三本完成崔鶯鶯形象的刻畫後，進行紅娘形象的補足。紅娘深知崔老夫人未能對張生履行承諾，心中非常不安，故在回答崔老夫人責問事件的過程時，特意強調張生怪崔老夫人忘恩負義，繼而說留宿鶯鶯小姐是張生的主意。其謀略如下：

> 【鬼三台】夜坐時停了針繡，共姐姐閒窮究，說張生哥哥病久。咱兩個背著夫人，向書房問候。（夫人云）問候呵，他說甚麼？（紅云）他說來，道「老夫人事已休，將恩變為讎，著小生半途喜變做憂」。他道：「紅娘你且先行，教小姐權時落後。」[11]

　　引文的「他」，指的都是張生，可以看出崔老夫人很在乎救命恩人的說法。紅娘攻擊的重心是先挑起對方的不安，接著紅娘與鶯鶯一樣，基於對崔老夫人價值觀的了解，將理由刻意排列後，試圖說服崔老夫人。她的理由是：

> 信者人之根本，「人而無信，不知其可也。大車無輗，小車無軏，其何以行之哉？」當日軍圍普救，夫人所許退軍者，以女妻之。張生非慕小姐顏色，豈肯區區建退軍之策？兵退身安，夫人悔卻前言，豈得不為失信乎？既然不肯成其事，只合酬之以金帛，令張生捨此而去。卻不當留請張生於書院，使怨女曠夫，各相早晚窺視，所以夫人有

11　王季思校注本《西廂記》，頁153。

此一端。目下老夫人若不息其事，一來辱沒相國家譜；二來張生日後名重天下，施恩於人，忍令反受其辱哉？使至官司，夫人亦得治家不嚴之罪。官司若推其詳，亦知老夫人背義而忘恩，豈得為賢哉？紅娘不敢自專，乞望夫人台鑒：莫若恕其小過，成就大事，摑之以去其污，豈不為長便乎？[12]

雖然崔老夫人一直不認為自己的悔婚是不守信用，但未報答張生救命之恩，終究於心不安。故旁人一提起為人要守信用，就讓其不安。人一不安，某些堅持就會動搖。再加上紅娘深知崔老夫人最重相國家譜，就特意將此安排為兩種後果的第一項。至於第二項還包含許多小項，其順序就不是特別要計較的。不過，「使至官司，夫人亦得治家不嚴之罪。」顯然以此打擊崔老夫人引以為自豪的「治家嚴肅」之威信，也是上策。而這些理由究竟是哪一條說服了崔老夫人，值得探討。崔老夫人對不同的三個人透露了相同的訊息──她就是因為重門面家譜才勉強妥協婚事的。首先，對紅娘的剖析利害，回以：「這小賤人也道得是。……待經官呵，玷辱家門。」其次，復對鶯鶯說：「我待經官來，辱沒了你父親，這等事不是俺相國人家的勾當。」最後，對張生說：「我待送你去官司裏去來，恐辱沒了俺家譜。」[13]很清楚明瞭崔老夫人同意婚事的原因在於「相國家譜」的維護。

---

12 王季思校注本《西廂記》，頁 153-154。

13 以上情節及引文見王季思校注本《西廂記》，頁 154-155。

　　金聖歎也曾對紅娘說服崔老夫人的這段話讚云：「快然瀉出，更無留難。人若胸膈有疾，只須朗吟拷艷十過，便當開豁清利，永無宿物。」[14]形容的就是紅娘理直氣壯，口齒伶俐。而能以一奴婢直面主人的拷問，甚至反駁「非是張生小姐紅娘之罪，乃夫人之過也。」這是紅娘的勇氣。敢於反過來拷問崔老夫人，並快然分析利弊得失，讓崔老夫人覺得「這小賤人也道得是」，此為紅娘之智謀也！

（四）崔老夫人：唯尊家譜，城府深密

　　崔老夫人雖然出場不多，也沒有為她特別破壞元雜劇體製規律在一本四折的正文內唱曲文，大部分台詞都是在賓白中表達；但其治家嚴肅所凝聚的陰影卻無時無刻不存在每個人心中。兼在婚姻主張上是被定位為崔張及紅娘等年輕人的對立面，故可視為主要的負面人物之一！而正因為負面，其「智謀」難免被稱呼為「陰謀」！前四本中，稱得上崔老夫人的「陰謀」，應該是安排小酌且當場賴婚，讓張生與崔鶯鶯兄妹相稱，崔張兩人措手不及，也出乎紅娘意料！

　　第二本第三折透過紅娘對張生的回應：「不請街坊，不會親鄰，不受人情。避眾僧，請老兄，和鶯鶯匹聘。」[15]可知只請張生赴宴。第二本第四折紅娘回府後，有起疑心，但不明就裡。

　　　敢著小姐和張生結親呵，怎生不做大筵席，會親戚朋友，

14　張建一校注本《第六才子西廂記》，頁 290。
15　以上情節及引文見王季思校注本《西廂記》，頁 73。

安排小酌為何？[16]

而曾勇氣與機智過人的崔鶯鶯，則猜錯了方向。

> 【攪箏琶】他怕我是賠錢貨，兩當一便成合。據著他舉將
> 除賊，也消得家緣過活。費了甚一股那，便待要結絲蘿；
> 休波，省人情的奶奶忒慮過，恐怕張羅。[17]

　　至於沉浸於魚水之歡幻想中的張生，根本渾然不覺事態不妙。要在謀略上勝過此三者並不容易，而崔老夫人居然成功。不過，最終並沒有徹底成功，在崔張的極力抗飲，嚴格來說，兄妹關係並未被雙方承認，一席人不歡而散，不算如崔老夫人的意！

　　再者，崔老夫人的「智」，有時是表現在她的精明。鶯鶯與張生私下雲雨後，「春意透酥胸，春色橫眉黛」的嫵媚神情，終於引來崔老夫人的懷疑：「這幾日竊見鶯鶯語言恍惚，神思加倍，腰肢體態，比向日不同；莫不做下來了麼？」鶯鶯一副沉醉熱戀女子的神態應該非常明顯，「腰肢體態」的不同，應不是胖瘦的變化，稍後紅娘就有描述：「別樣的都休，試把你裙帶兒拴，紐門兒扣，比著你舊時肥瘦，出落得精神，別樣的風流。」從話中可知，將穿著整飭，與之前身材相比，恐怕不是胖瘦有別，而是精神、風流有別，這是遮掩不來的。適巧鶯鶯弟弟歡郎童言無忌地透露：「前日晚夕，奶奶睡了，我見姐姐和紅娘燒

16　王季思校注本《西廂記》，頁82。
17　王季思校注本《西廂記》，頁82。

香，半晌不回來，我家去睡了。」更加肯定是「做下來」醜事了。所以，後來紅娘被找去問話，也有自知之明，「老夫人心數多，情性傷；使不著我巧語花言，將沒做有。」在崔老夫人面前巧語遮掩也是徒然無功的。[18]

　　然而，崔老夫人的發現之自語，絕不能與歡郎的話對調其先後，因為那樣將使精明的崔老夫人反成了後知後覺的糊塗老太婆了。也就是說，《西廂記》有些賓白順序，關乎情節發展或人物性格，不容顛倒。如前有崔老夫人與歡郎之對話；後有崔老夫人與鄭恒的對話。第五本第三折，鄭恒先見紅娘，見完之後才興起造謠「張生贅在衛尚書家，做了女婿。」正因紅娘並不知情，她回府當然也不會跟崔老夫人提及這則謠言。而崔老夫人在未聽到謠言前，卻已下了決定：「據我的心則是與孩兒是；況兼相國在時已許下了，我便是違了先夫的言語。做我一個主家的不著，這廝每做下來。擬定則與鄭恒，他有言語，怪他不得也。」話中的「孩兒」指的當然是「鄭恒」，非常清楚看到「據我的心」「擬定」與鄭恒；還將死去的丈夫拉來背書，擺明只是遵奉先夫遺願，將責任推給無法再言語的逝者，十分高明。而當鄭恒說出謠言，崔老夫人還大言不慚怒斥張生「不中擡舉，今日果然負了俺家。」全然忘了之前賴婚一事似的，更好像始終就在等張生負約，「果然」被她等到了。且崔老夫人借鄭恒這棵棋子再度賴婚，似早有準備，鄭恒問：「倘或張生有言語，怎生？」崔老夫人一句「放著我哩，明日撿個吉日良辰，你便過門來。」擺明崔老夫人對賴婚的胸有成竹，一副「有我在，怕張生說甚麼？！」

---

[18]　以上情節及引文見王季思校注本《西廂記》，頁 151-152。

從以上的分析可知，是崔老夫人利用了鄭恒，且讓鄭恒被利用而不自知，還沾沾自喜地說：「中了我的計策了」。不僅鄭恒被蒙在鼓裡，連「少年得內養」的法本住持也誤以為「夫人沒主張，又許了鄭恒親事。」孰知崔老夫人早有主張，且使人將矛頭指向造謠者鄭恒，也預告了下折縱使事敗，她也能全身而退。崔老夫人「城府之深」，令人不寒而慄！

　　第五本第四折，崔老夫人對狀元榮歸的張生譏諷「若非賊來，足下甚力氣到得俺家？」對張生的救命之恩絲毫不感念。等到張生辯解，問是誰造謠？崔老夫人馬上推諉到鄭恒身上。接著是曾幫忙傳書遞簡的紅娘上場質問；最後再由心上人鶯鶯出場質問。這次序，顯然是層層給張生壓力，崔老夫人可以聽信謠言，但連「小生為小姐受過的苦，諸人不知，瞞不得你」的紅娘也起疑，即可知張生的痛苦焦慮。待鶯鶯出，張生實已近崩潰邊緣，故只能喊出：「張珙之心，惟天可表！」此時關鍵人物紅娘「倒戈」，再度站回張生陣線，從之前遲疑的「我道張生不是這般人，則喚小姐出來自問他。」心想張生在別人面前也許有戒心，會支吾其詞，但應該不會在心上人面前說謊吧！經紅娘觀察，終決心為張生作保：「張生，你若端的不曾做女婿呵，我去夫人跟前一力保你。」情勢翻轉後，法本也加入力保行列：「張生決不是那一等沒行止的秀才。他如何敢忘了夫人，況兼杜將軍是證見，如何悔得他這親事？」順著法本的話，白馬將軍杜確一則為實踐前面「異日卻來慶賀」的諾言；二則再度替張生掃除婚姻障礙而來。而為何張生、杜確一出，鄭恒便知難而自退親事？一是張生這位當事人現身了；二是杜確身為大元帥，與京城必有邸報往來，不可能不知新科狀元與衛尚書之聯姻，當可力保張生無入

贅衛尚書家。整件事之發展變化，為本劇最後之高潮。

鄭恒因「妻子空爭不到頭」，選擇「觸樹身死」，一則承自《董西廂》的「投階而死」；更重要的是死於「情節結構」。第四本第四折的夢境，預告了鄭恒化為「醢醬」、「瞖血」的慘死。而本劇開場時崔相國的死及法會，象徵了愛情的播種、發芽，有死亡作為背景；而崔張愛情的開花、結果，同樣襯以鄭恒的死亡，兩者一以虛（崔相國未露面），一以實（鄭恒終究讓其上場），具現愛情的力量光彩勝過一切、甚至死亡！頭尾呼應，在結構上十分對稱。所以說，鄭恒不得不死！

造謠這一事件，隨著鄭恒的自殺，看似告一段落，但從崔老夫人對鄭恒喪事的處理：「俺不曾逼死他，我是他親姑娘，他又無父母，我做主葬了者。著喚鶯鶯出來，今日做個慶喜的茶飯，著他倆口兒成合者。」[19]雖然鄭恒是她從小就疼愛的姪子，當鄭恒這棋子利用價值已盡，棄車保帥，造謠之責一點都不沾身。且當機立斷幫他葬了，亦可博得慈愛之名。更殘忍的是，婚事也同時進行（就戲劇而言，這當然也受到團圓俗套的影響所致。）從這樣不拖泥帶水的行事風格，崔老夫人的形象是十分突出的。[20]只是她的智謀（或者說是陰謀）往往功敗垂成，這是她與其他主要人物不同的地方。

---

19 以上情節及引文見王季思校注本《西廂記》，頁 202-206。

20 董每戡曾在《西廂記論》指出老夫人有三次賴婚情形，第一次請宴是「明許明賴」，第二次催張生赴京趕考是「明許暗賴」，第三次鄭恒求配是「虛推實賴」。若從智謀而論，也是說得通。收入《董每戡文集》（中卷）董每戡著，黃天驥、陳壽楠編，廣東高等教育出版社，1999年8月，1版1刷。

三、驗證《西廂記》人物智謀的原創性

驗證《西廂記》人物智謀的原創,這個問題並不難,只要將上述情節段落及細節刻畫對照《董西廂》,即可解決。也不需對照更早的〈鶯鶯傳〉,因為這篇傳奇無論情節或人物形象都還未發展充足,更找不到可對照之處。

張生在《董西廂》中,沒有激怒法本長老,也沒有向紅娘自報家門;而是直接詢問招待他四處隨喜的法聰:「家有閨女,容艷非常,何不居驛而寄居寺中?」應曰:「夫人,鄭相女也。閨門有法。至於童僕侍婢,各有所役。間有呼召,得至簾下者,亦不敢側目。家道肅然。惡傳舍冗雜,故寓此寺。」對紅娘也是直接止之曰:「敢問娘子:宅中未嘗見婢僕出入,何故?」紅娘在張生表態願聞所以之後,就大方告以大段資訊,完全不需張生裝傻角。[21]

而《西廂記》中崔張月下聯吟的情節,在《董西廂》中是安排於詢問紅娘之前,自然就不會有一五一十把張生自我介紹的內容說給鶯鶯聽的情節。故張生「陳倉暗渡」的智謀是《西廂記》別開生面新創的。

崔鶯鶯的「五便三計」在《董西廂》中只有前兩計,是張生主動出來獻退兵之策。該段情節崔氏母女表現都是慌張怕死,「夫人聞語,仆地諕倒。」「是時鶯鶯孤孀母子,抱頭哭泣號咷。」甚至崔鶯鶯無計回天之際,「覷着階址恰待褰衣跳」,[22]

21　以上情節及引文見凌景埏校注本《董西廂》,頁9、18。

22　凌景埏校注本《董西廂》,頁48、49。

更別說展現崔鶯鶯的勇氣與機智，高超的說話技巧也不見，自然不會有智慧去化危機為婚姻的轉機。至於測試紅娘立場或張生是否會另娶異鄉花草，也都沒有；崔鶯鶯有口占一絕（同一首詩），但張生沒有酬和，鶯鶯也就沒能聽到自己想聽的回應。[23]故《董西廂》也無塑造鶯鶯具智謀形象的企圖。

　　至於紅娘，《董西廂》和《西廂記》比較相近。不過，在主訴理由之前並無一再提「他」（張生）意圖令崔老夫人不安。《董西廂》的紅娘滔滔雄辯如下：

> 「當日亂軍屯寺，夫人、小娘子皆欲就死。張生與先相無舊，非慕鶯之顏色，欲謀親禮，豈肯區區陳退軍之策，使夫人、小娘子得有今日？事定之後，夫人以兄妹繼之，非生本心，以此成疾，幾至不起。鶯不守義而忘恩，每侍湯藥，願兄安慰。夫人聰明者，更夜幼女潛見鰥男，何必研問，是非禮也。夫人罪妾，夫人安得無咎？失治家之道。外不能報生之恩，內不能蔽鶯之醜，取笑於親戚，取謗於他人。願夫人裁之。」夫人曰「奈何？」紅娘曰「生本名家，聲動天下。論才則屢被巍科，論策則立摧兇醜，論智則坐邀大將，論恩則活我全家：君子之道，盡於是矣。若因小過，俾結良姻，通男女之真情，蔽閨門之餘醜，治家報德，兩盡美矣。」[24]

23　以上情節見凌景埏校注本《董西廂》，頁 128。
24　以上情節見凌景埏校注本《董西廂》，頁 121。

同一段情節，《西廂記》字句及內容與《董西廂》部分近似，但還是寫得比較有層次，主攻崔老夫人重「相國家譜」之主軸謀略較為清晰。而《董西廂》中崔老夫人僅對女兒鶯鶯提及「這一場出醜，着甚達摩？便不辱你爺、便不羞見我？」[25]不同於《西廂記》，先後對紅娘、崔鶯鶯、張生三復「相國家譜」。

至於崔老夫人的城府很深這個特色，《董西廂》是沒有的。只有觀察出「鶯容麗倍常，精神增媚，甚起疑心。夫人自思，必是張生私成暗約。」[26]這精明是一樣的。而最誇張的是，鄭恒捏造張生入贅衛尚書家的謠言，始終沒人戳破說它是假，崔張苦無良策，竟私奔杜確太守，而崔老夫人則近尾聲時幾乎不見蹤影，更別說利用鄭恒賴婚的陰謀與處理鄭恒喪事的偽善。故崔老夫人城府很深的陰謀形象，在《董西廂》中也是沒有的。

從以上的對照分析，驗證了《西廂記》主要人物的智謀，除了紅娘較相近，張生、崔鶯鶯、崔老夫人之智謀或陰謀形象，是《西廂記》創造、刻畫出來的。

四、結語

經第二小節擇段新詮各主要人物的言語行為，張生激怒法本與向紅娘自報家門，這個謀略成功巧獲關於崔老夫人治家嚴肅之重大訊息，而法本與紅娘則被瞞過而不自知。崔鶯鶯以「五便三計」之謀略轉化個人被搶為壓寨夫人的危機為婚姻的轉機，崔老

25　引文見凌景埏校注本《董西廂》，頁 122。
26　以上引文見凌景埏校注本《董西廂》，頁 119。

夫人則是無奈被迫接受第三計。崔鶯鶯也曾智測紅娘的立場與張生的真心，都如自己的意；而對方卻絲毫不察其謀略！紅娘仍以崔老夫人的價值觀為算計，有效說服崔老夫人接受張生與鶯鶯私下成合的事實。崔老夫人在第五本中利用鄭恒造謠一事，企圖改變張生與鶯鶯的婚事。其謀略雖不成功，卻也全身而退。在人物彼此的鬥智中，除崔老夫人常功敗垂成外，其他三人則多有達成智謀之預期目的。以智謀的表現觀其劇情演變，鬥智勝負互有消長，更添精彩，此或許是《西廂記》作者凸顯主要人物智謀的編劇策略與目的！第三小節再將上述情節段落及細節刻畫對照《董西廂》，驗證了《西廂記》主要人物的智謀，除了紅娘較相近，張生、崔鶯鶯、崔老夫人之智謀或陰謀形象，確定是《西廂記》創造、刻畫出來的。

重評李日華《南西廂記》

一、前言

明李日華《南西廂記》自問世以來，實在罕見對它有所肯定的評價[1]，連帶對它的研究也不多。本文認為應不全然如古人所評，其中可商榷處亦復不少，後文會就此提出個人的一些意見。

在進入正題之前，首先要交代的是《南西廂記》的作者（陸采為另一本《南西廂記》作者，故可不論。）以及所用以討論的版本。

作者方面，歷來會提及李景雲、崔時佩、李日華三人。李景雲已被確定為元人，作品為《崔鶯鶯西廂記》，全本已佚，尚可

---

[1] 可參見吉林人民出版社《六十種曲評注》第五冊頁 723-728 所附〈《南西廂記》作者生平資料匯輯〉、〈《南西廂記》歷代評論匯輯〉及〈《南西廂記》版本序跋匯輯〉，無一則肯定評價。2001 年 9 月，1 版 1 刷。論文中所引歷代評論，如未特別加注說明出處，即出於本書所附。另，中國戲劇出版社《中國古典戲曲論著集成（四）》中之張琦《衡曲麈譚》提及：「今麗曲之最勝者，以王實甫《西廂》壓卷，日華翻之為南，時論頗弗取，不知其翻變之巧，頗能洗盡北習，調協自然，筆墨中之鑪冶，非人官所易及也。」則屬肯定意見。頁 269，1959 年 7 月 1 版，1982 年 11 月 4 刷。

見佚曲二十八支[2]，非所謂《南西廂記》作者。至於崔、李二人，一般視為創作上有承繼改編關係的作家，只是古人話說得較為「不屑」，如明梁辰魚〈南西廂題詞〉：

> 崔割王腴，李奪崔席，俱堪齒冷。

明祁彪佳《遠山堂曲品》：

> 觀其中不涉實甫處，亦盡自堪造撰，何必割裂北詞，致受生吞活剝之誚耶？然此實崔時佩筆，李第較增之。人知李之竊王，不知李之竊崔也。

因本文著重曲文劇情的優劣判別，並不涉及「版權」，縱使有糾紛，亦無甚干涉，故內文中一律稱《南西廂記》作者為李日華。

至於版本方面，據《中國大百科全書·中國文學 I 》頁 395 云：

> 現存《南西廂記》較早的版本，是明代萬曆年間金陵富春堂本和周居易校刻本，《古本戲曲叢刊初集》第 30 種即據富春堂本影印。明末《六十種曲》本和《六幻西廂》本

---

[2]　錢南揚《宋元戲文輯佚》，上海古典文學出版社，1956 年 12 月。據其自敘，主要根據《彙纂元譜南曲九宮正始》，並參考《舊編南宮詞譜》、《南九宮十三調曲譜》、《廣輯詞隱先生增定九宮詞譜》、《寒山曲譜》、《新編南詞定律》、《新定九宮大成南北詞宮譜》輯得。

　　是比較通行的版本，它們與早期版本的差別較大。[3]

　　二〇〇〇年十一月北京中華書局又出版以劉世珩暖紅室刊本為底本，精校而成的《南西廂記》，但問題是這幾種版本當中，內容上存在著一定幅度的差異，論述多所不便。為使論述當中所引曲文，讀者較易核對、複查，本文不以版本優劣為考量，而以「通行」程度來抉擇，毛氏汲古閣刊《六十種曲》的《南西廂記》最符合此一要求，非但各大圖書館必備一套，中國古典戲曲相關研究人員也是人手一冊。不過，筆著寓目之汲古閣刊本有二，一存於國家圖書館，為清代修補本，共三十四齣；一為民國五十九年四月，臺灣開明書店發行的《繡刻南西廂記定本》，共三十六齣。基於「通行」，當採開明書局本[4]。

二、南北《西廂》曲牌數之消長情況

　　一般同題材之劇本，雜劇所用曲牌支數一定不會多於傳奇體製，不過，《北西廂記》內容篇幅長達五本二十一折，卻是一個異數。

---

[3]　《中國大百科全書・中國文學 I》，中國大百科全書出版社編輯部編，中國大百科全書出版社，1988 年 9 月，2 版 1 刷。

[4]　至於《南西廂記》各版本間曲文之差異，可參考拙著《西廂記二論》中討論到《南西廂記》的部分，頁 54-61。文史哲出版社，1998 年 12 月，初版。中華書局選刊的明清傳奇《明珠記・南西廂記》的〈點校說明〉亦有提到。另，《六十種曲》的《南西廂記》亦可參看吉林人民出版社2001 年 9 月所出版的《六十種曲評注》。

　　以下列表統計南北《西廂》曲牌數之多寡，表中數字透露了一些訊息，適可解釋前人的某些評價。

南北《西廂》曲牌數之比較表[5]

北		南	
情節段落（本、折）	曲牌數	情節段落（齣）	曲牌數
		第一齣　　家門正傳	2
		第二齣　　金蘭判袂	9
第一本楔子	2	第三齣　　蕭寺停喪	6
第一本第一折	13	第四齣　　上國發軔	4
		第五齣　　佛殿奇逢	11
第一本第二折	20	第六齣　　禪關假館	10
		第七齣　　對謔琴紅	1
第一本第三折	15	第八齣　　燒香月夜	2
		第九齣　　唱和東牆	10
第一本第四折	13	第十齣　　目成清醮	12
		第十一齣　亂倡綠林	4
		第十二齣　警傳閨闈	0

<hr>

5　表中第三本楔子情節或曲文未被採用入《南西廂記》，故加括號區別之。另，表中上層所列《北西廂》之位置，即相對於《南西廂》某齣之情節，但有時並不易準確標出其對應關係。至於用以參照的《北西廂》，仍依「通行」原則，採里仁書局 1995 年 9 月 28 日初版的王季思校注本。往後兩本曲文之比較，則不再詳注曲文出處。另，臺灣商務印書館 1976 年 7 月初版之《南北西廂記比較》，著者叢靜文亦曾作過此一表格，但所用《北西廂》之底本為《六十種曲》本，結論則是《北西廂》重曲，《南西廂》重賓白。後者理由是「其第十二齣竟有白而無曲，意在強調重視賓白。」實屬誤解。

第二本第一、二折	13+11	第十三齣　許婚借援	15
		第十四齣　潰圍請救	1
第二本楔子	2	第十五齣　白馬起兵	5
		第十六齣　飛虎授首	7
第二本第三折	16	第十七齣　東閣邀賓	10
第二本第四折	16	第十八齣　北堂負約	10
第二本第五折	15	第十九齣　琴心寫恨	10
第三本（楔子）第一折	(1)13	第二十齣　情傳錦字	13
第三本第二折	19	第二十一齣　窺簡玉臺	5
		第二十二齣　猜詩雪案	10
第三本第三折	14	第二十三齣　乘夜踰垣	10
第三本第四折	13	第二十四齣　回春柬藥	7
		第二十五齣　病客得方	7
第四本楔子	1	第二十六齣　巫姬赴約	2
第四本第一折	17	第二十七齣　月下佳期	9
第四本第二折	14	第二十八齣　堂前巧辯	12
第四本第三折	19	第二十九齣　秋暮離懷	14
第四本第四折	17	第三十齣　草橋驚夢	12
		第三十一齣　曲江得意	0
第五本楔子	1	第三十二齣　泥金報捷	2
第五本第一折	12	第三十三齣　尺素緘愁	14
第五本第二折	19	第三十四齣　回音喜慰	8
第五本第三折	12	第三十五齣　詭媒求配	5
第五本第四折	21	第三十六齣　衣錦還鄉	19
合計	329		278

從上表可知，《南西廂記》自行添加的情節段落其實極少，第一齣〈家門正傳〉乃是基於體製上要求，不得不有此一齣。實際多出的多集中在前六分之一，著重在張珙、杜確的金蘭之交，以及孫飛虎的圍寺授首，而崔鶯鶯、張君瑞二人的愛情歷程，《南西廂記》幾無置喙餘地。經羅列南北《西廂》各段之曲牌數，發現《南西廂》每齣一般在 10 支以下，但《北西廂》除楔子外，各折全部在 10 支以上，雖只有五本二十一折，加總之後，共用了 329 支曲牌，反超過《南西廂》的 278 支，這說明了《南西廂》比《北西廂》在曲文上來得精簡（不過，賓白有時反較駢儷），但《北西廂》夙以細膩見長，將細膩化的描述精簡，無非得割捨細膩以就情節之流暢簡練，故竊以為過去如明陸采《南西廂記·自序》中所謂的：

> 迨後李日華取實甫語翻為南曲，而措辭命意之妙，幾失之矣。

即是指此。當然這其中可能也有如明凌濛初《譚曲雜劄》所說的：

> 改北調為南曲者，有李日華《西廂》。增損句字以就腔，已覺截鶴續鳧，如「秀才們聞道請」下增「先生」二字等是也。更有不能改者，亂其腔以就字句，如「來回顧影，文魔秀士欠酸丁」是也。……至《西廂》尾聲，無一不妙，首折煞尾，豈無情語、佳句可采，此隱括南尾，使之悠然有餘韻，而直取「東風搖曳垂楊綫，游絲牽惹桃花

片」兩詞語填入耶？真是點金成鐵手！

清姚燮《今樂考證》引葉堂意見，云：

> 《南西廂》，明李日華作。以北改南，煞費苦心，然未免有點金成石之憾。

皆認為李日華將名作改壞了，「點金成鐵」、「點金成石」。前引之陸采也指斥李日華「生吞活剝」。不過，「生吞活剝」與「煞費苦心」似有矛盾，竊以為前人所評尚有可商榷之處！

就拿前面凌濛初所舉的失敗例子「東風搖曳垂楊綫，游絲牽惹桃花片」來討論，它真的無法隱括該齣，使之結尾悠然有餘韻嗎？它真的非情語、非佳句嗎？

大陸學者王季思注釋「東風搖曳垂楊綫，遊絲牽惹桃花片，珠簾掩映芙蓉面。」三句如下：

> 此三句寫人已去而餘情不盡，光景尚依稀可想也。[6]

「餘情不盡」四字顯然可作為凌氏意見的反撥，而弔詭的是李日華只截取了前兩句，隨即又借用原【賺煞】末二句「爭奈玉人不見，將一座梵王宮疑是武陵源。」作為第五齣〈佛殿奇逢〉

6　《西廂記》，王季思校注，里仁書局，1995 年 9 月 28 日，初版，頁 16，注 49。

的最後一支曲牌唱詞。詳細改動情況如下：

《北西廂》第一本第一折原文：

（末唱）

【寄生草】蘭麝香仍在，佩環聲漸遠。東風搖曳垂楊綫，遊絲牽惹桃花片，珠簾掩映芙蓉面。你道是河中開府相公家，我道是海南水月觀音現。

「十年不識君王面，始信嬋娟解誤人。」小生便不往京師去應舉也罷。（覷聰云）敢煩和尚對長老說知，有僧房借半間，早晚溫習經史，勝如旅邸內冗雜，房金依例拜納，小生明日自來也。

【賺煞】餓眼望將穿，饞口涎空嚥，空著我透骨髓相思病染，怎當他臨去秋波那一轉！休道是小生，便是鐵石人也意惹情牽。近庭軒，花柳爭妍，日午當庭塔影圓。春光在眼前，爭奈玉人不見，將一座梵王宮疑是武陵源。（並下）

《南西廂》改貌：

【前腔】〔生〕門掩梨花深小院，粉牆兒高似青天，粉牆兒高似青天。〔淨〕他去遠了。〔生〕玉珮聲漸漸遠，空教人餓眼望將穿，空教人餓眼望將穿，怎當他臨去秋波那一轉，休說小生，便是鐵石人情意牽。

【尾聲】東風搖曳垂楊線，遊絲牽惹桃花片，爭奈玉人不見，將一座梵王宮疑是武陵桃源。

十年不識君王面，始信嬋娟解誤人，小生便不去應舉也
罷。〔轉身介〕敢問首座，有空閒房屋，乞借半間，早晚
溫習經史，房金依例奉上。〔淨〕先生，空房雖有，貧僧
焉敢自專，待老師父回來，對他說方可。〔生〕既如此，
小生明日又來，煩首座在尊師處竭力贊助為幸。〔淨〕當
矣當矣。

花前邂逅見方卿，　　　頻送秋波似有情。
便欲禪房尋講習，　　　無心獻策上神京。

　　筆者以為「珠簾掩映芙蓉面」意指崔鶯鶯進入其住家內，消
失於張生視線中，亦即「玉人不見」，故兩句只須選擇一句存留
即可；另，王季思先生注釋，三句為一則，其實並不恰當，因第
三句意思甚明，不如前兩句情景交融，偏於虛寫，比喻方式也與
末句不類，「東風」、「遊絲」借指鶯鶯留存張生腦海中之倩
影，垂楊綫、桃花片指其為倩影（或者說是愛情）所牽扯的一顆
心；但第三句卻無法作此等類比，看似鼎足對，細繹之，仍有分
別，故李日華這一改，其實是「煞費苦心」，也未失其妙，而借
由上例曲文比較，也大致可看出，李日華苦心孤詣所在，除改填
曲牌，以便吳人唱演外，原則有二：不失原曲文之妙；且又能精
簡唱詞。為何一定要精簡？從今天舞台上之折子戲與原著相比，
一般多是以刪減曲子支數為多，或如清代李漁在《閒情偶寄‧演
習部‧變調‧縮長為短》所言：

　　然戲之好者必長，又不宜草草完事，勢必闡揚志趣，摹擬
　　神情，非達旦不能告闋。然求其可以達旦之人，十中不得

一二；非迫于來朝之有事，即限于此際之欲眠，往往半部
即行，使佳話截然而止。予嘗謂好戲若逢貴客，必受腰斬
之刑，雖屬謔言，然實事也。[7]

李漁從觀眾的角度著想劇本長短的增減，未嘗不是清代劇作
家孔尚任所考慮的，《桃花扇·凡例》云：

各本填詞，每一長折，例用十曲，短折例用八曲。優人刪
繁就簡，只歌五六曲，往往去留弗當，辜作者之苦心。今
於長折，止填八曲，短折或六或四，不令再刪故也。[8]

李日華也許考慮「作者之苦心」及演出之「刪繁就簡」，故
例用十曲者占多數。這是演出之潮流所趨，今之學者陸萼庭《崑
劇演出史稿》即指出：

一部傳奇名著，在供專門家欣賞的廳堂演出時基本上保持
原本面貌，在劇場則多演節本。……演出習俗不是一成不
變的，它往往反映出觀眾的接受口味，頗具制約力。……
觀眾要求為時短些，演出精煉些，劇場奉行，劇作家也不
得不遵守。[9]

7　清李漁《閒情偶寄》，江蘇廣陵古籍刻印社，1991 年 9 月，1 版 1 刷，
　　頁 73。
8　清孔尚任《桃花扇》，里仁書局，1996 年 10 月 15 日，初版，頁 13。
9　陸萼庭《崑劇演出史稿》修訂本，國家出版社，2002 年 12 月，初版 1
　　刷，頁 149-150。

　　陸氏談的雖是明末清初演出的主演方式，但揆之實際狀況，此制約仍然合情合理。「一場演出約在十五齣至二十齣左右，全本戲有三十齣或四十齣，可分兩天演畢。」[10]《南西廂》恰好在這個齣數範圍內，也必須兩天才能演完，更何況一天演十五至二十齣，完全照本宣科，亦甚感吃力，足見場上演出版本應存在再一度「刪繁就簡」的風氣，否則很難想像一個晚上演畢十五段以上情節，或誰有體力、時間從早到晚皆能共襄「盛舉」！

　　因此，筆者以為便吳人清唱演出是其改編動機，刪繁就簡是其改編原則。明乎此，再論其得失。某些地方之失，或古今共見，不容多所迴護，然竊以為有些情節更動，卻是補了王實甫《北西廂》之罅漏，或有曲文、情節疑義（不一定是敗筆），李日華以己意疏通明朗化，後者之功過較有爭議，二者一併列後討論。

三、改編得失舉例

例一

　　第六齣〈禪關假館〉已無張生以「紅娘演撒老潔郎」激怒法本透露老夫人治家嚴肅的情節，這被刪的一段，原本《董西廂》也沒有，可見是《北西廂》刻意補添出來，以「三復情節」[11]的

10　陸萼庭《崑劇演出史稿》修訂本，頁150。

11　參見拙文〈《西廂記》「三復情節」釋例〉，《文學新鑰》第四期，2006年7月。所謂的「三復情節」，是大陸學者杜貴晨於一九九七年左右提出來的，「三復」一詞借自《論語・先進》：「南容三復白圭。」一句，認為中國古代小說多有從形式上看來經過三次重複才能完成

手法加強老夫人之治家風格及對崔張愛情的間阻力量。但不易明瞭作者苦心，故《南西廂》第三齣〈蕭寺停喪〉中改以崔家老僕人一上場，即言明「老夫人治家嚴肅，不用雜人。外事只有老僕，內有侍妾紅娘。」第六齣〈禪關假館〉法本上場又說「那夫人處世有方，治家嚴肅。是是非非，人莫敢犯。」只是不如原作之妙，可以顯現張生分別用不同的手段獲取崔家內（紅娘）外（法本）人物所透露的相同訊息──老夫人治家嚴肅。（《北西廂》處理崔鶯鶯之美，亦是同樣手法。）《南西廂》則改由崔家內老僕、紅娘先後告知，外之普救寺法本自道，三者加上張生再重複一遍「適間紅娘說夫人節操凜冰霜，小姐不合臨去回頭望。」其實已是「過三不成禮」了（除非單就第六齣計算，剛好「三復」）。而且第十齣〈目成清醮〉卻仍保留原先作為傳聞印證的「侯門不許老僧敲，紗窗外定有紅娘報（到）。」增加男性老僕就減弱了老夫人治家之嚴肅，不過，李日華大概也隱隱感覺不妥，故將「紅娘報」改為「紅娘到」。然而紅娘搶白張生自報家門的話中卻仍有「內無應門五尺之童，年至十二三者，非呼喚不敢輒入中堂。」更何況是男性老僕，因此，李日華雖將曲文奧深難明之處刪改得較易了解，本無可厚非，但照應不周，卻是失其妙了。

（按：「完成」應作「凸顯」較妥）的情節，大者如《三國》的「劉玄德三顧草廬」、《水滸》的「宋公明三打祝家莊」、《西遊》的「孫行者三調芭蕉扇」，小者則如《儒林外史》中周學道三閱范進試卷或范進三笑而瘋的描述，也算是「三復情節」之運用。

例二

第二十齣〈情傳錦字〉中，仍有紅娘將唾津兒潤破紙窗，偷看張生病況的情節，《北西廂》第三本第一折曲文如下：

> 【村里迓鼓】我將這紙窗兒潤破，悄聲兒窺視。多管是和衣兒睡起，羅衫上前襟褶䙓。孤眠況味，淒涼情緒，無人伏侍。覷了他澀滯氣色，聽了他微弱聲息，看了他黃瘦臉兒。張生呵，你若不悶死多應是害死。

《南西廂》則修改如下：

> 【六衰】潤破紙窗兒，潤破紙窗兒，俏聲兒窺視。見他和衣初睡起，前襟有摺䙓。孤眠滋味，淒涼情緒，這瘦臉兒不是悶死是害死。

《北西廂》的文字，與電影鏡頭的推移有異曲同工之妙，不直接照臉，而先由前襟往上慢慢推移，由所穿衣服（非睡衣）的前襟起皺褶，令人聯想到張生害相思到無體力換衣睡覺，再加上「輾轉反側」，以致平常外出服起了皺褶。繼而伴雜呼吸聲出現，是微弱的，最後落在一張黃瘦的臉，一如衣皺所帶來的聯想。不過，筆者所未提到的幾句，其實出了問題，一是「氣色」太早出現，「臉」都還沒照到呢！二是張生身邊的琴童那兒去了？從第一本第一折後，無緣無故消失。寺警之後，明明崔老夫人邀請張生：「自今先生休在寺裏下，只著僕人寺內養馬，足下來家內書院裏安歇。」且根據狀元店中琴童曾云「安排下飯，撒

和了馬，等哥哥回家。」當然琴童也跟著搬進普救寺養馬，但自家主人生了重病，到了不是悶死就是害死的地步，怎可能「無人伏侍」？也許紅娘到的時候，琴童剛好不在，但遍尋《北西廂》，琴童是遲至第四本第三折長亭送別才又出現，於情於理非常不通。李日華也看到這點，故添加了不少琴童的戲，在這兒，「孤眠滋味，淒涼情緒，無人伏侍。」三句，獨獨刪掉末一句，倒補了王實甫極大的漏洞；而且第二十五齣〈病客得方〉寫張生踰垣被訓，一命將危，一開場即是「丑（琴童）扶生上」，隱然針對「無人伏侍」予以駁斥。《北西廂》這一節的疏失，《董西廂》原先未犯，不知《北西廂》何故有失，李日華將之更正回來。

例三

第二十一齣〈窺簡玉臺〉，寫崔鶯鶯拈信後之表情變化，原先在《北西廂》第三本第二折中頗複雜多變，足以說明鶯鶯小姐個性中「有許多假處」，其曲【普天樂】（紅唱）：

> 晚妝殘，烏雲軃，輕勻了粉臉，亂挽起雲鬟。將簡帖兒拈，把妝盒兒按，開拆封皮孜孜看，顛來倒去不害心煩。（旦怒叫）紅娘！（紅做意云）呀，決撒了也！厭的早挖皺了黛眉。（旦云）小賤人，不來怎麼！（紅唱）忽的波低垂了粉頸，氳的呵改變了朱顏。

將一個守禮教又情性多變的相國千金小姐寫得具體活現。發現情人張生的來信，急於看信，卻又不忘照例理容挽髮，雖較往日輕

忽胡亂，也算做了。信拿了出來，不忘隨手將妝盒蓋回去，足見鶯鶯之注重儀容、注重生活細節。而表情之豐富一如湯顯祖所評：

> 三句遞伺其發怒次第也。皺眉，將欲決撤也；垂頸，又躊躇也；變朱顏，則決撤矣。[12]

如果再加上「孜孜看」、「怒叫」（可能聲音表情先臉部表情走，臉上也許尚留笑意），豈不「變化多端」，且皆在一瞬間完成，故用「厭的」、「忽的」、「氳的」強調其快速，而這也提供了後面張生跳牆赴約，為何一摟鶯鶯，鶯鶯隨即翻臉的依據。

但《南西廂》翻為南曲【祝英臺】（【前腔】）：

> 〔旦醒對鏡介〕心亂，晚妝殘，烏雲軃，春睡損紅顏。雙眼倦開，半晌擡身。〔行嘆介〕酪子裏一聲長嘆。〔見書介〕這書是那裏來的，敢又是紅娘這小妮子。無端，不思量刺鳳描鸞，只學去傳書遞緘。意孜孜，顛來倒去不害心煩。

竟是形似而神非了，此可謂之「生吞活剝」。

例四

　　第二十二齣〈猜詩雪案〉末尾，張生與紅娘在討論粉牆太

12　轉引自王季思校注《西廂記》，里仁書局，1995 年 9 月 28 日，初版，頁 118，注 10。

高，恐怕難以跳牆赴約，張生曾云：

> 小生去兩遭，不曾見一些好處。〔貼〕今番不比往常了。
> 【尾聲】雖然是去兩遭倒不如這一番，隔牆酬和都胡侃，
> 證果在今番這一緘。

曲文與《北西廂》無甚出入，都強調張生去了花園「兩遭」。但仔細回想，除了「隔牆酬和」外，似乎找不到第二遭。李日華又發覺不對勁，《北西廂》第三本第二折紅娘唱完〔煞尾〕即下場，《南西廂》則補了兩句賓白：「正是聽琴酬和皆虛哄，證果全憑此一封。」將鶯鶯聽琴也算一遭，雖顯勉強，終究也是「煞費苦心」，想幫《北西廂》稍作彌補。

例五

原本《北西廂》中「玉人」一詞，除張生猜詩謎自認為是指自己外，整本《西廂記》只有第三本第三折【沉醉東風】第二句「原來是玉人帽側烏紗」指的是赴約的張生，其餘皆指崔鶯鶯。「玉人」一詞原屬中性，可指男亦可指女，然依作者用詞習慣，百分之八九十是指崔鶯鶯，為何獨獨「待月西廂下」一詩，「疑是玉人來」是指張生自己？可是明明又擺著【沉醉東風】這一句例外來支持張生的臆測也不無可能。雖然崔鶯鶯賴簡的原因，傳統上以為是紅娘在場窺伺的關係，但從前後曲文看，也不排除有其他兩個原因：一是崔鶯鶯不喜歡別人冒冒失失抱住她，侵犯身體之自主權，而之前紅娘也暗示過張生「你索將性兒溫存，話兒摩弄，意兒謙洽；休猜做敗柳殘花。」沒想到張生左耳進右耳

出；二是萬一崔鶯鶯詩中暗示張生在書房等她過去，「玉人」是指她而非張生，張生反跳牆過來，崔鶯鶯在意料之外該如何面對紅娘陪著？喊「有賊」當然是不得已的脫身之計。更何況再一次的幽會，崔鶯鶯可是暗示張生「酸醋當歸浸」呢！

因此，筆者認為李日華看出「玉人」一詞有歧義性，依《南西廂》之習性，大多不願讓情節太複雜或語意晦澀，第二十三齣〈乘夜踰垣〉中即將曲文改成「卻是多才，帽側烏紗。」讓「玉人」專屬於崔鶯鶯，避免滋生誤解，如此一來，反倒更凸顯了張生猜詩謎誤入歧途的可能性，只是李日華有此自知之明乎？

而李日華何以選擇「多才」一詞彙？這也是另一種「專屬」歸類，因為第十三齣〈許婚借援〉，【三台令】首二句即是「自那日忽覩多才，不覺每上心來。」「多才」當然指的也是張生！

例六

第二十三齣〈乘夜踰垣〉中的經典賓白：

> 〔旦〕紅娘快來！有賊。〔貼〕是誰？〔生〕是小生。
> 〔貼〕姐姐，不要慌。是熟賊。〔旦〕賤人！賊有甚生
> 熟？〔貼〕你道是誰？是張生。〔旦〕不要管張生李生，
> 拿去見老夫人。……

《北西廂》第三本第三折之賓白在此處反顯平平：

> （旦）紅娘，有賊。（紅云）是誰？（末云）是小生。
> （紅云）張生，你來這裏有甚麼勾當？（旦云）扯到夫人

那裏去。

現今舞台上，任何劇種演至此處，幾乎沒有不採取《南西廂》「熟賊」之論以博觀眾一粲的。這豈能說是點金成鐵？

例七

第二十七齣〈月下佳期〉有兩段賓白，頗為人所詬病：

1. 〔貼〕……張先生，開門！開門！〔生〕是誰？〔貼〕是你家前世的娘。〔生〕小姐來了麼？〔貼〕又不得來。〔生〕若不來，你就替一替。〔貼〕呸！放尊重些，休得驚了小姐。且接了衾枕進去。……

2. 〔貼〕張先生，且喜且喜，你如今病醫好了麼？〔生〕多謝紅娘姐。我十分病已去九分了，還有一分不去。〔貼〕這一分如何不去？〔生〕這一分還在紅娘姐身上。承你不棄，一發醫了小生這一分何如？〔貼〕呸！

《南西廂》中張生與紅娘之間常有如上之打情罵俏情節，一些人或以為有礙張生之專情。不過，以結果論，張生並不似後來某些改編本，有得隴望蜀之想，故寧以談吐有雅俗之別視之，情之專則一也。

例八

第二十九齣〈秋暮離懷〉已刪除《北西廂》第四本第三折中連張生本人都感不解的五言絕句（陸采《南西廂》亦然）──

（旦云）君行別無所贈，口占一絕，為君送行：「棄擲今何在，當時且自親。還將舊來意，憐取眼前人。」（末云）小姐之意差矣，張珙更敢憐誰？謹賡一絕，以剖寸心：「人生長遠別，孰與最關親？不遇知音者，誰憐長歎人？」

其實，崔鶯鶯的心理十分容易理解，不是不信任張生，而是她也有一般身為女子的恐懼——所愛所託付終身者「停妻再娶妻」。且張生的賡和，不僅是安撫，也是再度呼應前面隔牆酬唱，鶯鶯所回應的那首詩：

「蘭閨久寂寞，無事度芳春；料得行吟者，應憐長嘆人。」

表示熱戀深愛之後，仍不忘最初認識交心的那一夜。當然依鶯鶯複雜、真假難辨的個性，難保鶯鶯不是故意一試。如果真是這樣，張生的真心是在毫無察覺鶯鶯意圖之下坦白無欺地被測試出來。而《南西廂》為求曲文意義醒豁，精簡為上，複雜性格的反映也就不在考量之內。

例九

第三十齣〈草橋驚夢〉之「驚」蕩然無存，只以「內鳴鑼，旦下，生抱丑介」而醒，將《北西廂》第四本第四折「卒子搶旦下」的驚夢完全抹除。這恐怕又是基於曲文冷僻字詞不少，舞台聽效不佳而刪的吧！試看《北西廂》第四本第四折【水仙子】一

曲：

> 硬圍著普救寺下鍬钁，強當住咽喉仗劍鉞。賊心腸饞眼腦
> 天生得劣。（卒子云）你是誰家女子，黃夜渡河？（旦
> 唱）休言語，靠後些！杜將軍你知道他是英傑，覷一覷著
> 你為了醢醬，指一指教你化做脅血。騎著匹白馬來也。

除文字不夠通俗，亦難稱雅正，又有「普救寺」一地點混淆張生
夜宿的「草橋店」，然從此曲可暗示末尾白馬將軍杜確再度出馬
助張，逐退鄭恆，且間接逼其觸樹而死——「為了醢醬」、「化
做脅血」，但觀眾可有此閒暇慮及？再加上李日華改編之原則是
「刪繁就簡」，極少添加情節曲文，亦復極少重塑曲文，大多以
《北西廂》曲文當支或前後數支拼湊成南曲，以便吳唱，故其考
慮既難重組又無法修枝剪葉，只有刪去一途。

例十

第三十四齣〈回音喜慰〉描寫張生猜鶯鶯所寄的六樣東西——
——瑤琴、玉簪、斑管、裹肚、汗衫、綿襪，《北西廂》第五本
第二折中，張生雖自云：「小姐寄來這幾件東西，都有緣故，一
件件我都猜著了。」但實際上，汗衫、玉簪是猜錯了，裹肚之寓
意也未明確說中。以崔、張之前不用言語，即可心心相印而言
（第一本第一折鶯鶯「拈花微笑」之設計），至後來反只能猜中
一半，就情理上較難令人接受。

《南西廂》瑤琴、斑管、綿襪等項之猜臆文字承自《北西
廂》，乃因這三樣物品原本就猜著了，自然不需另塑曲文。裹

肚、汗衫則合解：

> 裏肚精製，汗衫貼體，見他不離我身邊，識盡他心中之
> 事。

雖仍有跡可尋，化自《北西廂》，但卻因「貼體」、「不離我身
邊」等關鍵曲文，而較《北西廂》第五本第二折之處理高明——

> （末拿汗衫兒科）休道文章，只看他這針黹，人間少有。
> 【滿庭芳】怎不教張生愛爾，堪針功出色，女教為師。幾
> 千般用意針針是，可索尋思。長共短又沒個樣子，窄和寬
> 想像著腰肢，好共歹無人試。想當初做時，用煞那小心
> 兒。
> 【四煞】這裏肚，手中一葉綿，燈下幾回絲，表出腹中
> 愁，果稱心間事。

而鶯鶯寄託的寓意卻是：

> 這汗衫兒呀，
> 【梧葉兒】他若是和衣臥，便是和我一處宿；但貼著他皮
> 肉，不信不想我溫柔。（紅云）這裏肚要怎麼？（旦唱）
> 常則不要離了前後，守著他左右，緊緊的繫在心頭。

至於「玉簪呵有甚主意？」

（旦唱）我須有個緣由，他如今功名成就，只怕他撇人在
腦背後。

《北西廂》的張生解為：

【二煞】這玉簪，纖長如竹筍，細白似蔥枝，溫潤有清
香，瑩潔無瑕玼。

《南西廂》亦從質地讚云：

玉簪細巧，玉簪細巧，全無瑕疵。

明顯化自前者而來。或以為詠物即詠人，讚玉簪溫潤無瑕，即是
美鶯鶯內外兼美。不過，終隔一層，鶯鶯在意恐懼的是「離」與
「忘」，而非缺少情人的讚美。

　　總之，李日華看到了《北西廂》中的不妥之處，改了兩處，
卻彷彿贊同王實甫對「玉簪」的比喻、解釋。也許，六樣猜中三
項，比例嫌低；六樣全部猜中，又復太過完美、神奇，故要留下
一絲絲缺憾。不管如何，這一節「猜寄」，李是勝王的。

例十一

　　若說南北《西廂》人物造型變化最多的是誰？恐非琴童莫
屬，不過，這個人物似乎沒有多少加分效果，出語總嫌粗俗，
大陸學者蔣星煜〈琴童在《西廂記》中的地位〉一文已痛批再

三[13]，本文不擬多談。此處要談的是另一位真正負面的人物鄭
恆。在《北西廂》中作者藉由鄭恆晚出場，不合舞台慣例來暗示
其非鶯鶯託付終身的理想伴侶，不需至第五本第三、四折才明其
嘴臉如何？原因至少有三：一是故事一開場，崔老夫人已去信要
求他趕赴普救寺共扶死去姑丈之靈柩回河北博陵，沒想到從當年
暮春至隔年張生赴考得中狀元回普救寺，他也只比張生早一天到
達，若以張生腳程計算，他是不合理地花了三倍時間才走到，面
對姑母也就是未來丈母娘託付的任務，竟然如此不放在心上，足
見不負責任之甚；二是鶯鶯在已許配表哥鄭恆的情況下，紅娘還
幫她拈香祝禱「願俺姐姐早尋一個姐夫」，而鶯鶯卻也默許。說
明了鄭恆得崔母歡心，在其家世背景，而其為人恐不得鶯鶯、紅
娘之認可，故作者故意讓鶯鶯騎驢找馬；三是借由孫飛虎武人搶
親，來凸顯稍後鄭恆的文人搶親，同樣跋扈而不討人（劇中人／
觀眾）歡心。再者，作者對鄭恆的晚至普救寺，竟輕描淡寫由鄭
恆自己交代「因家中無人，來得遲了。」不是作者搪塞、疏忽，
而是有意暗示其在京城逗留，恐怕只是紈袴子弟的行徑。但這樣
的蘊藉寫法，其實是案頭文章常見的伏筆安排，《南西廂》作者
唯恐觀眾不察，遂在第三十五齣〈詭媒求配〉鄭恆一上場，便迫
不及待讓鄭恆向觀眾交代一年來的行蹤：

　　【秋夜月】〔淨上〕心性囂，慣使風流鈔。柳陌花街常時
　　樂，偎紅倚翠追歡笑。只愁易老，只愁易老。

13　收入蔣星煜《西廂記新考》，學海出版社，1996 年 11 月，初版，頁
　　251-262。

【梨花兒】我家累代是公卿，自我生來欠老成。終日奔波
不暫停也麼哆，風流態度人皆敬。

小子鄭恆是也。前者姑娘崔老夫人附書來，著我到京搬喪
還河中去。誰想到得遲，又起程去了，不得相會。一向在
京院子裏嫖耍，整整住了一年以上……。

《南西廂》非但解釋了人物晚到的原因，還特地讓他遲到兩次——
——在京起程，一次；河中普救寺會合，又一次。也強調整整在京
「嫖耍」了一年以上，落實了原先《北西廂》的虛筆。

從這一例子，可以以小窺大，《北西廂》有許多潛台詞暗藏
字裏行間，虛實相半；《南西廂》則大多伴以實筆出之，以求情
節顯豁易懂。

另，鄭恆的下場，《北西廂》作觸樹而死，雖是改自《董西
廂》的「投階而死」，卻又另有所寓，一為呼應〈草橋驚夢〉之
夢境，一為使結構上皆有死亡作背景，襯托愛情的熱烈，起始皆
然。但不管如何鄭恆罪不至死的論調卻大有人提，認為孫飛虎
「本欲斬首示眾」，最後也不過「杖一百」而已，鄭恆只不過造
謠生事，反落一死？因此《南西廂》刪去草橋之夢相關曲文，繼
而又改換孫飛虎「監候呈詳處決」，鄭恆則被杜確將軍以「律有
明條」，姑舅做不得夫妻押送官司，當然罪不至於處決。或許，
改編者認為如此方符合人心、民情！

四、結語

明徐復祚《曲論》評云：

> 李日華改《北西廂》為南，不佳，然其《四景記》亦可觀。

明凌濛初《譚曲雜劄》提及：

> 陸天池亦作《南西廂》，悉以己意自創，不襲北劇一語，志可謂悍矣，然元詞在前，豈易角勝，況本不及？

清夢鳳樓校訂本〈跋〉云：

> 今讀其曲詞，一沿王、關之舊，甚至直抄不改一字，無怪當時有「齒冷」之譏。

三段引文，其實可激發兩個議題：何謂「創作」？何謂「改編」？徐氏所論，《南西廂》是「改」自《北西廂》，而《四景記》則疑屬創作，宜分而論之。[14]凌氏所提正足以說明陸天池《南西廂》「不襲北劇一語」，屬悉以己意「自創」之作；而夢鳳樓之〈跋〉所謂的甚至「直抄不改一字」，則相對而言是「改編」。明白之間的不同，也就明白歷代評論之標準其實存在著歧義。或許，李日華有自知之明，不易角勝元詞，區分《南西廂》

---

[14] 從行文上看，《四景記》未言「改」，應是創作。不過，今已佚，難判其是否「可觀」。且據莊一拂《古典戲曲存目彙考》（上海古籍出版社，1982年12月，1版1刷）中冊卷九頁823云：「《傳奇品》、《曲考》、《曲海目》、《曲錄》與《今樂考證》皆作無名氏撰。」連是否為李日華作也有疑問。

為「改編作品」，目的在便於南音歌唱，那麼，悉以「創作」標準論斷其功過，難免過激或不公。前節諸例之探討、舉證，已可探知李日華改編的原則與透過此一原則所達到的由雅奧繁密趨於通俗朗豁的文字風格傾向，其苦心應不容抹煞的！

《繡襦記》三題新論

一、前言

　　《繡襦記》之作者，自古以來，主要有徐霖、鄭若庸、薛近袞等說法。鄧長風〈徐霖研究——兼論傳奇《繡襦記》的作者〉一文有詳盡的考證，結論是：

> 徐霖是傳奇《繡襦記》的無可爭辯的作者；今存本《繡襦記》至遲在嘉靖時已定型，它的作者只能是徐霖；薛近袞作《繡襦》說缺乏有力的佐證；而鄭若庸曾作《繡襦》說則純係附會。[1]

　　本論文以下論題並不涉及作者為誰的問題，立場則依鄧氏說法，採徐霖說。所用版本，為較通行之臺灣開明書局 1970 年 4 月臺 1 版的《六十種曲》之《繡刻繡襦記定本》（內頁則標為《繡襦記》，本論文亦以此簡稱之），以利討論交流。本論文

---

[1]　鄧長風，〈徐霖研究——兼論傳奇《繡襦記》的作者〉，《明清戲曲家考略》，上海古籍出版社，1994 年 12 月，1 版 1 刷，頁 40-59。稍早的徐朔方則主張徐霖是改編者，參見《晚明曲家年譜》第一卷，浙江古籍出版社，1993 年 12 月，1 版 1 刷，頁 3-6。

中，有兩本文本較常引文，即《繡刻繡襦記定本》與《西廂記》，為避免同出處之註腳過多，此二書之引文採隨文附出處頁碼，不另附註。[2]

　　探討的問題，希望都能有新的研究成果。首先要談的是《繡襦記》中李亞仙繡羅襦、剔目勸學之關目，過去學者也討論過，但總是視為兩件事，沒能整體來看它們所代表的一個不容分割的意義。次者，分析《繡襦記》與《西廂記》之間的關係，這是沒有人做過的研究課題，是我個人在閱讀明清傳奇時的發現，卻成為此後必留心之處。第三，則是借用清代洪昇《長生殿・自序》的一段話，解說《繡襦記》中「樂極哀來」及「情悔」的轉折寓意。

二、從繡羅襦到剔目勸學

　　清梁廷枏《曲話》卷二：

> 《繡襦記》傳奇、《曲江池》雜劇，皆鄭元和、李亞仙事也。元和之父曰鄭公弼，為洛陽府尹；《繡襦記》作鄭儋，為常州刺史：各不相符。《曲江》之張千，即《繡襦》之來興。《曲江》以元和授官縣令，不肯遽認其父；《繡襦》則謂以狀元出參成都軍事，父子萍逢。兩劇雖屬冰炭，要於曲義無關。惟亞仙刺目勸學一事，《繡襦》極

2　元王實甫原著，王季思校注，《西廂記》，里仁書局，2000 年 9 月 30 日，初版，3 刷。

意寫出，《曲江》概不敍入，似乎疏密判然。第雜劇限於四折，且正名以「李亞仙花酒曲江池」為題，似此閒筆，亦可無庸煩縷也。[3]

指出相同題材的兩種文本之比較，與曲義無關的，縱有許多出入也不用太著意。而特別提到「刺目勸學」一事，認為詳略密疏之差別，乃在於文體所能承載的篇幅不同，以及要表現的主旨或主要內容有所差異，設計的關目自然不同。也就是說，「刺目勸學」非《曲江池》雜劇要編寫的重點，卻是《繡襦記》極意要模寫反映李亞仙之人格的關目，「閒筆」與否，也因之判然。這就側面點出「刺目勸學」（齣名作「剔目勸學」）一事，必然是討論《繡襦記》傳奇時所不能忽略的。

　　目前可見關於鄭元和、李亞仙的故事之相關文本，如〈李娃傳〉唐傳奇、《李亞仙花酒曲江池》元或明同名雜劇等[4]，在《繡襦記》之前，並未見有此情節描述，有可能是自《繡襦記》始創。但不少學者卻認為「刺（剔）目」應源於《青樓集》「樊事真」事蹟。其載云：

京師名妓也。周仲宏參議嬖之。周歸江南，樊飲餞于齊化門外。周曰：「別後善自保持，毋貽他人之誚。」樊以酒

3　清梁廷枏著，《曲話》，《中國古典戲曲論著集成（八）》，中國戲劇出版社，1959 年 7 月，1 版，1982 年 11 月，4 刷，頁 257。

4　石君寶之元雜劇四折敷演的關目，大致包括：墜鞭、入院、唱歌、打子、護郎、認子。朱有燉之明雜劇四折敷演的關目，大致包括：墜鞭、入院、計賺、唱歌、打子、收留、應試、劍門。

> 酹地而誓曰：「妾若負君，當剜一目以謝君子。」七何，
> 有權豪子來，其母既迫于勢，又利其財；樊則始毅然，終
> 不獲已。後周來京師，樊相語曰：「別後非不欲保持，卒
> 為豪勢所逼。昔日之誓，豈徒設哉？」乃抽金篦剌左目，
> 血流遍地。周為之駭然，因歡好如初。好事者編為雜劇，
> 曰《樊事真金篦剌目》，行于世。[5]

其劇雖佚，但憑此本事與《繡襦記》相比較，要說李亞仙「剜目
勸學」淵源於此，實有些勉強。李亞仙剜目（「剜目」，乃剜出
眼珠，似比直傷戳入的「刺目」更顯激烈！）之目的在「勸
學」；樊事真刺目之動機在「守貞」失敗，以激烈手段遵守誓
約，明志謝周君，迥不相侔！將兩者牽合一起者，疑從馮夢龍在
《情史》「樊事真」條末的按云而來，其云：

> 使金篦之剌，移于權豪子相逼之時，則舊約可無負矣。然
> 使周仲宏為李十郎者，不枉却一刺乎！周來而刺，刺而周
> 駭然，情昵益篤。樊蓋善用刺者也。羅夫人一刺，而房公
> 終身不畜妾。樊殆襲其智乎！若世所傳汧國夫人剜目勸
> 讀，則借用樊事耳。[6]

往更早朝代找，「剜目」以明志守貞者，能找到更早之例，如

5　元夏庭芝原著，孫崇濤、徐宏圖箋注，《青樓集箋注》，中國戲劇出版
　　社，1990 年 10 月，1 版 1 刷，頁 138-139。

6　明馮夢龍著，《情史》（上冊），收於《中國禁毀小說百部》，中國戲
　　劇出版社，2000 年 6 月，1 版 1 刷，頁 220。

《新唐書・列女傳》：

> 房玄齡妻盧，失其世。玄齡微時，病且死，謂曰：「吾病
> 革，君年少，不可寡居，善事後人。」盧泣入帷中，剔一
> 目示玄齡，明無它。會玄齡良愈，禮之終身。[7]

如果《青樓集》「樊事真」是其淵源，房玄齡妻盧之事蹟何嘗不
是？且盧同為「剔」目。推敲之，樊事真的「名妓」身分，應該
是李亞仙故事附會的關鍵，而「刳」、「刺」、「剔」亦有被混
同之傾向。然而，馮氏所拈出的「智」字，亦不可忽視。以上兩
則故事，無論是「刺目」或「剔目」，都只是一目，應該是考慮
足以「明志」，但不至於瞎了而影響起居生活。若以此衡諸《繡
襦記》，或可解釋，何以第三十三齣「剔目勸學」後，直至第四
十一齣劇終，皆未見後續就失明現象描述，彷若與常人無異，可
能亦遵循僅瞎「一目」關目而來。若不然，則易如學者薛若鄰發
出如下的論點：

> 一個弱女子一空依傍，束手無策，痛苦得只有用「剔目毀
> 容」來激夫上進，其苦心孤詣是值得贊許的。即使亞仙的
> 眼睛真的刺瞎了，也與「封建道德」無涉。況且，《繡襦
> 記》中李亞仙的眼睛並沒有刺瞎。然而，何來「刺瞎雙
> 目」呢？原來是高腔的藝人們（其他地方戲曲亦為之影

7　北宋歐陽修等合撰，《新唐書》第七冊，鼎文書局，1979 年 2 月，2
　　版，頁 5817。

響），為了頌揚李亞仙而誇張了原作。[8]

應該是文本細讀不足，兼不明瞭淵源情況，誤判是藝人們的誇張演出。

　　總之，「刺目」以矢貞的情節，也僅能視為啟發了作者之靈感，故在未發現更相像之故事前，《繡襦記》此關目仍有其原創性。

　　而創發此一「剔目」關目之因，或可借《西廂記》中男女相悅來說明，即自崔鶯鶯「臨去秋波那一轉」（頁 9）起始，張生發出「怎當（擋）」（頁 9）之浩歎！即可知情事之不得不發展。鄭生「為何頻顧殘妝面，不思繼美承前。」（頁 94）正是「見你秋波玉溜使我憐，一雙俊俏含情眼。」（頁 94）且第八齣〈遺策相挑〉，鄭生「忽見天仙降，頓使神魂蕩。嗏，轉盼思悠揚，秋波明朗。看她體態幽閒，妝束皆宮樣。」（頁 18）情正從「秋波」生。故李亞仙鸞釵剔損丹鳳眼，當是就其根源暫阻情波以勸學。而如果無以激勵鄭生，李亞仙接著就是「向空門落髮」（頁 95），斬斷情絲胡纏。

　　李亞仙為何非要如此勸學不可？竊以為「剔目」與「繡羅襦」是息息相關的。第四齣〈厭習風塵〉，寫李亞仙「身雖墮於風塵，而心每懸於宵漢，未知何日得遂從良之願？」與丫鬟銀箏討論「從良」，突要銀箏「取針線箱來，待我繡個羅襦來穿。」（頁 8）且有如下的看法，「古之王后，尚且親織玄紞，我是煙

8　薛若鄰，〈怎樣評價《繡襦記》〉，《戲劇報》，1984 年 3 月 16 日，頁 37。

花，豈可不事女工？」（頁 8）其實更心深處，應該是認為「親織」衣服才是有別於「不畊而食，不蠶而衣」的煙花女子，如此一來，「羅襦」一物，就不僅是「衣」而已，而是一個小心翼翼織就的「從良」美夢！而李大媽誇她「生得如花似玉，詩詞書畫，吹彈歌舞，針指女工，無所不通。」與《西廂記》崔老夫人說女兒鶯鶯「針黹女工，詩詞書算，無不能者。」（頁 1）相同處也就有其特殊意義了。李亞仙除了要在羅襦上「綴花」、繡「鸞和鳳」、「雲霞」（頁 8）等等，還特別提到「加五彩煥文章」（頁 8），顯然「五彩文章」與鄭元和應舉是有關的，第三十三齣〈剔目勸學〉【江兒水】就將兩者比在一塊──「刺繡拈針線，工夫自勉旃。謾配勻五彩文章炫，似補袞高才將雲霞翦，皇猷黼黻絲綸展。」（頁 94）針指伴讀書，其實是在共織未來美好前程及婚姻。她從良的對象是要有功名者，因此第三十一齣〈襦護郎寒〉，雪中「解繡襦裹包，且扶入西廂煖閣」（頁 88），就有了成就鄭生「衣錦榮歸」和自己「佳期」的喻意。那麼，傾力勸學至剔目的地步，其動機也就相當清楚，故而如果鄭生不淑，美夢破滅，當然只有落髮出家一途。「襦護郎寒」是原〈李娃傳〉中有的情節，但《繡襦記》賦予更深刻的寓義，雖只出現第四齣、第三十一齣，不算貫串全本之意象，但若以婚戀功名觀而論，是起串連銜接之效的。

　　且最後幾齣，代表純粹感情的娼妓李亞仙，讓代表絕對理性、望子成龍的鄭儋接受兒子與她，而鄭元和曾以兒子和情人的身分徘徊於理性與感情之間的兩難，及被擯除功名與上層社會富貴之外，也就有了圓融的收場，這顯然仍是承其以李娃形象為主的編法，第四十一齣〈汧國流馨〉之丹詔，全篇對李亞仙褒賞有

加，異於一般的滿門加封，其意也就不言可喻了。

三、《繡襦記》與《西廂記》之關係

明呂天成《曲品》曾云：

> 嘗聞：《玉玦》出而曲中無宿客，及此記出而客復來。詞
> 之足以感人如此哉！[9]

清朱彝尊《靜志居詩話》卷十四也記載：

> 中伯曳裾王門，妙擅樂府，嘗填《玉玦詞》以訕院妓，一
> 時白門楊柳，少年無繫馬者。羣伎患之，乃醵金數百行薛
> 生近衰，作《繡襦記》以雪之，秦淮花月，頓復舊觀。[10]

此傳聞從明至清仍不輟，暗藏的褒貶，當然是兩劇中妓女的形
象，一負一正；而劇作家言嚴於斧鉞，足見劇作對時代風氣與觀
感的影響力之大。除此，呂天成更間接指出了「詞之足以感人如
此哉！」之關鍵在「感」，那麼《繡襦記》動人，必然有其感動
人心之處，過去討論的焦點集中在李亞仙形象上，偶爾也會論及

9　明呂天成原著，吳書蔭校注，中華書局，1990 年 8 月，1 版 1 刷，頁
　　367。
10　清朱彝尊著，《靜志居詩話》，人民文學出版社，1998 年 2 月，1 刷，
　　頁 418。

鄭元和。[11]但劇本的感人，除人物形象的塑造外，是否就一無可談？本文認為還有不同劇本彼此之間的影響，也是不容忽視的。

《繡襦記》中除了淵源於〈李娃傳〉的人物與細節，還有一些曲文是來自《西廂記》，[12]其作用就像劇中劇，對劇情有相輔發酵之功。除前一小節提及的「秋波」、「針指女工」，還有：

第四齣〈厭習風塵〉，描寫李亞仙自己身在風塵中，「怕無情風雨褪紅妝，低垂粉頸，傾國傾城貌，一朝摧喪。」（頁11）「低垂粉頸」語同《西廂記》第三本第二折【普天樂】「忽的波低垂了粉頸」（頁 111）。「傾國傾城貌」也出現在《西廂記》第一本第四折【雁兒落】「小子多愁多病身，怎當他傾國傾城貌。」（頁 42）前者在《西廂記》中雖是指崔鶯鶯低頭猶豫是否要詐怒以瞞過紅娘窺來，但崔鶯鶯劇首出場時正是悼「花落水流紅，閒愁萬種，無語怨東風。」（頁 2）《繡襦記》第四齣是李亞仙出場，與崔鶯鶯一樣傷春，且一樣美到「傾國傾城」，崔鶯鶯讓張生驚豔；李亞仙也讓鄭元和驚豔，透過相同詞句，兩

11　除學位論文如此討論外，期刊論文如：趙靜嫻、楊麗娜，〈身在風塵義薄雲霄——《繡襦記》中李亞仙形象分析〉，《烏魯木齊成人教育學報》，2004 年 8 月，第 14 卷第 3 期，頁 42-44；張曉林，〈試論不同時期李亞仙形象的嬗變〉，《晉中學院學報》，2008 年 8 月，第 25 卷第 4 期，頁 21-23；周凌雲、卜愛菊，〈論李亞仙、鄭元和形象的演變〉，《棗莊學院學報》，2006 年 12 月，第 23 卷第 6 期，頁 71-73。各篇論文，處理分析的文獻及觀點、結論，大同小異。

12　第三十一齣〈襦護郎寒〉提及三次「西廂煖閣」；第三十六齣〈偕發劍門〉有「月冷西廂」，但因〈李娃傳〉中已有「西廂」一詞，指的是李亞仙的閨房，顯然不是據《西廂記》而改編。另，第九齣〈述旴良儔〉，雖似《西廂記》第一本第二折之「借廂」，實據原〈李娃傳〉「聞茲地有隙院，願稅以居」之文而改。

劇就被縮結在一起了！

又如，第七齣〈長安稅寓〉，寫鄭元和想向店主人打聽何處好耍；與《西廂記》第一本第一折張生向狀元店店小二打聽好去處，兩劇安排男女主角相遇的寫法如出一轍。《西廂記》寫張生一入住狀元店，即問店小二：「這裏有甚麼閒散心處？」（頁6）店小二推薦普救寺，「南來北往，三教九流，過者無不瞻仰；則除那裏可以君子遊玩。」（頁 6-7）欲圖使正末非往正旦停宿地移動不可。《繡襦記》寫鄭元和，也是一入住長安城中布政里小店，即問熊店主：「不知何地可以適興？」（頁 17）店主人回應：「相公，你要適興所在，此間勾欄裡到好耍子。」亦是將生往旦所在處指引。

第十齣〈鳴珂嘲宴〉，樂道德誇讚鄭元和、李亞仙「公子文章魁首，亞仙士女班頭。」（頁 25）《西廂記》第四本第二折【麻郎兒】，紅娘誇讚張生、鶯鶯為「秀才是文章魁首，姐姐是仕女班頭」（頁 154），完全一樣的八個字，顯然在暗示鄭李郎才女貌，縱愛情婚姻的路上有許多坎坷曲折，最終必能如張崔般，有情人終成眷屬！同齣，樂道德謳歌讚美李亞仙的【畫眉序】：「修眉遠山碧，脂粉翻嫌涴顏色。看嫣然一笑，果然傾國。秋波瑩眼角留情，金蓮小香塵無跡。」（頁 26）比之於《西廂記》第一本第一折【後庭花】：「若不是襯殘紅，芳逕軟，怎顯得步香塵底樣兒淺。且休題眼角兒留情處，則這腳蹤兒將心事傳。」（頁 8）不管是「塵無跡」或「底樣兒淺」，都是為了凸顯腰肢解舞、行步輕盈惹憐之姿態；而都結合眼角留情，那就不是偶然相似，而是特意仿作或隱括了。

也有的曲文承繼關係不是很明確，如第八齣〈遺策相挑〉

【駐雲飛】「暖日散晴光，游絲輕颺，牽引殘英，眷戀多情況。相逐東風上下狂，相逐東風上下狂。」（頁 18）寫在生旦邂逅之前；《西廂記》第一本第一折【寄生草】則有「東風搖曳垂楊綫，遊絲牽惹桃花片，珠簾掩映芙蓉面。」（頁 9）寫在崔張邂逅之後。「殘英」被輕颺的「游絲」牽引，不得不隨「東風」上下狂舞，以比鄭生見了亞仙，將如殘英般不得不隨美人倩影起舞，眷戀糾纏難去！一如張生見了鶯鶯，如垂楊綫般不得不隨東風搖曳，如桃花片般被游絲纏繞，擺脫不了，眷戀無比。要說兩者全然沒有瓜葛，似也擺脫不了！

　　第二十七齣〈孤鸞罷舞〉，李亞仙有一段賓白：「……奴家被娘做成圈套，掇賺鄭郎，不知他流落何處？我想他故鄉羞轉，盤纏又無，多應是悶死了。縱然不死，知他如今在那裏？」（頁74）《西廂記》第三本第一折，紅娘到張生書房代鶯鶯小姐探病，「覷了他澀滯氣色，聽了他微弱聲息，看了他黃色臉兒。張生呵，你若不悶死多應是害死。」（頁 103）巧的是，張生此次重病，也肇因於崔老夫人設下的「賴婚」圈套，旁人亦下了「悶死」的結論！這兩處的「悶死」，與害相思病而死有別，應帶有煩躁憤懑之意，亦即對女方家長設下的圈套有所不滿。如果是這樣，就有了借張生比鄭生的效果，皆是世間情根深植的真情種。

　　以《西廂記》的文本詞句，找尋《繡襦記》中相對應的曲白或關目，對理解《繡襦記》確實起到某種程度的作用。這也是繼發現《西廂記》在《懷香記》、《西樓記》等明傳奇也起一樣的作用之後[13]，再度印證此等的影響力。

13　參見拙文〈《懷香記》與「西廂」故事之關係新探〉，《明代文學研究

四、「樂極哀來」及「情悔」之垂戒寓意

　　雖然，《繡襦記》大半關目承〈李娃傳〉而來，鄭元和由官宦子弟迷戀烟花，致淪落為乞丐，再由乞丐而策射頭名，皆原唐傳奇所有。但在情節的發展過程中，彷彿有後世《長生殿》所呈現的主次主題般掩映並行，即「釵盒情緣」外，伴有「且古今來，逞侈心而窮人欲，禍敗隨之，未有不悔者也。玉環傾國，卒至隕身。死而有知，情悔何極！苟非怨艾之深，尚何證仙之與有。」[14]之垂戒寓意。

　　《繡襦記》寫鄭李的戀婚，彷彿也是這樣的歷程：第八齣〈遺策相挑〉，鄭元和為追歡買笑，發出「千兩黃金，何足計較」（頁 19）、「但患其不可，黃金百兩何足惜」（頁 20）之豪語，繼而銀百兩欲賃別院、白金十兩望備一宵之飲，偎紅倚翠，浪擲千金，不在話下。中間點染，安排熊姓店主、樂道德，甚至家僕來興，苦口婆心，勸其回頭是岸，都沒能讓他懸崖勒馬，仍是執迷不悟，終床頭金盡，鬻興典衣，淪落街頭，還差點被父親打死，曝屍荒野。這期間的第十四齣〈試馬調琴〉，即是「禍敗隨之」而來的轉折點，顯示鄭元和和李亞仙已至「逞侈心而窮人欲」的地步。鄭生認為「黃金何足惜，淑女真難得。」（頁 38）所以，當李亞仙身子不快，想喫「馬板腸羮湯」，鄭

<hr />

　　的新進展：2011 明代文學與文化國際學術研討會論文集》，三聯書店，2014 年 11 月，1 版 1 刷，頁 553-562。〈《西樓記》研究的幾點補論〉，《藝見》第 8 期，2015 年 10 月，頁 21-31。

14　清洪昇原著，徐朔方校注，《長生殿‧自序》，里仁書局，1996 年 5 月 30 日，初版。

元和炫富似的殺了自己的坐騎五花馬。李亞仙雖讚「這五花馬身價高」（頁 40），卻臨時「又厭腥羶不喫了」（頁 40），換來來興感歎「好作賤，可惜殺箇五花馬來，動也不動。」（頁 40）但緊接銀箏假說魏官人出二百兩銀子要接李亞仙，慫恿鄭元和加倍送四百兩，鄭生嘴巴上說好，實際上罄囊也只出了二百多兩銀子（參見第十五齣〈套促纏頭〉）。

　　第十六齣〈鬻賣來興〉，竟已至要賣僕維生的境況，且只得銀十兩。情勢急轉直下，只不過一年左右的光景。這幾齣綿密銜接，其實源自〈李娃傳〉：「日會倡優儕類，狎戲游宴，囊中盡空，乃鬻駿乘及其家童。歲餘，資財僕馬蕩然」數句[15]，其中「鬻駿乘」又結合元妓順時秀事蹟：

> 姓郭氏，字順卿，行第二，人稱之曰「郭二姐」。姿態閑雅。雜劇為閨怨最高，駕頭、諸旦本亦得體。劉時中待制，嘗以「金簧玉管，鳳吟鸞鳴」擬其聲韻。平生與王元鼎密。偶疾，思得馬板腸，王即殺所騎駿馬以啖之。阿魯溫參政在中書，欲矚意于郭，一日戲曰：「我何如王元鼎？」郭曰：「參政，宰臣也；元鼎，文士也。經綸朝政，致君澤民，則元鼎不及參政；嘲風弄月，惜玉憐香，則參政不敢望元鼎。」阿魯溫一笑而罷。[16]

王元鼎為妓殺馬之佳話，一般被視為《繡襦記》第十四齣〈試馬

---

[15]　袁閭琨、薛洪勣主編，《唐宋傳奇總集》【唐五代（上）】，河南人民出版社，2001 年 9 月，1 版 1 刷，頁 185。

[16]　元夏庭芝原著，孫崇濤、徐宏圖箋注，《青樓集箋注》，頁 101-102。

調琴〉相同情節的衍化源頭，卻忽略「宰臣」、「文士」之比也被吸收內化。李鄭之間，雖無第三者參入，但第四齣〈厭習風塵〉李亞仙品題崔尚書、曾學士二人，即化自阿魯溫與王元鼎之比。李亞仙云：「若論調羹鼎鼐，變理陰陽，則學士不如宰相；論嘲風弄月，惜玉憐香，則宰相不如學士。」（頁9-10）而這段品題剛好出現在李亞仙厭倦風塵欲從良之際，是否也代表要嫁之人，最好是能「嘲風弄月，惜玉憐香」兼「調羹鼎鼐，變理陰陽」，是否預告了結局——縱無〈李娃傳〉此一故事淵源，脈絡亦復如此發展？！

更巧的是，唐明皇、楊貴妃為其樂極付出了哀來死別的代價。卻也是在其各有悔意時，得到織女出手為其縮合。鄭李二人亦相彷彿，鄭生金盡被賺，甚至淪落為乞丐，還被其父打到幾死的地步。然劫後餘生，於鵝毛雪滿空飛之際，巧遇李亞仙，兩人對過往之行樂過度都有了悔意，鄭生以四季蓮花落表達出「這的不是風流每的下稍？」（頁 87）之悔悟；李亞仙則深感「令你一朝及此，妾之罪也。」（頁 88）第三十一齣〈襦護郎寒〉即是「怨艾之深」，開始了回頭重尋功名婚姻之路，且一如後來的《長生殿》，悔的是「樂極」而非「情深」！

沒想到，後來者洪昇《長生殿・自序》的幾句話及其劇本架構，居然亦可借以分析早他甚久的徐霖《繡襦記》[17]！

---

[17] 徐霖生卒年為西元 1462-1538；洪昇生卒年為西元 1645-1704。皆為徐朔方說法。參見其《晚明曲家年譜》第一卷，頁 1-31，及其校注的《長生殿・前言》，頁 1-2。鄧長風，〈徐霖研究——兼論傳奇《繡襦記》的作者〉，所標徐霖生卒年，同徐朔方說法。

五、結語

綜合以上所述，三題所得的結論如下：

第一，李亞仙繡羅襦，是從良願望的具體象徵。「剔目」則是為了維護即將圓滿的婚姻所使之激烈手段，目的在「勸學」；而「勸學」在使鄭元和得功名，以回返人倫及社會，既而使婚姻得到保障。而從過往「刺目」的記載來看，徐霖刻畫李亞仙剔「一目」的可能性較大，以不影響婚姻生活為原則。也就是說，從繡羅襦到剔目勸學的過程，都在呈現李亞仙脫娼從良，完滿幸福的人生奮鬥；間接讓依違於情理的鄭元和也有圓融的前程與下場。

第二，《繡襦記》中除了淵源於〈李娃傳〉的人物與細節，還有一些曲文是來自《西廂記》，其作用就像劇中劇，對劇情有相輔發酵之功。有的曲文賓白完全一樣，有的略有轉化，更有的似無痕跡可尋，經爬梳解析後，對人物的婚戀進展是有其增豔加分效果的。且《西廂記》對言情傳奇及小說的影響，是值得去細細挖掘的，如其之於《懷香記》、《西樓記》或《紅樓夢》等等。

第三，運用洪昇《長生殿・自序》中的一段話來分析《繡襦記》，反更能襯托出《繡襦記》鄭李愛情中的迷失與知返，同樣是有一「樂極哀來」的歷程，也同樣有知悔的體悟，且適足以顯其情深。

以上三點論述，乃另闢蹊徑，冀有一些些具體成果。

《懷香記》與「西廂」故事
之關係新探

一、前言

　　本文主要探討《懷香記》與「西廂」故事之雙向關係，所謂「雙向關係」是指，《懷香記》所改編的「韓壽偷香」故事，在流傳的過程當中，極有可能先影響〈鶯鶯傳〉和《西廂記》部分情節的形成；而不單單只是「西廂」故事影響了《懷香記》許多情節的編撰，兩者實呈現極為巧妙的「雙向」關係。

　　《懷香記》流傳版本有二：一、汲古閣原刻初印本。二卷，封面題「懷香記定本」。二、汲古閣刻《六十種曲》辰集所收本。本論文旨不在版本文字之校訂或異文比較，基於通行原則，劇本曲文引用上採第二種之臺灣開明書局 1970 年 4 月在臺發行之《六十種曲》本《繡刻懷香記定本》。至於與《懷香記》在情節與曲文方面相對照之《西廂記》，為避免流於繁瑣，則以王季思校注，里仁書局 1995 年 9 月 28 日初版之《西廂記》為論述底本。以上兩書引文出處隨文附注頁次，不另出注。

二、現存陸采三種傳奇與《西廂記》之巧妙關聯

　　《懷香記》的作者為陸采（1497-1537），原名灼，字子元，又作子玄，號天池，又作天奇，別署清癡叟，明代長洲（今江蘇吳縣）人。戲曲方面的作品有《椒觸記》、《分鞋記》、《明珠記》、《南西廂記》、《懷香記》，後三者存。而巧合的是，僅存的三劇，似有一種微妙的相似點。《明珠記》歷來盛行一說，即其兄陸粲（1494-1552）助成之，至少不是陸采獨立完成。如王世貞（1526-1590）《曲藻》云：「《明珠記》即《無雙傳》，陸天池采所成者，乃兄浚明給事助之，亦未盡善。」[1]錢謙益（1582-1664）《列朝詩集小傳》丁集上本亦持相同看法：「年十九，作《王仙客無雙傳奇》，子餘助成之。」[2]陸粲、陸采二兄弟編寫《明珠記》[3]之雄心大矣——「掩過《西廂》花月色」（《明珠記》第一齣〈提綱〉【南歌子】語）[4]，顯然沒有成功。另一部《南西廂記》則是有感於李日華的《南西

1　明‧王世貞，《曲藻》，《中國古典戲曲論著集成（四）》，中國戲劇出版社，1959 年 7 月 1 版，1982 年 11 月 4 刷，頁 37。

2　清‧錢謙益《列朝詩集小傳》，上海古籍出版社，1983 年 10 月，新 1 版 1 刷，頁 396。

3　徐朔方在《晚明曲家年譜》，浙江古籍出版社，1993 年 12 月，1 版 1 刷。第一卷頁 95-96，以兄弟二人生平同《明珠記》劇情作對照，提出「可見這原是陸粲的作品，後來由陸采繼續完成。」補足呂天成（1580-1618）在《曲品》（《中國古典戲曲論著集成（六）》，中國戲劇出版社，1959 年 7 月 1 版，1982 年 11 月 4 刷，頁 231。）中所說的「此係天池之兄給諫陸粲具草，而天池踵成之者。」

4　明‧陸采，《明珠記‧南西廂記》，中華書局，2000 年 11 月，1 版 1 刷，頁 1。

廂記》「取實甫之語，翻為南曲，而措詞命意之妙，幾失之矣。」[5]因此也加入歷代改作隊伍。[6]明凌濛初（1580-1644）《譚曲雜劄》評及此記曰：「陸天池亦作《南西廂》，悉以己意自創，不襲北劇一語，志可謂悍矣，然元詞在前，豈易角勝，況本不及？」[7]宣告了陸采的失敗。

　　《南西廂記·序》復提及：「若夫正人君子，責我以桑間濮上之音，燕女溺志者，余則不敢辭。雖然，余倦游矣！老且無用，不藉是以陶寫凡慮，何由遣日？況嘲風弄月，又吾儕常事哉！微之，唐名士也。首惡之名，彼且蒙之，余亦薄乎云爾。」[8]陸采似乎預見了「萬惡淫為首」的訾議終不能豁免；《南西廂記》和《懷香記》都一樣。關於後者，清梁廷枏（1796-1861）《曲話》卷三云：

　　　　《懷香記·佳會》折，全落《西廂》窠臼。而【解袍
　　　　歡】、【山桃紅】數曲，在旁眼偷窺，寫得歡情如許美

5　霍松林編，《西廂彙編》，山東文藝出版社，1987年9月，1版1刷，頁324。

6　徐朔方在《晚明曲家年譜》第一卷頁97認為：「陸粲將自己的作品歸到弟弟名下《南西廂記》是另一例子。署名清癡叟陸采的自序說：『余自退休之日，時綴此編。』陸采一生沒有出仕，談不上退休。陸粲則在嘉靖十三年（1534）自永新知縣致仕回鄉。它的作者分明是陸粲，或兄弟二人的合作。」從這個推論，更加說明《西廂記》對《明珠記》和《南西廂記》起著相同的激勵作用，欲「掩過《西廂》花月色」，正因為兩劇作者都是陸氏兄弟。

7　明·凌濛初，《譚曲雜劄》，《中國古典戲曲論著集成（四）》，中國戲劇出版社，1959年7月1版，1982年11月4刷，頁257。

8　霍松林編，《西廂彙編》，頁324。

滿，較【十二紅】正不啻青出於藍而過於藍。余嘗謂：
「小姐多丰采，君瑞濟川才」，為元曲中之最庸惡陋劣
者，緣落想便俗故也。[9]

而弔詭的是被陸采譏為「生吞活剝」的李日華《南西廂記》，卻
被後人指為他「青出於藍而過於藍」的淵源所在。大陸學者伏滌
修就指出：

> 【十二紅】「小姐小姐多丰采，君瑞君瑞濟川才」是李日
> 華《南西廂記》第二十九齣〈良宵雲雨〉中的曲子，梁廷
> 枏指出《懷香記‧佳會》折關目上剽竊《西廂記》，而曲
> 詞上模擬《李西廂》但又較《李西廂》更俗更惡，我們知
> 道《李西廂》不過是《王西廂》的變調翻版，從這裡可以
> 看出《西廂記》對陸采創作直接間接的巨大影響。[10]

現存三部傳奇都與《西廂記》有些不解之緣，適足以說明陸
采對《西廂記》有著極大的興趣與尊崇（「千古《西廂》推實
甫」），希冀「試看吳機新織錦，別生花樣天然。從今南北并流
傳！」（《南西廂記》第一齣〈提綱〉【臨江仙】語）[11]。「志
可謂悍矣」！

9　清‧梁廷枏，《曲話》，《中國古典戲曲論著集成（九）》，中國戲劇
　　出版社，1959 年 7 月 1 版，1982 年 11 月 4 刷，頁 276。

10　伏滌修，《西廂記接受史研究》，黃山書社，2008 年 6 月，1 版 1 刷，
　　頁 434。

11　《西廂匯編》，頁 327。

三、「韓壽偷香」故事對《懷香記》、《西廂記》的影響

大陸學者甄靜認為：「韓壽偷香」的故事最早見於郭澄之的志人小說《郭子》：

> 賈公閭女悅韓壽，問婢：「識不？」，一婢云：「是其故主。」女內懷存想。婢後往壽家說如此。壽乃令婢通己意，女大喜，遂與通。

甄靜在注中交代：「《郭子》原書已佚，部分佚文散見於其他筆記小說中，魯迅先生《古本小說鉤沉》中輯有 80 餘則佚文，可見《郭子》全書的概貌。此則故事引自《世說‧惑溺 5》同條箋疏。」[12] 唯其是佚文輯佚，故難以盡窺這條資料是否完整，也許還有續文遺佚，實難判斷早期故事發展如何？一般提到「韓壽偷香」故事，仍以《世說新語‧惑溺》所收為憑，《晉書‧賈充列傳》亦有相關記載，基本上後者內容顯然承自前者，不同處約有下列幾點：

(一)替賈午、韓壽潛修音問的婢女，在《晉書‧賈充列傳》中，與韓壽家多了一層淵源，「有一婢說壽姓字，云是故主人。」

(二)賈韓交往，《世說新語‧惑溺》中載，起先是韓壽較主動，

12　甄靜，〈明傳奇《懷香記》略論〉，《西安電子科技大學學報》，（社會科學版），第 20 卷第 5 期，頁 106。

「壽聞之心動，遂請婢潛修音問，及期往宿。」《晉書‧賈充列傳》改成「女遂潛修音好，厚相贈給，呼壽夕入。」

(三) 晉武帝所賜西域奇香，賈午如何得之而轉贈韓壽，《世說新語‧惑溺》留下想像空間，並無一語道及。《晉書‧賈充列傳》落實為「其女密盜以遺壽」。

(四) 賈午偷香贈壽之事爆發關鍵，《世說新語‧惑溺》是賈充「後會諸吏，聞壽有奇香之氣」而「疑壽與女通」。《晉書‧賈充列傳》改為「充僚與壽燕處，聞其芬馥稱之於充。自是充意知女與壽通。」後者，賈充聽聞下屬之說，即已察覺其中私情；前者，猶在「疑」中。[13]

以上是兩則故事記載相異之處。到了《懷香記》，故事梗概大約如下：

南陽書生韓壽被司空賈充徵辟為掾，韓壽赴京後，賃屋時巧遇舊僕鄭氏，遂暫寓居其家。鄭氏有女春英，在賈充府上服侍三小姐賈午，回家探母時恰逢韓壽，回府後即對賈午甚讚韓壽之才貌雙全，勾起賈午欲睹韓壽丰姿。賈充深得皇上器重，蒙賜西域所貢異香，轉命女兒賈午收藏，不得輕用。一日，賈充壽誕，韓壽偕同僚前來拜祝，賈午潛身青瑣下窺視，遂生愛慕之意。託春英傳情，韓壽為之動情，無奈高牆深院，無由會面。恰巧此時氐羌謀叛，賈充受詔安邊，出鎮關中，令韓壽搬入府中居住以照管家中大小事。賈午特命春英傳書約會。然先後兩次，韓壽或怯弱受驚成病，或貪杯醉酒，誤了佳期，始終未曾謀面。後因春英指

13　以上情節參見《世說新語校箋》，徐震堮，中華書局香港分局，1987年1月，1版1刷；《新校本晉書並附編六種》第二冊，楊家駱主編，鼎文書局，1980年3月，1版。

引，方得於棲霞樓邊，隔池相晤，將圖新約。不料賈充卻已因友人荀勖、羊祜之計先行回朝，兩情頓成間阻。後來在春英的出謀畫策之下，梯樹逾越東牆，得入賈午繡房，終成雲雨之歡。賈午並以御賜異香為表記轉贈韓壽，寄寓「香氣之著身，如妾之在懷耳。」之後某日，賈充召府中掾吏晤敘，座中奇香撲鼻，眾人發覺香氣來自韓壽身上，賈充遂懷疑韓壽與女兒私通。當天黃昏，賈充又向女兒賈午索香不得，已陰知大概情況。復佯稱有賊，令家丁搜捕，發現東北牆邊有腳印。次日，便另拷問春英等丫鬟而得知實情。韓壽因私情敗露，逃離賈府，本欲避禍匿蹤，為鄭氏勸止，並得鄭氏近鄰張先生卜卦，預言將大富貴，得良姻。爾後賈充盛怒之際，不同意夫人建議將賈午嫁予韓壽以遮家醜，恰值朝廷征吳需才孔亟，賈充引薦韓壽為平東經略史，心中打算：韓壽或戰死、或戰敗受刑，當可斷賈午嫁韓壽癡念；若凱旋歸來，賈充也有薦舉之功，韓壽也功成名就，當可與賈府聯姻。韓壽一介文人，被迫隨軍出征，期間一度誤傳戰死，沒想到後來大獲全勝，果凱旋回朝，受封賜爵，終於與賈午締結一段良姻。

　　根據以上《懷香記》情節，與《世說新語·惑溺》、《晉書·賈充列傳》四點比較：丫鬟春英之母鄭氏曾為韓壽家奴，與《晉書·賈充列傳》記載近似。又，賈午非常主動，多次先韓壽託春英傳柬，明顯是根據《晉書·賈充列傳》「女遂潛修音好，厚相贈給，呼壽夕入」；而非《世說新語·惑溺》「壽聞之心動，遂請婢潛修音問，及期往宿。」第三點，兩書與《懷香記》皆不同，劇中是賈充轉贈女兒賈午，並囑咐奇香不可輕用。賈午之後轉贈韓壽為兩人定情物。劇中還透露此香用法為放置爐中燒，類似薰香。第四點，《懷香記》則與《世說新語·惑溺》較

相近。

綜合以上，發覺《懷香記》乃糅合二文，輔以己意創發而成，故可看到《世說新語・惑溺》的影子，也可看到《晉書・賈充列傳》的影子。更有迥於二文不同之處。

再者，「韓壽偷香」故事，本來就有請婢傳柬、來往音問，以及男主角逾垣、婢女被拷等等的情節，應不至要待《西廂記》完成或「西廂」故事流傳才據以置換情節。相反的，《西廂記》故事的前身〈鶯鶯傳〉也有請婢潛修音問、男主角逾牆情節，究竟是元稹真實事蹟的轉換，抑或才子佳人故事類型的相互影響，就不是簡單易辨的事。更何況「拷紅」情節更是晚至《董西廂》才被詳細寫入，而賈充取左右婢拷問早已寫入，更因事已至此，以女妻壽，都非常像《西廂記》「拷紅」事件的發展，《世說新語・惑溺》中描寫「自是充覺女盛自拂拭，悅暢有異於常。」與崔老夫人竊見「鶯鶯語言恍惚，神思加倍，腰肢體態，比向日不同，莫不做下來了麼？」（頁 151）頗為雷同；且賈充與崔老夫人兩者的形象重疊與轉換，更是值得思考之處。[14]以寫作或故事發展先後而言，不排除「韓壽偷香」故事對《西廂記》有某種程度的影響。

---

[14] 拙著《西廂記二論》，文史哲出版社，1998 年 12 月，初版。頁 39 另就主題影響云：「《世說新語》的這則故事不唯躍過〈鶯鶯傳〉影響《西廂記》，它的主題『惑溺』也影響了元稹〈鶯鶯傳〉的『忍情說』，即張生（元稹化身）要將鶯鶯塑造成一『尤物』形象，故而在文中一再致意『自是惑之』、『是以愈惑之』、『夫使知之者不為，為之者不惑。』而所謂『惑溺』即是指男子為女子所迷惑，以致沉溺失德也。」

四、《西廂記》對《懷香記》的影響

　　《懷香記》除了沿襲《西廂記》的關目，「韓壽偷香」的自身流傳故事也是情節結構的主要部分。此外，尚有劉兌《嬌紅記》、曾瑞卿《留鞋記》等劇與其第十九齣〈醉誤佳期〉有關涉。大陸學者徐朔方就曾說：「第十九齣〈醉誤佳期〉則仿效劉兌《嬌紅記》的現成齣目。」[15]

　　又，大陸學者伏滌修在其《西廂記接受史研究》第七章〈《西廂記》對各體文學的影響〉中，提及《西廂記》對《懷香記》的影響：

> 陸采對《西廂記》的推崇不僅表現在他創作《南西廂記》，還表現在他借鑒《西廂記》的寫法來創作《懷香記》。《懷香記》寫西晉時南陽書生才子韓壽和司空賈充的三女兒才貌雙全的午姐的戀愛故事，劇中午姐侍婢春英為韓賈兩人遞簡傳情、韓壽逾墻赴約、韓賈得成佳會、賈充拷婢、顧念家聲不張揚韓賈私合醜事、韓壽取得功名後與午姐完婚等情節，全是沿襲《西廂記》的關目。[16]

前小節已討論過，「韓壽偷香」故事原本即有一婢為韓賈兩人遞簡傳情、韓壽逾墻赴約、韓賈得成佳會、賈充拷婢等事，這些情節乃屬原先故事發展所有。反而是韓壽取得功名後與午姐完婚這

15　見徐朔方《晚明曲家年譜》第一卷，頁98。
16　《西廂記接受史研究》，頁433。

部分的情節是添加出來的，也許是轉換自崔老夫人對張生的逼試，由文試改為武試。如果這種推測成立，那麼《懷香記》中的「氐羌謀叛」之作用，一如「孫飛虎圍寺」，是男女主角進一步交往的契機。前者使得韓壽得以府內走動，幽期密約（雖然兩次皆敗興）。後者也使張生遷入崔家書院，巧的是夫妻之緣也暫以「敗興」告一段落。而《懷香記》中的韓壽「受詔參戎」，隨王濬征伐東吳孫皓，就像是張生受逼赴京趕考，兩者皆以「功名」來成就「姻緣」。除此，以下則逐齣針對有跡可尋的十幾齣進行更細密的比較，當可明瞭《西廂記》對《懷香記》鋪天蓋地式的影響。

　　第六齣〈繡閣懷春〉春英於「針穿線抽」之餘，將韓壽介紹給賈午小姐知道；與《西廂記》中紅娘於燒夜香之際，將張生身世透露給鶯鶯小姐知道，雖不是完全相似，倒也有異曲同工之妙。較不同的是，賈午在春英之前並不隱藏她的心事，賈午與春英之間並無長期「心防」的互不信任感，這是兩劇人物關係差異較大的一點。

　　第七齣〈青瑣相窺〉【貼】秋波頻盼久，【旦】春意自傷多。【回看下外與眾飲下】。「回看下」之舞臺提示（頁18），遂與《西廂記》第一本第一折「旦回顧覷末下」（頁 8）發生關聯，使「青瑣相窺」原本近於司馬相如與卓文君的相遇方式，一轉而又傾於《西廂記》。

　　第十一齣至第十四齣起，製造氐羌謀叛，賈充奉命靖邊，臨行交代下屬韓壽「我去之後，你即搬入府中內掾房安歇，事無大小，悉代我照管。」（頁 36）使得男女主角因此而可幽期密約。此略同於《西廂記》利用孫飛虎之圍寺，讓張生於解圍之

後，得崔老夫人之邀，入住普救寺之崔家書院（頁 70），得以近水樓臺。

第十五齣〈春閨寄簡〉出現多處《西廂記》曲文被隱括進來，不僅是情節的模仿，連文字都有意滲入。「香銷了六朝金粉，清減了三楚精神。」（頁 41）同《西廂記》第二本第一折【混江龍】曲文。（頁 50）「乃是散相思五瘟使者。」（頁 41）略同《西廂記》第三本第一折【元和令】曲文。（頁 103）【前腔】（【祝英臺】）「靈麻線穿針怎透關兒。」（頁 42）略同《西廂記》第三本第二折【滿庭芳】曲文。（頁 114）

第十六齣〈掾房訂約〉「一緘情淚紅猶濕，滿紙春愁墨未乾。」（頁 44）同《西廂記》第三本第二折【四煞】曲文。（頁 115）「半天風韻，萬種思量。靨損那淡淡春山，望穿了盈盈秋水。……日高憔悴不明眸。」（頁 45）此支曲子有五句分別化自《西廂記》第一本第二折【三煞】（頁 23）及第三本第二折【二煞】（頁 116）、【醉春風】（頁 110）等曲文，足堪代表陸采流連《西廂記》曲文至何地步。

第十八齣〈緘書愈疾〉「小姐有一藥方送上，若服此藥，病就好也。」（頁 52）略似《西廂記》第三本第四折賓白。（頁 135）「詩句兒包籠三更裏，簡帖兒上埋伏九里山。」（頁 53）同《西廂記》第三本第二折【耍孩兒】曲文。（頁 147）【前腔】（【囀林鶯】）「渾身上下都通暢。」（頁 53）略似《西廂記》第四本第一折【後庭花】曲文。（頁 147）「小姐，你既瞞我，我只做不知，看你怎麼來？」（頁 53）略似《西廂記》第三本第三折賓白。（頁 125）

第十九齣〈醉娛（按：應為「誤」）佳期〉「既肯來了，怕

甚麼差，相會間只低著頭，閉著眼。」（頁 56）略似《西廂記》第四本楔子賓白。（頁 143）「【江兒水】「……月貌花容雖不見，金蓮小印遺蒼蘚，此處留情非淺。」（頁 58）後兩句與《西廂記》第一本第一折【後庭花】「若不是襯殘紅，芳逕軟，怎顯得步香塵底樣兒淺。且休題眼角兒留情處，則這腳蹤兒將心事傳。……」（頁 8）情境上相彷彿。

　　第二十一齣〈引示池樓〉春英看賈午「……輕勻粉臉，亂挽雲鬢，憂戚戚蹙損了淡淡春山，淚汪汪朦朧著盈盈秋水。……」（頁 63）前兩句裁自《西廂記》第三本第二折【普天樂】（頁 111）；後兩句第二度引用同折【二煞】「望穿他盈盈秋水，蹙損他淡淡春山」（頁 116），皆略施減添而已。

　　第二十六齣〈聞香致疑〉賈充弔場，自云：「入門休問容枯事，觀看容顏便得知。自家這幾日見得第三女兒容貌改變，舉止異常，正在狐疑之際，方纔韓壽衣間溫香襲人。我想這香是西域所貢，一著人身，香氣經月不散，皇上獨賜于我，我付托女兒密藏青瑣中，他那里得來？我一向有事在外，莫非與他做下事了？」（頁 85）敘述中先表明賈充自我觀察的情況，再輔以異香之證，已然有了肯定的答案。與《西廂記》第四本第二折崔老夫人先自云「這幾日竊見鶯鶯語言恍惚，神思加倍，腰肢體態，比向日不同；莫不做下來了麼？」（頁 151）再輔以小兒子歡郎無忌之童言：「前日晚夕，奶奶睡了，我見姐姐和紅娘燒香，半晌不回來，我家去睡了。」（頁 151）因而更加肯定其間必有私情，兩段話不能顛倒順序，方能凸顯一家之主的精明幹練。當然，「韓壽偷香」故事中早有相關記載，不必待《西廂記》出方能如此安排。然而，這種關係也說明了《西廂記》與「韓壽偷

香」故事，甚至是《懷香記》，三者之間微妙的關係。

　　第二十八齣〈鞫詢香情〉，一般會聯想到《西廂記》的「拷紅」情節，不過，這段情節「韓壽偷香」故事也有，只是沒有進一步的細節。《懷香記》中的春英顯然無紅娘的無畏抗言精神，故也就無「夫人拷紅」變成「紅娘拷問夫人」的翻轉局面。不過，原先紅娘說服崔老夫人的內容、計策，在《懷香記》中不是移給春英，而是給了賈充夫人。其欲說服丈夫的理由為：「此事不論有無，你一朝之忿，發之甚易，女兒終身之憂，當之實難。倘他羞憤，自盡而死，外人聞知，豈不辱你宮中兩女？皇太子齊王視你何如人？你亦何顏立於朝廷眾公卿之上？況韓壽原係通家，是你看他才德兼全，托在府中安歇，分明是引盜入室，得成此事，自家不能防微杜漸，卻怨誰來？莫若即通媒妁，速訂婚姻，一則免吾女別嫁；一則消旁人私議。」（頁 92-93）主要以家醜外揚，有辱司空門面，及引盜入室，治家不嚴兩點為理由，剖析利害。外加提到韓壽「才德兼全」。這三點與《西廂記》第四本第二折紅娘的話有些雷同：「信者人之根本，『人而無信，不知其可也。大車無輗，小車無軏，其何以行之哉？』當日軍圍普救，夫人所許退軍者，以女妻之。張生非慕小姐顏色，豈肯區區建退軍之策？兵退身安，夫人悔卻前言，豈得不為失信乎？既然不肯成其事，只合酬之以金帛，令張生捨此而去。卻不當留請張生於書院，使怨女曠夫，各相早晚窺視，所以夫人有此一端。目下老夫人若不息其事，一來辱沒相國家譜；二來張生日後名重天下，施恩於人，忍令反受其辱哉？使至官司，夫人亦得治家不嚴之罪。官司若推其詳，亦知老夫人背義而忘恩，豈得為賢哉？紅娘不敢自專，乞望夫人台鑒：莫若恕其小過，成就大事，擲之

以去其污，豈不為長便乎？」（頁 153-154）也提到有辱門面、家譜，以及男女互窺，治家不嚴；也約略推及張生有名重天下之才云云，都與《懷香記》相似。最大不同則在於紅娘花了大半口舌在攻崔老夫人的不守信用，故而最後說服了崔老夫人。但賈充並無背信忘義一事，雖也顧及面子，卻無失信之包袱，故反而使賈充後來假公濟私，薦舉韓壽征東吳，是成是敗，皆能遮掩家醜，這是賈充形象不輸於城府頗深的崔老夫人之處。

第三十齣〈母女傷懷〉，「我今有病，母親必來看覷，我做個假意兒，……。」（頁 98）刻畫賈午性格，同《西廂記》第三本著重刻畫崔鶯鶯性格中有許多「假處」、「假意兒」一樣。（頁 111、125）「千休萬休，不如死休，待孩兒尋個自盡，免累母親。」（頁 98）同《西廂記》第二本第一折「五便三計」中的第二計，要「白練套頭兒尋個自盡」（頁 52），都是深知母親愛女兒之心，必不會同意的。【前腔】（【二犯傍妝臺】）「恩情浹洽三冬煖，言語參差六月雪。」（頁 99）略同《西廂記》第三本第二折「別人行甜言美語三冬暖，我根前惡語傷人六月寒。」（頁 115-116）

第三十五齣〈誆傳凶信〉由妒才小人陸舞文、朱弄法造謠報復，與鄭恒造謠奪愛，雖非全同，倒也有幾分近似，都是在接近大團圓結局前翻江倒海一番，以增波折。

第三十八齣〈哀中聞喜〉【鷓鴣天】「淚添九曲黃河溢，恨壓三峰華岳低。」（頁 126）取自《西廂記》第四本第三折【四煞】曲文。（頁 164）原文中的「黃河」、「華岳」應與崔張相遇處、張生遊歷赴考有關而填。但與韓壽、賈午關係實淺，可見是用典比喻賈午誤信韓壽凶信時的悲痛。

　　通過情節與曲文賓白的比較，歷歷可見《西廂記》對《懷香記》的影響，而這種通體內外的周浹式影響，恐不下於「韓壽偷香」故事的影響。

五、結語

　　從以上的分析，自然更印證了《西廂記》對《懷香記》的影響之深遠，不僅在情節的相似，兼隨處可見《懷香記》作者對《西廂記》曲詞的熟稔，安插於字裡行間，與其創作《南西廂記》的不襲一語之悍志，終究宣告兩劇皆雙雙失敗。再者，《懷香記》也絕非只有「西廂」故事的影響，本身「韓壽偷香」故事的流傳與改編，亦實質在情節編撰上起著作用。因此，應該這麼說：《懷香記》至少是「西廂」故事和「韓壽偷香」故事交互影響下的作品。

《明珠記》三題補論

一、前言

　　本文旨在針對《明珠記》的三個論題，提出個人的一些見解，以為商榷或補正，論題綱目如下：（一）作者問題與創作動機商榷、（二）關目改編的討論——以〈煎茶〉為例、（三）「明珠」的精神內涵與物質價值。[1]

　　《明珠記》的版本有七種：（一）明萬曆年間刻本，二卷，署名雲間陳繼儒批評；（二）明末吳興閔齊伋（遇五）朱墨套印本，四卷；（三）明末毛晉汲古閣原刻本，二卷，《古本戲曲叢刊》初集影印收入；（四）汲古閣《六十種曲》本；（五）明寶晉齋刻，清初讀書坊重修本，二卷；（六）明刻本，二卷；（七）明末清初紉椒蘭館本，二卷。中華書局明清傳奇選刊本，採用錯誤較少的汲古閣原刊本為底本，並輔以寶晉齋本、明刻本、紉椒蘭館本為校本，改正錯訛，並據曲牌格律施以標點，是一部較為完備的現代點校本。[2]因此延用為本論文據以論述的主

---

[1]　本論文宣讀於 2011 年 9 月 23 日「靜宜大學中國文學系第一屆明清文學學術研討會」，感謝講評人徐信義教授提供若干指正及寶貴意見。

[2]　《明珠記》（與《南西廂記》合刊），明・陸采著，張樹英點校，中華書局，2000 年 11 月，1 版 1 刷。

要參考版本。所引《明珠記》曲文賓白出處頁次隨文附後,不另
出注。至於用以比較的本事〈無雙傳〉,則採王夢鷗(1907-
2002)校釋的《唐人小說校釋》(下)版本,(正中書局,1985
年1月,初版,1998年11月,五印。)因〈無雙傳〉文短,僅
六頁,故不另注頁次,以求論文之簡潔。

二、作者問題與創作動機商榷

《明珠記》的作者之說,雖自古以來有兩種不同說法:陸采
(1497-1537)作或陸粲(1494-1552)[3]和陸采兩兄弟合著。
(陸粲,字子餘,一字浚明,讀書貞山,人稱「貞山先生」;陸
采,原名灼,字子元,又作子玄,號天池,又作天奇,別署清癡
叟,明代長洲(今江蘇吳縣)人。)但一般仍繫於陸采名下。現
知歸於陸采名下的戲曲作品計有:《南西廂記》、《明珠記》、
《懷香記》、《椒觴記》、《分鞋記》。[4]前三種全本尚存,
《南西廂記》寫張君瑞與崔鶯鶯故事;《明珠記》寫王仙客與劉
無雙故事;《懷香記》寫韓壽與賈午故事,籠統可說都屬才子佳
人戀愛婚姻題材。《椒觴記》則僅有《群英類選》、《月露音》
殘存散齣。《分鞋記》已佚。以上兩本劇情不詳。現存三種全
本,集中在愛情婚姻與功名的追求,兩者揚抑有別,中間都有戰

---

[3] 《明珠記》,中華書局,則作(1494-1551),差異乃因陸粲卒於嘉靖
三十年(1551)12月26日,公曆為次年1月21日。

[4] 另有《存孤記》一種,莊一拂(1907-2001)《古典戲曲存目彙考》頁
870:「《曲品》云:李文姬、王成事。其序似天池舊有稿而無從演之
者。」存疑。

亂穿插，分別是孫飛虎圍寺、朱泚之亂、氐羌謀叛與征吳，創作傾向十分鮮明。而巧合的是，僅存的三劇，更有一種微妙的相似點，即都與《西廂記》有關。《南西廂記》是有感於李日華的《南西廂記》「取實甫之語，翻為南曲，而措詞命意之妙，幾失之矣。」[5]因此進行改編。《明珠記》雖改編自唐傳奇〈無雙傳〉，但作者自信能「掩過西廂花月色」（《明珠記》第一齣〈提綱〉【南歌子】語，頁 1）。《懷香記》改編韓壽偷香故事，卻被清梁廷枏（1796-1861）《曲話》卷三評云：

> 《懷香記・佳會》折，全落《西廂》窠臼。而【解袍歡】、【山桃紅】數曲，在旁眼偷窺，寫得歡情如許美滿，較【十二紅】正不啻青出於藍而過於藍。余嘗謂：「小姐多丰采，君瑞濟川才」，為元曲中之最庸惡陋劣者，緣落想便俗故也。[6]

梁廷枏說的是李日華《南西廂記》對《懷香記・佳會》折的影響。事實上，北曲《西廂記》對《懷香記》情節的影響十分深遠，劇本中更多達十幾齣直接隱括《西廂記》曲文入劇本中。[7]

5　霍松林編，《西廂匯編》，山東文藝出版社，1987 年 9 月，1 版 1 刷，頁 324。

6　清・梁廷枏，《曲話》，《中國古典戲曲論著集成（九）》，中國戲劇出版社，1959 年 7 月，1 版，1982 年 11 月，4 刷，頁 276。

7　見拙文〈《懷香記》與「西廂」故事之關係新探〉，「中國明代文學第八屆年會暨 2011 年明代文學與文化國際學術研討會」會議論文，北京首都師範大學學院主辦，2011 年 8 月 16 日。

凡此種種，明顯可知《西廂記》在作者心目中的典範地位，是崇拜的、也是欲超越的對象。

簡介完暫定作者及其整體創作的傾向與特色後，接著進一步要談《明珠記》的創作動機，這與作者問題恰又糾結在一起。從傳奇第一齣曲文照例會稍微表明作者創作動機及主題而言，《明珠記》第一齣〈提綱〉的【聖無憂】、【南歌子】，並不易理解到這些訊息，其云：

> 【聖無憂】人世歡娛少，眼前光景流星。青春不樂空頭白，老大損風情。喜遇心閒意美，更逢日麗花明。主人情重須沉醉，莫放酒杯停。
>
> 【南歌子】清新樂府唱堪聽，遏雲行鳳鸞鳴。宮怨閨愁，就裡訴分明。掩過西廂花月色，又撥斷琵琶聲。　佳人才子古難并，苦離分巧完成。離合悲歡，只在眼前生。四座知音須拱聽，歌正好酒頻傾。（頁1）

雖與一般勸人及時行樂的開場詞相類，但值得注意的是，本劇首齣標舉《西廂》與《琵琶》二劇的意義何在？筆者以為第一齣的兩句曲文：「掩過西廂花月色，又撥斷琵琶聲。」除隱約要與《西廂記》與《琵琶記》角勝外，這兩部作品恰好在主題上呈現著差異，《西廂記》代表愛情為主的喜劇；《琵琶記》代表「辭試不從；辭婚不從；辭官不從」所造成的悲劇。前者透過「有情人終成眷屬」，歌頌了愛情。後者透過「三不從」控訴了忠孝綱常某種層面的不合理，而此一悲劇性顯然是從「辭試不從」開始，換句話說，「功名富貴」於人是利是弊，是值得人們深思的

一道題目。若果如此,《明珠記》有意以此兩本各為北曲、南曲之經典作品昭告,本劇將因生腳王仙客赴京所求的兩件事:一為取功名;二要求小姐的親事展開,並朝著「有情人終成眷屬」目標排演;而同時交相掩映消長的另一主題,將是對「功名富貴」的徹悟,甚至否決。這是筆者對此兩句深層的理解。而這樣的理解,恰巧符合王仙客、劉無雙兩人的愛情之發展;以及劉震一家、俠者古押衙等人的人生態度之轉變。

　　至於創作動機為何?筆者想從故事淵源〈無雙傳〉談起,該篇傳奇作者薛調(829-872)作意好奇的動機,王夢鷗先生認為:

> 然其與宮人之瓜葛,是否為有所求而難如願,乃幻想古押衙之奇法以逞快於心;故其託言無雙事,是亦可思者也。觀其篇末自謂「無雙遭亂世籍沒,而仙客之志,死而不奪,卒遇古生之奇法取之,冤死者十餘人。艱難走竄之後,得歸故鄉,為夫婦五十年,何其異哉!」何其異哉,究其語意,非徒有感於故事之離奇,蓋尤歎羨其人之幸運。如或胸無堙鬱,當不出此,況又特以宮人為敘述對象者乎?[8]

所謂「宮人」,恐與史載免不了淫亂事蹟的郭妃有關。而郭妃與薛調之死又有極為曖昧的關係,《唐語林》卷四〈容止〉即載:

---

[8]　《唐人小說校釋》(下),王夢鷗校釋,正中書局,1985 年 1 月,初版,1998 年 11 月,五印,頁 18。

> 薛調美姿貌，人號「生菩薩」。……調為翰林學士，郭妃
> 悅其貌，謂懿宗曰：駙馬蓋若薛調乎？頃之，暴卒，時人
> 以為中鴆。卒年四十三。[9]

郭妃與女同昌公主（849-870）之夫，即駙馬韋保衡關係不倫，
最後韋保衡以此陰事被告賜死。[10]對照薛調事，其暴卒之因，與
宮闈之亂，似脫不了干係。

　　若從「如或胸無堙鬱，當不出此」這個角度看《明珠記》的
創作，其「堙鬱」恐要從作者身世去比附。關於《明珠記》的作
者問題，有兩條資料值得重視：王世貞（1526-1590）《曲藻》
云：

> 《明珠記》即《無雙傳》，陸天池所成者，乃兄浚明給事
> 助之，亦未盡善。[11]

錢謙益（1582-1664）《列朝詩集小傳》丁集上云：

9　《唐語林》（外十一種合刊），宋・王讜著，上海古籍出版社，1991
　　年12月，1版1刷，頁93。

10　《舊唐書》卷一七七（國泰文化事業有限公司，1977年1月，初版），
　　頁4602、《新唐書》卷一八四（國泰文化事業有限公司，1977年1月，
　　初版），頁5398。

11　《曲藻》，明・王世貞著，《中國古典戲曲論著集成（四）》，中國戲
　　劇出版社，1959年7月1版，1982年11月4刷，頁37。

年十九，作《王仙客無雙傳奇》，子餘助成之。[12]

王、錢皆提到陸粲在創作上給予弟弟陸采的協助。而徐朔方
（1923-2007）對《明珠記》作者的推論就很值得深思，他認
為：

> 但是第一齣〈提綱・聖無憂〉說「人世歡娛少，眼前光景
> 流星。青春不樂空頭白，老大損風情」，不像是少年人的
> 口氣。劇終下場詩又說：
>
> > 金谷銅駝非故鄉，歸心日夜憶咸陽。
> > 三年奔走荒山道，一旦悲歡見孟光。
> > 游說尚憑三寸舌，江流曲似九回腸。
> > 相逢盡道休官去，不逐東風上下狂。
>
> 以這幾句詩同劇情相對照：男主角在襄陽「村居三年」，
> 說不上「奔走荒山道」；王仙客恢復原職富平縣尹，他並
> 無辭職之意；「江流曲似九回腸」，則完全沒有着落。可見
> 如同多數傳奇的劇終下場詩一樣，以集句為形式，內容則
> 是作者的自白。作為作者的自白，這幾句詩符合陸粲的生
> 平，而不符合他弟弟的情況。陸粲在嘉靖八年（1529）降
> 職貴州都勻驛丞，次年前往貶所，幾個月之後，才得知妻
> 子過世。嘉靖十年改任江西永新知縣，到第二年（1532）
> 剛好說得上「三年奔走荒山道」。永新在江西贛江上游，

12　《列朝詩集小傳》，清・錢謙益著，上海古籍出版社，1983 年 10 月，
　　新 1 版 1 刷，頁 396。

「江流曲似九回腸」，正是他本人往來時的所見。他在嘉
靖十三年休官，回到家鄉。可見這原來是陸粲的作品，後
來由陸采繼續完成。呂天成《曲品》說：「此係天池（陸
采）之兄給諫陸粲具草，而天池踵成之者。」顯然比王世
貞的記載可信。[13]

以上推論有幾處可以再商榷，劇終下場詩確實有不少傳奇是「以
集句為形式，內容則是作者的自白。」此齣最末一支曲子【意不
盡】：「東吳才子多風度，撮俏拈芳入豔歌。錦片也似麗情傳萬
古。」（頁 122）內容也已跳出劇情，為作者的自白。不過，下
場詩本來集自他人詩句，與劇情只要有可能溝通，就不盡然沒有
著落。如「男主角在襄陽『村居三年』說不上『奔走荒山道』」
之說，不妨改以王仙客為尋覓劉無雙所付出的努力，更何況下一
句「一旦悲歡見孟光」（頁 122），是見到了「孟光」。若解釋
為「幾個月之後，才得知妻子過世」，反是陰陽兩隔，於詩意無
著落。至於「江流曲似九回腸」（頁 123），於本劇中或指第四
十二齣〈江會〉【長拍】由渭水乘舟飛渡川江時所唱情境：「早
離却潼關渭堤，又來到錦江春水。看傷心景色，傷心景色，萬里
波濤，腸斷深閨。三峽猿啼，淚濕羅衣……。」（頁 116），不
見得要說成是永新知縣任上所見。又，「相逢盡道休官去，不逐
東風上下狂。」（頁 123）兩句與「王仙客恢復原職富平縣尹，
他並無辭職之意。」似乎無關，而是指劉震一家人經過悲歡離合

13　《晚明曲家年譜》第一卷，徐朔方，浙江古籍出版社，1993 年 12 月，
　　1 版 1 刷，頁 95-96。

後，於劇後浩歎的「早知今日受榮華，爭似我當初免受千般挫。」（頁 122）看破功名富貴。故劇末下場詩仍與劇情相扣合，也暗符作者自白。

除此，徐朔方更進一步指出陸粲將彈劾張璁而下獄事轉為劇中情節：

> 《明珠記》中的奸相盧杞相當于現實中的內閣大臣張璁。陸粲降職為驛丞，永新知縣是他最後的宦歷。劇中王仙客也是驛丞，復官富平縣尹。盧杞和王仙客的宦歷都是小說中原有的情節。陸粲在永新知縣任上，在即將退休之時，有意物色了同自己經歷相似的《無雙傳》作為傳奇的題材，而且把自己被奸臣陷害而入獄的事也寫進了《明珠記》，他的寫作當在 1534 年。[14]

這段推論落實了作者確有「堙鬱」，遂發憤創作，頗具創發。然亦有可補充之處，作者投影性格之劇中人物往往不只一人，王仙客與陸粲生平雷同[15]；但重新被塑造的劉震也可看到陸粲的身影。在《無雙傳》中，劉震為附逆的叛臣，簡單被處死就沒戲

14　《晚明曲家年譜》第一卷，頁 97。

15　陸氏《明珠記》之前，元代尚有無名氏南戲《王仙客》，今《南曲九宮正始》存佚曲五支。《南曲九宮正始》在黃鐘宮過曲【滴滴金】第六格「上林笋膾甘如肉」注云：「按：此《明珠記》。元時先有無名氏《王仙客》本；後又有平原白壽之《無雙傳》，今此『金厄泛蒲綠』套即其詞也。今被陸天池竊用于《明珠記》耳。」《南曲九宮正始》未錄「金厄泛蒲綠」套曲。以上兩全本皆佚，故討論《明珠記》情節，往往只能與〈無雙傳〉相比對。

了。但在《明珠記》裡，他忠耿敢諫，反而蒙冤下獄，劇中更安排端午節筵席時劉震對屈原（約前 340－前 278）遭遇緬懷一番：

> 【畫眉序】金厄泛蒲綠，撫景停厄感心曲。歎千年湘水，此日沉玉。名未泯角黍空傳，人去遠招魂誰續？（頁 5）

之後陡逢災變，苦熬家破人離、沉冤莫白的歲月，在苦難中覺醒：「只為功名誤此心，功名惹得禍來侵。當時早逐漁樵去，縱有冤家何處尋？」（頁 78-79），後逢大赦，一家再度團圓。總總一切經歷，比之陸粲的宦海浮沉、致仕回鄉，亦有幾許相符之處。若果如此，古押衙從小說中自刎而死，改為從「一雙兒鐵膝，曾踏金階」（頁 120），急流勇退為「不如歸臥碧山阿，碧山阿。世事都看破。」（頁 122）的「隱君子之操」。[16]種種轉變之因，也就可想而知了。也就是說王仙客、劉震、古押衙等人形象，皆可視為作者投影，適足以反映較全面的作者心志。

至於徐朔方將《明珠記》寫定年份定在 1534 年，乃是從其致仕這年為嘉靖十三年（1534），四十一歲，符合下場詩「休官去」及首齣非少年口吻；間接也否定了王世貞、錢謙益的說法。不過，因王、錢二人與陸氏兄弟皆同郡人，其中又以王世貞的話可信度更高，其因有二：王世貞是陸粲〈墓碑〉一文的撰寫者，與陸粲接觸頻繁；其中表兄弟史幼咨又是陸粲女婿。如何解釋王

16　王仙客在第二齣〈赴京〉曲文中，也有「人生總為名利縈。瀟洒羨嚴陵，滄江弄釣罾。」（頁 3）之感慨，不唯劉震、古押衙有。

世貞的話有誤，以及陸氏兄弟歿世後的呂天成（1580-1618）所說反而更可靠等等疑點，顯然徐朔方也無把握，不時仍在行文間折衷道「本文認為將《明珠記》看作陸粲、陸采的合作較為符合事實。」、「它的作者分明是陸粲，或兄弟二人的作品。」因此目前出現了三種可能：一是陸粲作；二是陸粲草具、陸采完成；三是陸采作、陸粲給助。徐朔方的分析傾向前兩種。筆者以為劇情與兄弟二人中生平相近者為誰，並不能證明誰就是作者本人。王世貞的話仍是最應重視，至於兄弟二人應有相近看法，而兄陸粲的生平提供了創作的素材[17]，誰完成的，較難判定，若依徐朔方的分析，不無另一個可能，即陸粲活得較久，也許對《明珠記》做過最終修訂，才會出現口吻較符合陸粲。[18]另外，陸粲彈劾的大臣有張璁（1475-1539）、桂萼（？-1531）。張璁卒年在1539年，桂萼卒年在1531年，可能也是決定作品寫定在致仕後、署名歸於一直無功名的陸采較妥之因素。[19]因作者歸屬難於確定陸氏兄弟中任一人，故後文若需提及作者，則以「陸氏」代稱。

17　《明珠記》第九齣〈拒奸〉寫到王遂中訪古押衙時，古押衙正在看《左氏春秋》，王遂中遂與之討論《左傳》中鉏麑是否為「義士」，與陸粲著有《左氏春秋鐫》二卷、《左傳附注》五卷、《春秋胡氏傳辨疑》二卷不無關係，初步翻閱，可惜未能找到陸粲著作中對鉏麑的直接看法。

18　口吻的差異，另一個明顯的例子是《南西廂記》的序談到「余自退休之日，時綴此編。」陸采終生未仕，無所謂退休，此序顯然是陸粲口吻。

19　徐朔方未針對張璁與劇本之署名關聯性發表看法，但曾提及「陸粲考慮到編戲可能有損他官僚大夫的名聲，才把它的著作權歸于未仕的弟弟身上。」《晚明曲家年譜》第一卷，頁96。

三、關目改編的討論──以〈煎茶〉為例

〈煎茶〉一齣，李漁（1611-1680）《閒情偶寄‧演習部‧變調第二》談到「變舊成新」，附有此齣改本範例，改編理由是：

> 舊本傳奇，每多缺略不全之事，刺謬難解之情。非前人故為破綻，留話柄以貽後人，若唐詩所謂「欲得周郎顧，時時誤拂弦」，乃一時照管不到，致生漏孔，所謂「至人千慮，必有一失」。此等空隙，全靠後人泥補，不得聽其缺陷，而使千古無全文也。……《明珠記》之〈煎茶〉，所用為傳遞消息之人者，塞鴻是也。塞鴻一男子，何以得事嬪妃？使宮禁之內可用男子煎茶，又得密談私語，則此事可為，何事不可為乎？此等破綻，婦人小兒皆能指出，而作者絕不經心，觀者亦聽其疏漏，然明眼人遇之，未嘗不啞然一笑，而作無是公看者也。若欲於本家之外，鑿空構一婦人，與無雙小姐從不謀面，而送進驛內煎茶，使之先通姓名，後說情事，便則便矣，猶覺生枝長節，難免贅語，不知眼前現有一婦，理合使之而不使，非特王仙客至愚，亦覺彼婦太忍。彼婦為誰？無雙自幼跟隨之婢，仙客現在作妾之人，名為採蘋是也。無論仙客覓人將意，計當出此，即就採蘋論之，豈有主人一別數年，無由把臂，今在咫尺，不圖一見，普之天下有若是之忍人乎？予亦為正此迷謬，止換賓白，不易填詞，與《琵琶》改本并刊於

後，以政同心。[20]

　　關於「塞鴻一男子，何以得事嬪妃？」這點，陸氏應該考慮過，劇中塞鴻撞入中堂，馬上被宮女張如花質問：「呸！怕沒有婦人，要你男子漢入去！」（頁 65）塞鴻回答：「你不知，驛中常年是俺煮茶，並沒有婦人。」（頁 65）復被質疑：「你驛丞的老婆在那裡？」（頁 65）等等，證明陸氏應有想到使一婦人，而且是驛丞老婆。但他終究沒有讓採蘋去辦這事，可見另有考量。事實上，塞鴻並未闖入宮女活動的中堂內煮茶，雖然塞鴻口中說「小人在中堂燒茶」（頁 69），但根據無雙小姐獨眠輾轉淒惶，遂從內室（後堂）往外走的賓白：「這是中堂，外面是前堂了。待我揭起簾兒看……那一爐宿火，兩個銅瓶，敢是煎茶之所？」（頁 66）後來驚覺塞鴻就在彼煎茶。故塞鴻應仍停留在內外之隔的中堂簾外，即是前堂，不至於能直趨「後堂深處等候」（頁 65）。再者，陸氏改動了塞鴻的年齡，由〈無雙傳〉中的老「蒼頭」降為劇中「安童」（頁 2），讓他可以扮飾煎茶童子及後來陪同中使頒旨。為何要說塞鴻是「老」蒼頭呢？因為他與主人王仙客重逢時曾說：「某已得從良，客戶有一小宅子，販繒為業。今日已夜，郎君且就客戶一宿，來早同去未晚。」塞鴻要取得從良資格，根據《唐會要》卷八六「奴婢」條云：「官奴婢，諸司每年正月造籍二通，一通送尚書，一通留本司，并每年置簿，點身團貌，然後關金倉部給衣糧。又准格式，官戶受有

20　見《李漁全集》第三卷《閒情偶寄》，頁 74-75，單錦珩校點，浙江古籍出版社，1992 年 10 月，1 版 1 刷。

勳及入老者，并從良。」[21]塞鴻取得良民資格既非「有勳」，當因「入老」。又，《舊唐書·職官志二》「都官郎中」條云：「（官奴婢）年六十及廢疾，雖赦令不該，亦並免為蕃戶，七十則免為良人，任所樂處而編附之。」[22]據此推知塞鴻已年逾七十。陸氏大概覺得七十熟於世故的老翁「假為驛吏，烹茗於簾外」，不妥，年紀與無雙之婢採蘋亦不類，遂將塞鴻年紀降為「童」之階段。劇中未明示塞鴻年齡，但當時無雙侍婢採蘋「年方二八」（頁 41）；作為對稱腳色的王仙客書童理當相近，且塞鴻裝做煎茶童子曾說「我除下帽子，梳個髻兒，撞入中堂去」，還勉強可假扮成童子，顯然絕非七十老翁。不過，終究在性別上還是給人如李漁般的疑竇。

　　此段情節乃承自原小說而來，在李漁之前，讀者對小說或劇本此點罅漏並無太大意見，陸氏應也覷及而未作更動，理應是就傳奇體製要求去平衡塞鴻與採蘋這對忠僕義婢的戲份。〈煎茶〉與〈偽敕〉在情節設計、腳色勞逸上，顯然是相「對峙」且有所「變換」的兩齣折子戲，[23]先後由塞鴻、採蘋分別改扮茶童、中使，為王仙客去見劉無雙；而劉無雙先後生死兩樣情。對於找她的塞鴻、採蘋，前者當面認出，後者則間接傳旨而未接觸識破。兩次事件遙相對峙，兼具變換之美。唯一不對稱的是〈偽敕〉不

21　《唐會要》，宋·王溥著，世界書局，1968 年 11 月，3 版，頁 1570。

22　《舊唐書》，國泰文化事業有限公司，頁 1838-1839。

23　「對峙」與「變換」兩詞概念主要借自後來的清·孔尚任（1648-1718）《桃花扇》齣末總批，如第十一齣〈投轅〉批云：「此〈投轅〉一折，與後〈草檄〉一折對看者，〈投轅〉是柳見寧南，〈草檄〉是蘇見寧南，俱被捉獲，而見則不同。是對峙法，又是變換法。」

是採蘋獨當一面完成任務，有塞鴻陪同，且緊急時還是靠塞鴻出言解危。但在小說中，塞鴻並無參與此次行動，〈無雙傳〉先寫王仙客「令塞鴻探所殺者，乃無雙也。」塞鴻也不知被處置的園陵宮人就是無雙小姐。之後，古押衙又補敘：「昨令採蘋假作中使，以無雙逆黨，賜此藥令自盡。」《明珠記》第三十三齣〈寫詔〉古押衙明白表示：「詔書寫完，要採蘋、塞鴻送去。」（頁91）第三十四齣〈偽敕〉兩人分別「貼扮內官捧敕旨，丑扮祗候從藥酒上」（頁 94）。所以，無論是維持《明珠記》改貌，或是李漁重編，不免都有些許不完美。本小節最後補充一點：雖然，李漁根據自己的理解正彼「迷謬」，仍在置換賓白之際，夾帶入他慣常驅使的婦人善妒題材，以為獵奇，在劉無雙（旦）唱「鶺鴒已占枝頭早」時，臉上同時「作醋容介」，而採蘋則寬慰她：「小姐不要多心。奴家雖嫁王郎，議定權為側室，虛却正夫人的坐位，還待著小姐哩！」。而後無雙要求見王仙客，採蘋基於「老公公在外監守，又有軍士巡更，哪裡喚得進來？」有些為難，卻惹起無雙懷疑採蘋吃醋才故作推拖[24]，此點改動，說明了李漁選擇採蘋扮演茶童，或許還涉及藉機發揮女人善妒的論點，不純粹是看到《明珠記・煎茶》的破綻而已。

---

[24] 見《李漁全集》第三卷《閒情偶寄》，頁 88-89。關於李漁慣常驅使的婦人善妒題材以為獵奇之說法，雖無舉本齣改本為例者，但《笠翁十種曲》的相關討論可參看筆者指導之靜宜中文所王敏傑碩士論文《從「性／別研究」視角看笠翁十種曲》，頁 75-87，2011 年 1 月，自印。

四、「明珠」的精神內涵與物質價值

「明珠」作為劇本名稱,當然是貫串全劇的重要意象。「明珠」一詞出現在第一齣〈提綱〉、第三齣〈酬節〉、第十二齣〈驚破〉、第十四齣〈探關〉、第二十三齣〈巡陵〉、第二十五齣〈煎茶〉、第二十六齣〈會橋〉、第二十七齣〈拆書〉、第二十八齣〈訪俠〉、第三十三齣〈寫詔〉、第三十六齣〈珠贖〉、第三十七齣〈授計〉、第三十九齣〈回生〉、第四十一齣〈珠圓〉[25],其作用,第十二齣〈驚破〉劉無雙贈給王仙客其中一顆時,原先是定義為「表意」之用,見珠如見妾,無雙云:

> 解元此去,無可表意。妾有明珠一雙,名曰夜光珠,光照百步,價值萬金。乃朝廷賜與爹爹之物,妾自幼寶藏在身。今日分一顆與足下,倘若思想薄命,舉此觀之,如見妾一面。……此二珠,就如我和你一般。【前腔】(即【玉交枝】)明珠堪愛,正相從把他拆開。願他年合浦重相會,一對團圓長在。撫摩如見妾體材,依棲長繫郎巾帶。休教他塵埃暗埋,休教他孤單自回。(頁32-33)

從「明珠」「乃朝廷賜與爹爹之物」一句來看,吻合第三齣〈酬節〉寫劉震家過端午節,吩咐院子安排筵席,擺列眾多寶物中,提到「器列象州之古玩,簾開合浦之明珠」(頁4),且一語雙

25　「明珠」一物實際被以砌末拿出場,應只〈驚破〉、〈煎茶〉、〈訪俠〉、〈寫詔〉、〈珠贖〉、〈授計〉、〈珠圓〉七齣。第四十二齣〈江會〉則說的是「合浦珠」一詞。

關，即表面是確有其物，實則又暗寓「合浦珠還」之意。而「合浦珠還」之意，可用原典合浦郡守多貪穢之事，暗與此劇朝廷背景相合；亦可比喻東西失而復得，[26]轉為「表記」[27]的離合，就與男女主角命運息息相關——「願他年合浦重相會，一對團圓長在。」從此一角度論，第三齣亦可計算在內。

　　第二十五齣〈煎茶〉，「明珠」成為塞鴻取信無雙、兼睹物思人的表記。王仙客吩咐塞鴻說：

> 你與我裝做煎茶童子，在後堂深處等候，暗地瞧小姐在內，我要見他一面。這顆明珠是小姐與俺的，你把與他為信。只等回報。（頁 65）

當塞鴻見到無雙小姐，送還此表記時，無雙云：

> 【前腔】（即【囀林鶯】）雙珠依舊成對好，我兩人還是蓬飄。（頁 66）

隨即也興起「今夜要見官人」（頁 66）的想念，「明珠」仍是

26　參見《文史辭源》第一冊，頁 480「合浦珠還」條解釋：「傳說漢合浦郡不產穀實，而海出珠寶，先時郡守並多貪穢，極力搜刮，致使珍珠移往別處。後孟嘗為合浦太守，制止搜刮，革易前弊，珍珠復還。見《後漢書》七六〈孟嘗傳〉。後用來比喻東西失而復得。」（天成出版社，1984 年 5 月，初版。）

27　「表記」一詞始見於元雜劇的《金錢記》，泛指任何類型的憑證。後常專指愛情信物。

「表意」的作用。到了第二十六齣〈會橋〉，兩人好不容易使計在橋邊會面，匆匆又告了別離，痛心之餘，王仙客提議：

> 姻緣既斷，我叫塞鴻還你那珠，免得思想。（頁71）

劉無雙回應：

> 這明珠是我贈你的，怎麼又還我？仍舊送您，客中貧乏，賣來供給。（頁71-72）

明確告知明珠可以變賣，作為經濟生活的維持之用。這種由贈送者親口提議此番權變之用，是極罕見的。而之後，王仙客對明珠之運用，也就不執泥於「定情物」的意義。第四十一齣〈珠圓〉王仙客與劉無雙重逢時，王仙客述說了「明珠」的功勞：

> 小姐，我和你遭此大禍，小生監押行裝，小姐羈留京國，若非明珠表意，怎能夠兩下相思？後來在驛路相逢，小生目斷東牆，小姐獨眠孤館，若非明珠寄恨，怎能夠兩下廝見？更兼買求義士，贖取香軀，皆明珠之功，不可忘也。（頁112）

比較特殊的是，它除了是愛情婚姻的表記，用以「表意」、「寄恨」外，它顯然還有彰顯世俗面的物質性價值，亦即等同於一筆為數不小的金錢，有「買求」、「贖取」的交易功能，並每每能在重要關鍵處用來打通關。而「表記」在以象徵精神層面為主的

書寫傳統上，被用以不斷的交易，而非矢志保留，這是較奇特的
發展。洪逸柔《六十種曲表記情節研究》碩士論文即指出此種情
節模式的出現與明代經濟的發展有關：

> 物資流動的頻繁，以及士商關係的轉變，也直接影響了傳
> 奇中表記運用的情形。商人的地位隨著經濟發展逐漸提
> 高，士商之間漸有交游、通婚，甚至有士人經商的情形，
> 扭轉了明初「重農抑商」、「商為四民之末」的觀念。商
> 業行為之於文人不再被當作「奸偽之業」，反而視之為物
> 資流通的普遍管道。在傳奇創作上，商業性的販賣、易
> 物，便常成了劇作家設計情節中表記流轉、藉以鋪排人物
> 際遇的手法，商業行為的描寫較之前代遂大大增加。如
> 《明珠記》中，王仙客將表記「明珠」歸還劉無雙時，無
> 雙囑其「客中貧乏，賣來供給」，後仙客亦以此珠作為財
> 禮，贈送古洪以求相救無雙；《雙珠記》與《香囊記》中
> 的表記，則因失落別處，為他人拾得，作為財物換取酒
> 飯，而回歸贈者手中；《青衫記》中白居易以「青衫」典
> 酒，《玉合記》中韓翃出售家傳「玉合」，都因商業行為
> 而使表記到達女主角之手；《紫釵記》霍小玉求售「紫
> 釵」，以資尋夫，《紅拂記》徐德言賣「破鏡」以求與樂
> 昌公主重會，亦透過商業行為促成最後的團圓。在這些具
> 有商業意義的人物動作之下，表記除了傳達情意與見證承
> 諾的精神內涵之外，又被賦予了物質上的商品性質。並藉
> 由表記財價的發揮，作為推進情感發展的具體力量。將物
> 件的物質價值與精神內涵透過劇中的商業行為緊密結合，

是傳奇在明代社會的商業刺激下發展出的特色之一。[28]

上文雖指出不少明傳奇「將物件的物質價值與精神內涵透過劇中的商業行為緊密結合,」如《雙珠記》、《香囊記》、《青衫記》、《玉合記》、《紫釵記》、《紅拂記》等等,然而這種寫法若說一定受明代經濟活絡氛圍影響,則必須證明其劇本本事或故事流變中無此描寫。檢視〈無雙傳〉中確實無「明珠」表記,除「仙客之志,死而不奪」是成就婚姻的主因之外,整個婚戀追求過程,也充滿金銀珠寶的運轉。如:(一)「仙客發狂,唯恐姻親之事不諧也。遂鬻囊橐,得錢數百萬。舅氏舅母左右給使,達於廝養,皆厚遺之。又因復設酒饌,中門以內,皆得入之矣,諸表同處悉敬事之。遇舅母生日,市新奇以獻;雕鏤犀玉,以為首飾,舅母大喜。」(二)「因令塞鴻假為驛吏,烹茗於簾外,仍給錢三千,約曰:『堅守茗具,無暫捨去。忽有所覩,即疾報來。』」(三)訪求古押衙幫忙,也是先「繒綵寶玉之贈,不可勝紀。」(四)古押衙贖軀則以「百繒贖其尸」等等,都是透過錢財寶物的運轉以達到目的。《明珠記》中大半去掉「阿堵物」或以「明珠」替代,如前舉(一)、(二)例,除第十齣〈送愁〉「舅娘生日,買些金珠首飾上壽」(頁 26)沿襲〈無雙傳〉外,餘皆已刪去;(三)、(四)兩例則易以「明珠」,而受贈者都沒收下,事情卻皆能順利進行。陸氏的高明處應是將散見小說中的「經濟活動」巧妙以「明珠」串連起來,與原先表記

[28] 參見中央大學中文所洪逸柔碩士論文《六十種曲表記情節研究》,頁 43-44,2011 年 1 月 24 日。

象徵愛情的「表意」功能結合，並將這些「經濟活動」仍為「愛情團圓」而服務，遂使全劇結構呈現高度的集中與緊密。梁辰魚（1519-1591）曾評此劇云：「本〈無雙〉而作記，借明珠以聯情。」[29]指出了本劇前有所承，並強調了「明珠」此一意象的重要性。

五、結語

　　以上三題的討論，首論「作者問題與創作動機商榷」，主要借力於前賢徐朔方的《晚明曲家年譜》，以及前輩王夢鷗的《唐人小說校釋》，兩相結合，所作的補充推論。次論「關目改編的討論——以〈煎茶〉為例」，是對古代戲曲理論家李漁的說法略作商榷，發現陸氏、李漁各有其著眼點，從傳奇體製、腳色戲份的對稱而言，也許較能給予陸氏公允的評價；也從比對中指出李漁改本可能另藏其他意圖在內。末論「『明珠』的精神內涵與物質價值」，是關於「表記文學研究」[30]，本文除釐清「明珠」確

---

[29]　《梁辰魚集‧補陸天池無雙傳二十折後》，明‧梁辰魚著，吳書蔭編集校點，上海古籍出版社，1998 年 7 月，1 版 1 刷，頁 443。

[30]　廖玉蕙《細說桃花扇——思想與愛情》（三民書局，1997 年 6 月，初版）頁 127 云：「「『表記文學』之名，並未見諸任何文學史或文學批評論著中，它既非指《文選》分類中奏議類的〈出師表〉或〈陳情表〉，亦非指奏記、碑記或雜記類的類似〈岳陽樓記〉、〈壯悔堂記〉、〈袁家渴記〉等，而是傳統小說或戲曲中長久以來慣用的一種文學表現方式，所謂藉信物之贈送以傳情及約盟也。不論就其運用時間的長久或被取用的廣泛程度而言，歸納它為文學表現的一種形式，或者並不是太過突兀的事。」

為原本事小說所無，也試圖進一步找出它轉化而來的歷程，以凸顯《明珠記》在同類作品中的獨創性。總之，這一番自圓其說，盼能對舊說有所補正。

《西樓記》研究的幾點補論

一、前言

　　根據周玉軒《袁于令與西樓記之研究・相關研究成果回顧》，關於《西樓記》的研究主題可分為兩類：

　　（一）袁于令字號、生平、家世、軼事等史料考證；

　　（二）《西樓記》藝術價值；

再加上該碩士論文側重補充的：

　　（三）《西樓記》的古代演出情形；以及地方戲改編與現代呈現。[1]

　　綜觀這些論文，第一部分談得較深入；其他兩方面尚有可補正續探的地方。不過，今就一己閱讀《西樓記》的心得，所談的幾個問題，大半在以上三類之外。有《西樓記》與《西廂記》、《牡丹亭》之關係；以及學者對《西樓記》的批評，再予以補析，凡此，將安排於劇情簡介之後展開。

---

[1]　《袁于令與西樓記之研究》，周玉軒，中央大學中文所碩士論文，2011年6月，頁4-6。

二、《西樓記》作者、劇情簡介及論述版本

關於《西樓記》作者袁于令的字號、生平、家世、軼事等史料考證，前賢用力甚勤，有具體成果，於此僅略述，不多作臚列或考證。劇情簡介本應可免談，但為使讀者對後面討論的一些細節，其來龍去脈有大概的了解，故本小節仍簡要敘述。末則交代所用論述版本，以利讀者查核原文。至於《西樓記》引文，頁數隨文附後，以避免註腳太過繁瑣。文中出現之古今人物，生卒年與問題論述無關，除《西樓記》作者袁于令外，一概省略。

《西樓記》作者袁于令（1592-1672），原名晉，字韞玉、令昭、白賓，號鳧公，入清之後，號籜庵，或另署幔亭仙史、幔亭歌者、幔亭峰歌者、幔亭音叟、幔亭過客、吉衣道人等，室名劍嘯閣、硯齋、音室等。生於明萬曆二十年（1592），卒於清康熙十一年（1672），享年八十一歲。江蘇吳縣人。明代貢生，降清為官，後被劾罷職，死於困頓。著有《西樓記》、《金鎖記》、《鷫鸘裘》、《瑞玉記》、《玉符記》、《汨羅記》、《雙鶯記》、《合浦珠》、《珍珠衫》等戲曲作品（或加上《長生樂》、《戰荊軻》），以及《幔亭曲》散曲集、《隋史遺文》小說。

劇情簡介如下：南畿名妓穆素徽傾慕解元于鵑（于叔夜）才情，有心托身於于，親手抄錄其【楚江情】曲，託妓劉楚楚代為致意。一日于鵑冶遊，聞唱曲聲至劉楚楚處，應要求校正趙伯將所度曲譜，無意中翻檢到穆素徽手書之【楚江情】。遂至西樓拜晤，與之一見鍾情，私訂生死盟誓。然于鵑因前校曲得罪趙伯將，趙挾怨在其父京畿道御史于魯面前譖傷于鵑荒嬉舉業於西

樓，致于父命人脅迫穆家搬離。行前穆素徽欲約于鵑相見話別，卻因急迫誤投空白素箋，致未能見面。穆素徽久候于郎不至，凄然舟去。不意鴇母受賄於故相國之公子池同，設計將她送進杭州池同所置豪舍。穆素徽矢志前盟，抵死不從。而于鵑也因相思成疾，隨父遷往山東任所後，病勢加重，昏死三日後方被救醒。爾後仍念念不忘穆素徽，更因此做一怪且不祥之夢。而之前負責醫治他的包必濟，誤認其已死無救，遂先行竄逃南畿，且誤傳死訊於劉楚楚。而後，劉楚楚至杭州看望穆素徽，說出于鵑死訊，穆素徽深感悲痛，遂自縊殉情，幸被救轉。當其時，劉楚楚誤以為穆已死，怕牽連，匆匆逃離，途中遇上京趕考的于鵑好友李節（李貞侯），順便告知穆素徽自縊之事。之後，李節在旅店中巧遇迫於父命赴試的于鵑，以及後來的劍俠胥表（胥長公）。于鵑驚聞噩耗，痛不欲生。在考場中涕泣幾不能作文。匆匆考罷即南下尋穆素徽骸骨。胥表攜妾輕鴻游錢塘，夜逢穆素徽在寺內追薦亡夫于鵑，頓生調包之計，以輕鴻之命救穆素徽逃出池府，並護送其往京城自家暫住；輕鴻則被池同家丁擒獲，以隨身匕首自刎，投江而死。胥表旋又南下尋于鵑，欲使于穆二人團圓。于鵑在昔日南畿西樓睹物思人，復從劉楚楚處得知素徽死而復生，卻又被人劫走的消息，悲喜交加。此時，捷報于鵑及第，殿試在即，遂匆匆北上京城。在常州恰逢胥表，得知穆素徽被胥表所救，喜不自禁。胥表又贈以千里馬，以便于鵑趕赴殿試，及北上會佳人。之後，池同、趙伯將二人路逢胥表，欲雇其行刺于鵑，反被胥表憤殺，為于鵑報了仇。最後，于鵑攜穆素徽衣錦榮歸，並請同榜探花李節作媒，求得父允，與穆素徽正式完婚。

本論文據以論述的版本為中華書局「明清傳奇選刊」系列的

《西樓記》，與《紅梨記》合刊。主要考量是，它以作者的自訂本《劍嘯閣自訂西樓記傳奇》為底本，並參校了六十種曲本的《西樓記》，及其他重要的版本；連馮夢龍改編本《墨憨齋重定西樓楚江情傳奇》也時有參用，算是集大成的校本。[2]

三、《西樓記》與《西廂記》之關係

　　關於《西樓記》在古代的流傳，有兩條相近的記載，很能側面反映其流傳之盛，連販夫走卒亦能侃談其妙處。其一是清梁紹王《兩般秋雨盦隨筆》卷一〈西樓記〉條：

> 袁籜庵于今以《西樓記》得名。一日出飲歸，月下肩輿過一大姓家。其家方宴客，演〈霸王夜宴〉。輿夫曰：「如此良宵風月，何不唱『繡戶傳嬌語』，乃演《千金記》耶？」籜庵狂喜欲絕，幾至墮輿。真賣菜傭奴，俱有六朝烟氣也。[3]

其二是清龔煒《巢林筆談》卷二所記：

> 袁籜庵嘗於月夜肩輿過街，適有演劇者，金鼓喧震，一輿夫自語云：「如此良夜，何不唱套【楚江情】覺得清趣

2　《紅梨記、西樓記》，李復波〈校點說明〉有詳細說明，中華書局，1988 年 11 月，1 版 1 刷，頁 1-2。

3　《兩般秋雨盦隨筆》，清梁紹王著，正文書局，1974 年 1 月 1 日，初版，頁 32。

耶?」袁即命停輿,從者莫解其故。袁出輿,向輿夫拜手曰:「知己。」蓋《西樓記》,袁得意筆也。[4]

「繡戶傳嬌語」為《西樓記・錯夢》中的曲文,輿夫乃能興到,脫口而出,可見《西樓記》廣為流傳於當時,市井小民亦熟知戲文,身為原作者的袁于令,聽聞此語,狂喜幾至墮輿。【楚江情】唱套,當指《西樓記・病晤》一齣,也是《西樓記》中極負盛名的關目。兩則記載雖略有出入,然相同處皆反映市井小民熟知戲文,以及袁氏《西樓記》受歡迎的程度;而相異處,適足以呈現當世人對《西樓記》最為人津津樂道之關目的不同看法。《西樓記》各齣緊湊鬆弛不一,好壞參差不齊,但此二齣例來評價不差,也是流行的折子戲。

這樣型態的流傳記載,使我想到關於《西廂記》的一條筆記,李開先《詞謔》云:

《西廂記》謂之「春秋」,以會合以春,別離以秋云耳;或者以為如《春秋經》筆法之嚴者,妄也。尹太學士直輿中望見書鋪標帖有「崔氏春秋」,笑曰:「吾止知《呂氏春秋》,乃崔氏亦有春秋乎?」亟買一冊,至家讀之,始知為崔氏鶯鶯事。……又一事亦甚可笑。一貢士過關,把關指揮止之曰:「據汝舉止,不似讀書人。」因問治何經,答以「春秋」;復問《春秋》首句,答以「春王正

4　《巢林筆談》,清龔煒著,見俞為民、孫蓉蓉編,《歷代曲話彙編:新編中國古典戲曲論著集成・清代編・第二集》,黃山書社,2008 年 8 月,頁 150。

月」。指揮罵曰：「《春秋》首句乃『游藝中原』，尚然
不知，果是詐偽要冒渡關津者」。責十下而遣之。貢士泣
訴於巡撫臺下，追攝指揮數之曰：「奈何輕辱貢士？」令
軍牢拖泛責打。指揮不肯輸伏，團轉求免。巡撫笑曰：
「腳跟無線如蓬轉。」又仰首聲冤，巡撫又笑曰：「望眼
連天。」知不可免，請問責數，曰：「『先受了雪窗螢火
二十年』，須痛責二十。」責已，指揮出而謝天謝地曰：
「幸哉！幸哉！若是『雲路鵬程九萬里』，性命合休
矣！」[5]

對《西廂記》的深入世人生活及活躍舌間之情況，更至無以復加
的地步。若以《西廂記》這則趣聞衡之《西樓記》的兩則傳聞，
不難窺知前者對後者的影響或啟迪。

再者，清梁紹王《兩般秋雨盦隨筆》卷四還有一則〈李袁輕
薄〉，談到袁于令的死因：

又撰《西樓記》之袁于令，為人貪汙無恥，年逾七旬，猶
強作少年態，喜縱談閨闈，淫詞穢語，令人掩耳。後寓會
稽，暑月忽染奇疾，口中癢甚，因自嚼其舌，片片而墮，
不食不言，二十餘日，舌本俱盡而死；綺語之戒，其罰如
此。[6]

5　《中國古典戲曲論著集成》第三冊，中國戲劇出版社，1982 年 11 月，
　　1 版 4 刷，頁 271-272。

6　《兩般秋雨盦隨筆》，頁 171。

這則記載出於杜撰之跡，則更明顯。姑不論其真假，卻很明顯可嗅出此則傳聞散播之動機，意在勸人「綺語之戒，其罰如此。」清徐謙志怪體善書《桂宮梯》也為教化人心、勸人勿作淫詞穢語，而有〈袁某淫詞穢語嚼墮其舌之報〉：

> 吳中袁某，雅以音律自負，遨遊公卿間。所著《西樓傳奇》，優伶盛傳之；然詞品卑下，殊乏雅馴，不及王康諸公遠矣。為人貪污無厭，年踰七旬，強作年少態，喜縱談閨閫事，每對客淫詞穢語，信口而發，令人掩耳。人共嫉之曰：「此君必當受口舌之報。」未幾，客會稽，冒暑干謁，忽覺口中奇癢，因自嚼其舌，片片而墮，不食二十餘日，竟不能一語，舌根俱盡而死。[7]

　　這與《西廂記》等「淫詞豔曲」在古代流傳過程中，遭受不少衛道人士的口頭警告，如出一轍。金聖歎評改《西廂記》，其〈讀第六才子書西廂記法〉，首條即云：「一、有人來說《西廂記》是淫書，此人後日定墮拔舌地獄。何也？《西廂記》不同小可，乃是天地妙文……。」前六條皆在辯證《西廂記》不是淫書，恰恰反證「說《西廂記》是淫書」者必定不少，也是咒寫《西廂記》「後日定墮拔舌地獄」，如清王宏撰《山志》卷四有〈王實甫關漢卿當墮拔舌地獄〉、清徐謙《桂宮梯》卷四也有

7　見王利器編，《元明清三代禁毀小說戲曲史料》，河洛圖書出版社，1980年1月，臺景印初版，頁351。

〈編西廂嚼舌之報〉[8]，徐謙竟將《西廂記》與《西樓記》的作者咒成果報一樣；依此推測，賈寶玉只敢躲在桃花樹底下讀《西廂記》，恐怕也是此類流毒所致。只不過，《西廂記》有金聖歎為其再三聲援不是淫書；曹雪芹也另用寶玉黛玉共讀《西廂記》，說它真真「是好書」、「詞藻警人，餘香滿口。」非世俗所謂淫書。然《西樓記》就沒人為它辯護了，想來歷史自有公斷！

　　以此觀之，《西廂記》與《西樓記》在流播的過程中，有相似的遭遇。而在評價上，也有文人把二者放在天平上量秤。張岱〈張子詩秕・為袁籜庵題旌停筆哭之〉云：

> 天生麟鳳不易得，世上才人亦間出。余見鹿城袁籜庵，吞吐三日不能含。《西樓》一劇傳天下，四十年來無作者。前有《西廂》后《還魂》，頡頏其間稱弟昆……。[9]

　　當然，「前有《西廂》后《還魂》，頡頏其間稱弟昆。」實是溢美過度，應與好友哭奠有關，基於人情，不免贊譽有加！寫情之傳奇，自免不了與《西廂記》或《牡丹亭》相比較，但都止

8　見王利器編，《元明清三代禁毀小說戲曲史料》，頁 307-308；頁354。〈編西廂嚼舌之報〉這條資料：「《西廂》一書，當時作者編至『碧雲天，黃花地，西風緊，北雁南飛』之句，忽然仆地，嚼舌而死。」也見於他書，如清梁廷枏《曲話》，但作「世傳實甫作《西廂》至『碧雲天，黃花地，西風緊，北雁南飛』，構想甚苦，思竭，仆地遂死。」可以清楚看出「嚼舌」果報之說，是徐謙加上去的。

9　《六十種曲校注：西樓記校注・附一、袁于令生平資料匯輯》，陳多校注，吉林人民出版社，2001 年 9 月，1 版 1 刷，頁 747。

於用情或人物的異同比較，然而，有力的證據卻沒有。這裡，筆者舉《西樓記》第二十六齣〈邸聚〉與第二十八齣〈泣試〉為例，證實它與《西廂記》有承繼關係。〈泣試〉一齣，確實寫得不俗，打破「傳奇中演科場考試的戲，常只是交代有此一番經過，沒有其它內容。因而或是用一些與劇情無關的科諢來填補，或在劇本中只寫上『考試照常科』五個大字，而由演員去即興任意發揮。」[10]但本齣「給人以耳目一新、聞所未聞之感。既在情理之中，又尖新可喜。此其所以為名劇。」[11]所謂「聞所未聞」，當是未瞧出另一齣之用典，及其典出《西廂記》的關係。何謂？此齣與第二十六齣〈邸聚〉，在情節上是相連接的，〈邸聚〉寫于鵑被「嚴親強來赴選」（頁81），投宿時巧遇曾誤聞他死訊的李貞侯，復與俠客胥長公萍水相逢，于鵑因誤聞穆素徽自縊而死，無心赴試，說出了如此的決定：「小弟不去會試了，竟向錢塘去尋素徽骸骨，同穴而葬，永遂西樓之盟，卻不是好。」（頁83）本齣下場詩末二句：「十年未識君王面，始信嬋娟解誤人。」（頁84）即出自《西廂記》第一本第一折賓白，當時張生本也是要赴京趕考，與崔鶯鶯乍相逢，心心相印後，省悟「十年不識君王面，始信嬋娟解誤人。」[12]遂下決定「小生便不往京師去應舉也罷。」張生除了應試外，路過河中府，原也要去探望當了蒲關大元帥的八拜之交杜確，但後來也久久未去拜望，表示此時友誼、功名兩種價值觀，在遇見崔鶯鶯前

10　《六十種曲校注：西樓記校注》，頁644。
11　《六十種曲校注：西樓記校注》，頁645。
12　《西廂記》，王實甫原著，王季思校注，里仁書局，1995年9月28日，初版，頁9。

都還居一二位，沒想到愛情一出現，這兩者皆拋之九霄雲外。觀
〈邸聚〉一齣，用相同兩句及「不去會試」話語，亦旨在將倫理
道德、功名與愛情等價值觀相比較，以于鵑欲擇愛情為至上價值
觀，就取得如《西廂記》主題在歌頌「愛情」的效果。雖然在胥
長公、李貞侯的一番友誼勸慰開導下，于鵑還是勉強應考。而于
鵑之所以勉強應試，除嚴親、友人相勸外，最關鍵的，還是穆素
徽自縊的傳聞，使其愛情價值觀瞬間崩毀、失落，遂暫拾世人重
功名之價值觀，且走且看。但作者依然以「愛情」高於「功名」
的姿態，讓于鵑幾乎臨卷涕泣至幾乎要交不了卷的地步，亦是承
《西廂記》而來，卻又不束於《西廂記》，這才是它成功之處！

　　再者，今大陸學者陳多認為：「《牡丹亭·驚夢》和《西樓
記·錯夢》可稱為明傳奇中寫夢的雙璧。或以為〈錯夢〉係『換
《牡丹亭》之〈驚夢〉，彼以女夢男，此以男夢女云』；然二者
的妙處實各有所在，迥不相侔。」[13]陳多雖不認同「或以為」者
的看法，也覺得兩本劇本各有擅場、「迥不相侔」。但仍是將二
者加以比較，之後的王琦《袁于令研究》，還是將兩劇相提並
論。[14]反而疏忽了相侔的《西廂記·草橋驚夢》。馮夢龍〈墨憨
齋重定西樓楚江情傳奇敘〉云：「此記模情布局，種種化腐為
新。〈訓子〉嚴於〈繡襦〉，〈錯夢〉幻於〈草橋〉，即考試最
平淡，亦借以翻無窮情案，令人可笑可泣。」[15]可知其在「幻」

13　《六十種曲校注：西樓記校注》，頁 606。

14　《袁于令研究》，王琦，華東師範大學中國語言文學系博士論文，2006
　　年 12 月，頁 50-52。

15　《馮夢龍全集 13 墨憨齋定本傳奇（下）》，俞為民校點，江蘇古籍出
　　版社，1993 年 7 月，1 版 1 刷，頁 935。

上，〈錯夢〉可與《西廂記・草橋驚夢》相提並論，甚至過之而無不及，而並不提《牡丹亭・驚夢》或其他劇作。為何「〈錯夢〉幻於〈草橋〉」，筆者以為，《西廂記・草橋驚夢》之驚，在於張生於夢中見鶯鶯顧不得迢遞，私奔至下榻旅店，正傾訴相思之情時，忽有一行卒子前來搶走了崔鶯鶯，夢中鶯鶯斥喝卒子的內容[16]，實暗伏《西廂記》第五本，張生衣錦榮歸、迎娶鶯鶯時，半路殺出鄭恒謠言中傷張生另娶高門，此為「驚」；但也暗寓相救者仍是白馬將軍杜確，且鄭恒必死無疑！ 所以，是有驚無險。再來看《西樓記・錯夢》，于鵑入睡前曾「虛空模擬，閉眼見嬋娟。假抱腰肢摟定肩，依稀香氣鬢雲邊。」（頁 63）款款深情，令人十分動容。思人，兼睹穆素徽親筆花箋，鋪墊了入夢尋佳人的濃濃氛圍。夢中，「犬吠不迭、犬吠不迭」（頁64）。「犬吠」當暗指小人、禮教、門第成見、父訓等等，阻遏于鵑的前進。于鵑還是無畏地叩門兩次，連番被老鴇、丫環拒之門外，表示才子佳人的聚合甚艱。好不容易，第三次候得穆素徽出來，撞上前去，忽「變了枯瘦」的「奇醜婦人」（頁 64-67），應指後來穆素徽的「情死」噩耗。第二十六齣〈邸聚〉，于鵑聞訊即做了如此的解釋：「小弟初會時，以玉簪贈我，投下跌成兩段，原是不祥之兆。前日又夢見他變做奇醜婦人，不是他容貌，想必那時就死了。」（頁 82）但其「幻」就在此，就是因為「不是他容貌」，死的並非穆素徽，反倒是輕鴻。「錯夢」

---

16 原【水仙子】曲文：「硬圍著普救寺下鍬钁，強當住咽喉仗劍鉞。賊心腸饞眼腦天生得劣。（卒子云）你是誰家女子，賣夜渡河？（旦唱）休言語，靠後些！杜將軍你知道他是英傑，覷一覷著你為了醢醬，指一指你教你化做膋血。騎著匹白馬來也。」《西廂記》，頁 172。

之「錯」，即預告夢是錯的、假的，不是實情。而夢中三番兩次求見穆素徽不果，也顯見兩人愛情之「錯」綜複雜，往往失之交「錯」。觀之其他齣名，諸如「庭譖」、「緘誤」、「疑謎」、「計賺」、「虛訃」、「巫紿」、「假諾」等等虛假哄騙算計穿插，似在烘托才子佳人的一片真情，縱經千百磨難，也「至死情難變」（頁83）！

另，《西廂記‧草橋驚夢》曲文尚有一處：「雖然是一時間花殘月缺，休猜做瓶墜簪折。」[17]而《西樓記》第八齣〈病晤〉，于穆將別時，穆素徽有一只玉簪要贈于鵑，不料拔簪後卻墜折，穆素徽驚呼：「呀！玉簪折了，一發不是好兆！」（頁25）不過，「瓶墜」、「簪折」乃常用典故，不易判定兩劇本一定有關聯，僅提醒以供參考。

除以上所論，《西樓記》自來被認定是作者袁于令的自傳劇，這與《西廂記》故事的淵源〈鶯鶯傳〉，是元稹自傳小說，寫的女主角都是生平有過一段戀情的歌妓。此不免又是一層巧合。

也就是說，《西樓記》從其故事淵源、情節安排與筆法、故事流傳衍生的傳說等等，無不有《西廂記》的影子，可說是戲曲史上極為奇妙的「隔代」遺傳！

四、論《西樓記》與《牡丹亭》及其他幾個問題

至於《西樓記》與《牡丹亭》聯想在一塊的原因，除皆言

17　《西廂記》，頁171。

「情」之外，還有「夢」，以及男女皆由生而死，由死而復生，豈非即湯顯祖所謂：「情不知所起，乃一往而深。生者可以死，死可以生。生而不可與死，死而不可復生者，皆非情之至也。」[18]就于、穆「生者可以死」的執著，《西樓記》確實近於《牡丹亭》，男主角于鵑甚至更似杜麗娘，「病即彌連」，第十八齣〈離魂〉，與《牡丹亭》第二十齣〈鬧殤〉後來也被改為「離魂」同名。第二十四齣演穆素徽為情自縊而死，命名為「情死」，以這兩齣，向湯顯祖致敬之意，不言可喻！但在「死可以生」的詮釋，卻都沒有過程，「于鵑為想素徽，只願一病而亡，決絕了這段姻緣。誰想癡魂不斷，三日後心口還熱。被父親救醒。」（頁 63）；穆素徽「竟自縊死。又虧殺我們眾丫鬟解救得活，方得蘇醒，依舊相思。」（頁 78）兩人其實都只是休克、暈厥，並未真正死去，如此，自然無所謂「死可以生」，更無起死回生的奮鬥過程，當然就遠遠不及《牡丹亭》了。[19]

　　大陸學者陳多在〈《西樓記》及其作者袁于令〉中，提到《西樓記》較《西廂記》、《牡丹亭》有所前進之處，在於男女相悅不是非常講求才貌相稱。其認為：在劇中，穆素徽、于叔夜「一靈咬住」的根本精神是「惟真正才人，方是情種。」對於容

---

[18] 《牡丹亭》，湯顯祖原著，徐朔方、楊笑梅校注，里仁書局，1999 年 10 月 31 日，1 版 3 刷，頁 1。

[19] 筆者觀察到另一部傳奇《霞箋記》的故事淵源〈心堅金石傳〉，男主角李彥直因心上人張麗容被迫進獻右相，「仰天大慟，投身于地，一仆而死矣。」「是夜。麗容自縊，死于舟中。」此故事仍以悲劇終，並未起死回生。不過，殉情的方式似有衍生成固定模式，即男相思悲慟而死，女則自縊而亡。

貌如何，則似乎并沒有特別給予關注。如穆素徽是通過閱讀于叔夜的《錦帆樂府》，「新詞中雅好」，已斷定他「是真正情種」，「未相逢神先訂交」，以之作為「心上人」；并「常說道：一朝得見作歌者，便死花前也遂心」。而這時竟是尚「未識其面」，「不知容貌若何」。于叔夜也同樣沒有把「女貌」當做重要條件。他是在偶然得見穆素徽在花箋上親筆謄寫的【楚江情】，賞其「好似當年郗、衛，筆勢恁飄蕭」，「點的板不差半下」，許之為「真同調矣」，于是「為了花箋幾斷腸」；「情之所投，願同衾穴」。劇中所強調的他們結合的合力是「琴聲簫意逗情緣」，「記歌娘子、顧曲周郎，和是一副」，而身分的「良賤不敵」、容貌的是否相配，都根本沒有考慮。……，並且也不能排除生活真實中的「穆素徽」僅「中人之姿，面微麻，貌不美」，則作者的這樣寫法當也與之有關。[20]

《西樓記》重「情」，是沒錯，第二十四齣命名為〈情死〉，即是湯顯祖所謂用情到極致者，「生者可以死」。但是否男女皆不在乎對方美醜，甚且穆素徽僅中人之姿等等，恐怕未必。劇中生旦甫出場，就有不少曲文透露男女渴求另一方容貌，而穆素徽更非中人之姿而已。于鵑一上場即云：「我想，婚姻乃百年大事，若得傾國之姿，永愜宜家之願；天哪！你便尅減我功名壽算，也謝你不盡了。」（頁 2）與友人遊平康歌院至三更，為的就是「覓娉婷」（頁 4），豈能說不慕容貌？至於穆素徽，雖「未識其面，先慕其才，」（頁 7）也忍不住問道「尚不知容貌若何」（頁 7），可知也是希望如意郎君才貌相當。而她之容

---

[20]　《六十種曲校注：西樓記校注》，頁 730-731。

貌，從「闐門車馬」、「今日煙花部中，還推你第一」、「逞妖嬈」、「多嬌」（頁 5-6）等詞句，應夠得上于鵑所要追求的「傾國之姿」。因此，較正確說法是，《西樓記》的曲文，對人物外貌姿態的描寫較少，但絕非不重視。不同於《西廂記》筆法，不斷透過張生眼睛，描述崔鶯鶯的外在美，至無以復加的地步方休。「穆素徽」僅「中人之姿，面微麻，貌不美」之說源於清梁廷枏《曲話》，其云：「《西樓記》為姑蘇袁鳧公（白賓）作。于叔夜者，鳧公托名也。鳧公短身、赤鼻，長于詞曲。穆素徽不過中人之姿，面微麻，貌不美，性耽筆墨。故兩人交好。為趙萊所忌，因假『趙不將』以刺之，此康熙中年事，王子堅先生猶得親見。所云絕代佳人耳，妄也。」[21] 既然《西樓記》之曲文並非如此描述，此則傳說無論真假，也就與問題討論無關了。

又，大陸學者陳多對〈巧遘〉一齣，胥長公手刃池同、趙伯將，為于鵑報仇之舉，頗多微詞，認為有三點可議：一、劇中無一字寫到于叔夜要尋池同報復；而池同竟會想到于叔夜中了榜首，自己便要「性命不保」，只能算是「自作多情」、不合常理的過慮。二、暗殺人是犯法的機密大事。而他既叫手無縛雞之力的趙伯將去搠于叔夜於前；又輕易地向初次會面之人直白行刺意圖；縱或對象不是胥長公，而只是守法或畏事之徒，豈不也是「地獄無門汝自來」的自投羅網。三、池、趙二人雖然可惡，但罪不至死；作者竟假胥長公之手將他們雙雙處死，似有「借此文

21　《六十種曲校注：西樓記校注・附一、袁于令生平資料匯輯》，頁756。

報仇洩怨」之嫌。所以「馮本」逕將這一情節刪去。[22]

第一、二點可以理解，讀者多少會覺得其安排不夠合理、縝密。明代馮夢龍〈墨憨齋重定西樓楚江情傳奇敘〉早已提出質疑：「池、趙二生即與叔夜有隙，亦何至謀刺，且旅店逢俠而遂委腹心乎？此又事之萬萬不然者也。」[23]第三點著重袁于令生平所愛被奪，其事應該就是指，明施紹莘《花影樓樂府·舟中端午曲·跋》：「乃《西樓記》成而于鵑身黜名辱。殊色誠可憐，美才亦可惜。為一婦人，身為逐客，嗚呼悲夫！」[24]、清左輔《念宛齋詩集·題袁荊州小像》中所提的：「袁名于令……，嘗狎妓白美，為勢豪所奪，袁結俠士竄歸，為《西樓》傳奇以紀事。」[25]故藉劇情「報仇洩怨」，也不無可能；兼抬出古代改編大師馮夢龍，在《楚江情》傳奇中，也刪去此情節，引為其觀點之證。「馮本」除將此這一情節刪去，甚至末齣向于鵑父勸婚者改為趙伯將，大有讓此人前後諞人幫人，全憑一張口，翻然改過。馮改本，如此處理，倒也不錯！但竊以為，除以上批評外，何不站在作者角度，揣測其必得如此寫方可的原因。假若一味依觀者自身邏輯衡量，恐出現如「于郎已死穆素徽拒不苟活，即便被救醒還

22　《六十種曲校注：西樓記校注·附一、袁于令生平資料匯輯》，頁692-693。

23　《馮夢龍全集 13 墨憨齋定本傳奇（下）》，頁935。

24　參見《六十種曲校注：西樓記校注·西樓記的故事原型和它的版本》，頁711-712。

25　《六十種曲校注：西樓記校注·附一、袁于令生平資料匯輯》，頁755。

陽，懷抱向死之心者亦可再死」等看法[26]，教人無從討論商榷。
從于、穆二人情愛發展來看，不能相聚的禍根芽，男方這邊，乃
肇於趙伯將的量小非君子、譖於于父；女方這邊，始於紈袴公子
池同的死纏；自此展開一連串的陰錯陽差，趙池二人實難脫其
咎。故近結尾處，以惡人之由生步向死，大有反襯生旦生死盟
誓、起死回生之相逆發展！

　　至於胥長公侍妾輕鴻之死，應該與第二十一齣〈俠概〉出場
時埋下的伏筆有關，胥長公提到「昨曾以千金購得徐夫人匕首，
不免觀看一番。」（頁 69）其得匕首之來源與經過，竟雷同於
荊軻刺秦王的圖窮匕現！「看星文耀日，虹氣干雲，果是神物！
可惜沒處用他。你且繫之珮上，以待不時之需。」（頁 69）舞
臺提示也確實交代輕鴻遵從指示「作佩介」（頁 69），匕首明
確在輕鴻身上，不在胥長公身上，若如荊軻般失敗，死的會是持
匕首者。而此所等待的「不時之需」，終於在第三十一齣〈捐
姬〉得到呼應，「多應有計安排定，強徒把我相凌迸。罷罷罷，
他有匕首在我佩上，待我引決赴水。奴家怎把他牽害，苦得了當
一命！」（頁 97）為成全主人胥長公之計，輕鴻遂自刎赴水而
亡，期死似重義如泰山，卻換來讀者或觀眾輕於鴻毛之感，而胥
長公也落個「惜哉劍術疏」之名，與其自抒襟懷的「猿公劍術石
公書」（頁 69），相去甚遠！但既然之前的設計如此，為了呼
應及用典，輕鴻則必死無疑，除非改寫此一暗寓。馮夢龍雖未看
出端倪，卻因「原本〈俠概〉一折甚淡，此係全改。」[27]把輕鴻

26　〈從明傳奇《西樓記》之關目探究袁于令才子傳奇之筆墨〉，路露，
　　《文教資料》，2012 年 11 月號中旬刊，頁 194。
27　《馮夢龍全集 13 墨憨齋定本傳奇（下）》，頁 999。

刪掉，改換為第十六齣〈集豔〉曾登場的洪寶兒為胥長公新納侍妾，其如此調動，乃因「原本用妾輕鴻，後為長公虐用；殊罪過，且不見長公高手。今用洪寶，即池通故人。一條線索，與長公、池通兩下乾淨。」[28]（池通在《西樓記》中作「池同」）這麼改編，應該與其〈墨憨齋重定西樓楚江情傳奇敘〉質問有關：「胥長公一世大俠，於謀一婦人何有，乃計無復之，而出此棄妾之下策，豈惟忍心哉？其伎倆亦拙甚矣！長公與叔夜素昧平生，戀妓亦無關大事，何必相為乃爾！」[29]不過，「用計易姬」是否比「虐用、棄妾」高明，要不是洪寶兒為池通舊識，其何以脫身？能否免其一死？恐怕也難！因此，各人各有其寫作策略，能前後呼應，也不算太差。

五、結語

　　以上論述，著重在《西樓記》與《西廂記》之關係的證成，兼論及與《牡丹亭》的比較，以及對大陸學者陳多的幾點看法，提出一己的另解，得到的總結是，《西樓記》從其故事淵源、情節安排與筆法、故事流傳衍生的傳說等等，無不有《西廂記》的影子，可說是戲曲史上極為奇妙的「隔代」遺傳！《西樓記》與《牡丹亭》聯想在一塊的原因，除皆言「情」之外，還有「夢」，以及男女皆由生而死，由死而復生，但兩人其實都只是休克、暈厥，並未真正死去，如此，自然無所謂「死可以生」，

28　《馮夢龍全集 13 墨憨齋定本傳奇（下）》，頁 1020。

29　《馮夢龍全集 13 墨憨齋定本傳奇（下）》，頁 935。

更無起死回生的奮鬥過程，當然就遠遠不及《牡丹亭》了。至於大陸學者陳多所提三點：《牡丹亭・驚夢》和《西樓記・錯夢》可稱為明傳奇中寫夢的雙璧；《西樓記》較《西廂記》、《牡丹亭》有所前進之處，在於男女相悅不是非常講求才貌相稱；〈巧遘〉一齣，胥長公手刃池同、趙伯將，為于鵑報仇之舉，有三點可議。經本論文論辯之後，筆者認為《西樓記・錯夢》與《西廂記・草橋驚夢》亦可相比，且更能凸顯〈錯夢〉之「幻」。《西樓記》之男女相悅的同時，也是講求才貌相稱的。胥長公手刃池同、趙伯將一事，若從以惡人之由生步向死，大有反襯生且生死盟誓、起死回生之相逆發展，未嘗不好！除以上，最後則有針對輕鴻之死，提出「徐夫人匕首」用典之說，或可供思考。這篇論文，採取特別的觀點切入，希冀對古代的作品研究，起到些微補論的效果！

《才子牡丹亭》與《西廂記》
之關係試探——以「褻喻」、
紅娘、鶯鶯為討論中心

一、前言

　　《才子牡丹亭》是一部罕見而有獨特見解的《牡丹亭》評本，是清雍正年間（1723-1735）付刻，吳震生（1695-1769）、程瓊夫婦所為，評文約三十餘萬言，評本後並附錄一些資料[1]，〈《西廂》並附証〉就是其一。而元雜劇《西廂記》與清人戲曲評本《才子牡丹亭》，就如此巧妙地藉由明湯顯祖（1550-1616）《牡丹亭》居間媒介，有了極為奇特的連結。《才子牡丹亭》一書提到《西廂記》的批語，集中在附錄的〈《西廂》並附証〉29 條（條目依華瑋、江巨榮學者之標點分段計算），除此

---

[1]　附錄中有四部經典名著：《南柯夢》、《四聲猿》、《西廂記》、《水滸傳》並附証，皆被附會上許多情色褻喻，其實，〈批《才子牡丹亭》序後〉亦可視為第五部經典名著〈《西遊記》附証〉，且批者亦自挑明：「謂《還魂》《南柯》喻意，非從《西遊記》學去，千載以下之慧人，其信我乎？」華瑋、江巨榮點校，《才子牡丹亭》，學生書局，2004 年 4 月，初版，頁 VIII。

之外，箋解《牡丹亭》的批語及序中，亦夾雜有 14 條相關批語，〈《四聲猿》附証〉有 2 條，〈《水滸》並附証〉有 1 條，雖然各條文之間並無系統性或必然的聯繫，本論文仍試圖在這樣的範疇內，提煉一些值得探討的論題，試以「褻喻」、紅娘、鶯鶯為討論中心，說明《才子牡丹亭》與《西廂記》之間的關係。至於《才子牡丹亭》本身的探討，如：批者吳震生、程瓊夫婦的生平；《才子牡丹亭》的箋注特色、「色情難壞」的中心思想、對禁欲與禮教的批判和反詰等等論題，華瑋、江巨榮等學者已累積可觀具體的研究成果，行文中若有關涉借鑑，就不採細說從頭的贅述方式。

　　本論文所引用吳震生、程瓊批本《才子牡丹亭》中評語或〈《西廂》並附証〉中文字，皆引自華瑋、江巨榮兩位教授點校，學生書局 2004 年 4 月初版的《才子牡丹亭》。[2]其他與之相互論證的文本，則隨引文加註，以供檢核。

二、「情色想像」的「褻喻」

　　《才子牡丹亭》刊刻的動機，根據笠閣漁翁〈刻《才子牡丹亭》序〉云：

2　江巨榮〈《才子牡丹亭》的歷史意蘊〉（《南京師範大學文學院學報》，2002 年第 2 期。）提到：「臺灣學者華瑋在海內外的調查，得見亦不過北圖、上圖、私人藏本和美國貝克萊大學複印本幾種。一般讀者和一般研究者要讀到它，自然就十分困難。」基於此，採用華瑋、江巨榮點校本《才子牡丹亭》。

> 《才子牡丹亭》者，刻《牡丹亭》，即刻批語，方知為才
> 子之書；刻《牡丹亭》不刻此批，便等視為戲房之書也。
> 有此批而後知《牡丹亭》之作於才子，則世間他本皆不得
> 謂之「才子牡丹亭」也。……我一貧士，則何為而刻之
> 也？起於憤乎世之無知改作者。……。閻浮世間，可惱之
> 事，寧復有過于此者！[3]

笠閣漁翁即吳震生，從其自序得知刊刻原由：一是緣於讓世人透
過批語「知《牡丹亭》之作於才子」；二是「憤乎世之無知改作
者」，欲復其原貌。相較於這篇序，另一篇末署名「阿傍」的
〈批《才子牡丹亭》序〉，對預設讀者群和起始用途則講得更為
詳細：

> 蓋閨人必有石榴新樣，即無不用一書為夾袋者，剪樣之
> 餘，即無不願看《牡丹亭》者。閨人恨聰不經妙，明不逮
> 奇，看《牡丹亭》，即無不欲淹通書史，觀詩詞樂府者。
> 然知識甚欲其廣，卷帙又必甚畏其多，即無不欲得縮地
> 術，將互古以來有意趣事、有思路語，聚於盈寸一編者。
> 我請借《牡丹亭》上方，合中國所有之子、史、百家、詩
> 詞、小說，為麋以餇之。[4]

批者借由閨閣女子們（讀者群）相處、做女紅之際，為她們編寫

---

[3]　《才子牡丹亭》，頁 III。
[4]　《才子牡丹亭》，頁 V、VI。

「教材」，或者說是「課外讀物」，而這份「教材」或「課外讀物」，除了表面上涵括的「中國所有之子、史、百家、詩詞、小說」外，更提供了諸多的「情色想像」——即序文末段所云：

> 或曰：爾依諸人所訓，將褻喻一一註明，使好名男女，從此以後，不敢說《牡丹亭》做得好，豈非反禍作者耶？答曰：渠若竟因好名，忍說《牡丹亭》做得不好，則其人之尚偽，亦復何足與談！使猶稍存本心，畢竟說《牡丹亭》原做得好，是我批得舛謬。必又有好事者，欲存此批，使後人無復如是之舛謬。則批雖舛謬，可無廢矣。阿傍識。[5]

阿傍即程瓊。而所謂「褻喻」，是指以某些詞語隱射或比喻男女器官或性事，通常需要透過想像，才能猜測喻體與喻依之間的關係。《才子牡丹亭》含有大量的「褻喻」，而序中「爾依諸人所訓，將褻喻一一註明」兩句，言明種種褻喻並非吳震生、程瓊夫婦獨自發明揣想，而是「諸人所訓」，此乃集思廣益後的成果。書後所附：〈《南柯夢》附証〉、〈《四聲猿》附証〉、〈《西廂》並附証〉、〈《水滸》並附証〉等資料，也是如此，前三者亦充斥著男女二根的情色想像。〈《水滸》並附証〉則較偏重武功招式與性事之間的聯想。就讓我們來看一小段〈《西廂》並附証〉的「褻喻」：

---

[5] 《才子牡丹亭》，頁 VI。有關「阿傍」為程瓊別號的問題，可參看華瑋，〈程瓊、吳震生與《才子牡丹亭》〉，《明清婦女之戲曲創作與批評》，中央研究院中國文哲研究所，2003 年 8 月，初版，頁 375-376。

「鶯鶯」喻女根毛嘴，並及其聲。「雙文」之文代紋，即
《牡丹亭》三分八字等意。「紅娘」喻女根色，即肚麗娘
所本。

「歡郎」喻男根。「河中府普救寺」，非女根而何？後周
所建而謂天冊娘娘功德院，真於喻意更精。……「博陵
塚」亦喻女根之意。「血淚」之意更明。「杜鵑」之杜代
肚。「前邊庭院」，不言可知。「閒散心立一回」，六字
喻得奇妙。「蒲郡蕭寺」，俱寓毛意。「門掩重關」等喻
易解。「閒愁」尤妙，此物一閒即愁矣。「琴童」喻男
根，身似琴而首似童。「張珙」喻女根，「君瑞」之瑞代
睡。[6]

幾乎字字句句都能比附到男女之性事、二根形色上，且也不忘將
《西廂記》與《牡丹亭》會通一下。之所以會如此比附，大陸學
者劉明今、杜娟〈「好色」與「意淫」——《才子牡丹亭》的評
點旨趣〉另據《才子牡丹亭》這類現象認為：

> 可知這或許正是當時人們，包括閨中女子，談論小說戲劇
> 的一種習尚。她們並非真要探索小說創作之本意，只是以
> 小說戲劇的文本作為游戲材料，看誰能附會得巧妙而已。
> 以此而論，則《牡丹亭》無疑是首選。閨中婦女愛讀《牡
> 丹亭》，無以發洩性的苦悶，或許便如程瓊所提倡的那
> 樣，馳騁想像，以想求夢，在白日夢中完成了「意淫」，

6　《才子牡丹亭》，頁707。

於是便作出了如此這般奇特的附會。[7]

　　這種推測：「可知這或許正是當時人們，包括閨中女子，談論小說戲劇的一種習尚。」值得參考。美國學者商偉則認為：

　　　一旦走出評點的範圍，進入明清時期的文學作品，我們便
　　　會發現，《才子》的這一現象原來並不罕見。儘管《才
　　　子》採取了箋注的形式，它的性敘述系列卻是出於晚明以
　　　降的文學實踐。……馮夢龍編輯的《掛枝兒》和《山
　　　歌》，廣泛匯集俗曲及文人的擬作，旨在「借男女之真
　　　情，發名教之偽藥」，與近兩百年後的《才子》聲氣相
　　　通。……類似的表述也見於最早一部呈現日常生活的長篇
　　　小說《金瓶梅詞話》。……他們對《牡丹亭》的性詮釋，
　　　得之於《金瓶梅》處也不在少。[8]

　　證實吳震生、程瓊的社交圈中存在這種文字意義的「情色想像」，並非是唯一的現象，它是滲透到許多文本中的。而吳震生、程瓊夫婦如此深掘這些關乎男女二根的「褻喻」，也許批者對「法本」此一法號的解釋，適足以說明批者重視的程度，其云：

7　劉明今、杜娟，〈「好色」與「意淫」──《才子牡丹亭》的評點旨
　　趣〉，《中國文學研究》，第 10 輯，2007 年第 3 期，頁 211。

8　商偉，〈一陰一陽之謂道──《才子牡丹亭》的評注話語及其顛覆
　　性〉，《湯顯祖與牡丹亭》（上）（華瑋主編），中央研究院中國文哲
　　研究所，2005 年 12 月，頁 429-466。

「法本」者，觸法之本，所謂二根，所謂造端乎夫婦。[9]

「造端乎夫婦」出於《中庸》的「君子之道，造端乎夫婦；及其至也，察乎天地。」批者所欲傳達的不必然是儒家的中庸之道，而是包裝之後的新意義，即夫婦是一切的源頭，懂得陰陽和合、男女二根接觸之法，就是體會了「一陰一陽之謂道」。這種脫胎換骨式的巧說，也出現在其他經典思想的解釋，如對「賢賢易色」的解釋，就不完全符合孔子的原意。[10]

至於「褻喻」的羅列位置，大抵擺在各齣評點的開端為多，〈《西廂》並附証〉也是如此。美國漢學家奚如谷（Stephen H. West）談論到〈《西廂》並附証〉的一段話頗值得參考：

> 其中，前一部分主要是一系列富有隱喻性的詮釋的羅列。我以為，這些詮釋實際上並不是一部「情色詞彙手冊」，而是希望作為一種路標，一種「近似值」（approximations），

9　《才子牡丹亭》，頁 707。

10　批者認為「（孔子）曰：『已矣呼！吾未見好德如好色』，則本念亦只望其以此並彼，而不敢望其以此易彼也」。臺灣學者華瑋則指出：「問題出在孔子所謂的『賢賢易色』。孔子這句話，一方面是教人在德性的追求上，要如同對美色的追求那樣真實、直截和熱切（「如好好色」）；一方面又教人必須以德性統御和節制其好色之心，使其視聽言動，一一符合禮義（「非禮勿視、非禮勿聽、非禮勿言、非禮勿動」）。批者謂孔子只望以德並色，而不敢以德易色，是對孔子思想的故意扭曲。」華瑋，〈《才子牡丹亭》之情色論述及其文化意涵〉，《明清婦女之戲曲創作與批評》，中央研究院中國文哲研究所，2003年8月，初版，頁 443。

> 來指導對於整個文本，同時也是對於文本中任何一個特定
> 章節的閱讀。[11]

也就是說，批者希望讀者能透過「一系列富有隱喻性的詮釋的羅
列」，對每一章節進行「近似」的「情色想像」。

也唯有從「情色想像」的角度體察，才能解釋、理解以下的
現象：

> 他們主觀地把《牡丹亭》的曲詞、說白，把其中幾乎所有
> 天文地理、社會政事、人事動植、文學成語等名詞概念，
> 都看作男女二根，都當作男女性事。並連篇累牘、不厭其
> 煩地把它們標舉在每齣戲的開端，一一加以直註。[12]

不再詆責為滿紙荒唐言，而是理解為「情色想像」的藉題發揮。
此一評點方式，確實為讀者開啟了《牡丹亭》、《西廂記》等文
本（或者是所有的文本）的另一種詮釋空間（除了湯顯祖原先就
存在性描寫或性隱喻的段落之外），既承認身為「人」無所不在
的欲望，也肯定語言對此種欲望的表述與隱喻能力。而這種寫作
與閱讀的互動，不僅在審美上予人無限的遐思，同時也因語言變
得模糊、無達詁的特性，而透出一絲絲的狡黠與顛覆。當然，批
者並不僅僅是為了滿足於游戲附會所帶來的愉悅，而是追求更高

---

[11] 奚如谷（Stephen H. West）著，孫曉靖譯，〈論《才子牡丹亭》之《西
廂記》評注〉，《湯顯祖與牡丹亭》（上）（華瑋主編），中央研究院
中國文哲研究所，2005 年 12 月，頁 469。

[12] 《才子牡丹亭》，〈導言〉，頁 27。

層次的文學旨趣之掘發與藉題發揮。

三、《西廂記》深寫的中心人物

金聖歎（1608-1661）〈讀第六才子書西廂記法〉提到：

> 五十、若更仔細算時，《西廂記》亦止為寫得一個人。一
> 個人者，雙文是也。
> 五十一、《西廂記》祇為要寫此一個人，便不得不又寫一
> 個人。一個人者，紅娘是也。若使不寫紅娘，卻如何寫雙
> 文？然則《西廂記》寫紅娘，當知正是出力寫雙文。
> 五十三、誠悟《西廂記》寫紅娘，祇為寫雙文；寫張生，
> 亦祇為寫雙文，便應悟《西廂記》決無暇寫他夫人、法
> 本、杜將軍等人。[13]

除此，金氏也用了其他比喻來說明劇中人物的關係，如：

> 四十八、譬如文字，則雙文是題目，張生是文字，紅娘是
> 文字之起承轉合。有此許多起承轉合，便令題目透出文
> 字，文字透入題目也。其餘如夫人等，算只是文字中間所
> 用「之乎者也」等字。
> 四十九、譬如藥，則張生是病，雙文是藥，紅娘是藥之炮

---

[13] 三段引文皆引自張建一校注，《第六才子書西廂記》，三民書局，2008
年5月，二版一刷，頁18-19。

　　製。有此許多炮製，便令藥往就病，病來就藥也。其餘如
　　夫人等，算只是炮製時所用之薑醋酒蜜等物。[14]

金氏取譬生動，說明清晰，都是在強調雙文乃《西廂記》刻畫最
力之中心人物。但《才子牡丹亭》評點者顯然觀點不同於金氏，
在〈《水滸》並附証〉中提到：

　　《水滸傳》只深寫宋江吳用，《西廂記》只深寫一紅娘，
　　《西門傳》只深寫一玉樓。蓋紅娘躬逢盛事，極想挨身。
　　玉樓……。[15]

為何「《西廂記》只深寫一紅娘」？由於批者主要論述文本為湯
顯祖的《牡丹亭》，《西廂記》、《水滸傳》僅是作為附錄，夾
雜筆記的條文，許多觀點都沒有透徹反覆的辯證。關於深寫紅娘
一事，只簡單說是因為「紅娘躬逢盛事，極想挨身」。按照《才
子牡丹亭》評語常提到的「事」而言，此「盛事」應該是指「男
女相觸之事」，不僅是愛情，更是「男女二根相觸」的閨房性
事。「極想挨身」應該就是〈《西廂》並附証〉另一則提及的
「共事」張生：

　　「除卻紅娘並無第三個人」，竟是硬要共事竦手。「只是
　　我圖個甚麼來」，非寫其真不圖，實寫其亦難待也。覷

14　兩段引文皆引《第六才子書西廂記》，頁18。
15　《才子牡丹亭》，頁720。

「羞得我怎凝眸，只見你鞋底尖兒瘦，一個恣情的不休，
一個啞聲兒受辱，不害半星羞」，當益信吾批之非謬。
「說媒紅謝親酒」，則竟是明說矣。[16]

評者的觀察角度，就是認定紅娘的協助，不純粹是基於古道熱
腸，而是意有所圖，非關金銀財物，乃是情慾上的補償。批者在
《牡丹亭》第五十五齣〈圓駕〉對春香的一句「你和小姐牡丹亭
做夢時有俺在」[17]，亦從兩女共事一男的角度解讀，其云：

> 一千部傳奇做不盡，好處只是男子才美，為婦人苦苦要
> 嫁，甚至眾多婦人生生認做伊家眷耳。再深一層，則眾多
> 婦人不但愛其夫之才色，而並愛其妻之才色，願與共夫，
> 不惜屈辱，極盡款昵也。「春香」此句，已見大凡。[18]

姑且不論杜麗娘夢中是否有春香存在，春香話中本意應無「共
事」之請求，一如《西廂記》中紅娘，也無此算計。但批者在評
文中不時會斷章取義以符己說，這種異於一般讀者的品賞觀點，
應該是源於對《才子牡丹亭》評點求其一致的手眼，如其批語：

> 吾故言，真好色者，即兩婦亦可對食。其必求男事者，終
> 是欲念甚于色情。
> 自婦女不禁對食，而人道中平添無限「風情」。蓋婦人修

16　《才子牡丹亭》，頁 713。
17　《才子牡丹亭》，頁 653。
18　《才子牡丹亭》，頁 695。

容者多，更易相悅耳。[19]

這種「對食」主張，臺灣學者華瑋認為：

> 「對食」的深層文化意涵在於它表面上不違背禮教貞節觀
> 念，卻於無形中可以改變女性作為男性情欲對象的被動處
> 境，給予女性成為「情欲主體」的機會，進而解放和滿足
> 女性的情色想像。[20]

　　雖然，吳震生、程瓊認為紅娘是《西廂記》深寫的中心人
物，但對崔鶯鶯此一人物也有其獨特的看法，即認為在情欲上恐
不欲與紅娘共事張生，反映在其批語上，有：

> 麗娘謂春香：你情中我意中，便與雙文欲用紅娘而不肯使
> 其與事，毒心迥別。
> 「將他來甜言媚彼三冬暖，將俺來惡語傷他六月寒」，既
> 用嫗婢而又思專欲，誠必敗之道也。[21]

批者顯然認為鶯鶯瞞騙紅娘的癥結點是「不肯使其與事」，是情
欲上的獨享心態作祟，而非一般理解為：疑其為崔老夫人眼線，
問題焦點在「信不信任」紅娘；或者是鶯鶯矜持於相國千金之體

19　分見《才子牡丹亭》，頁 132、150。

20　華瑋，〈《才子牡丹亭》之女性意識〉，《明清婦女之戲曲創作與批
　　評》，中央研究院中國文哲研究所，2003 年 8 月，初版，頁 426。

21　分見《才子牡丹亭》，頁 710、711。

與個人欲望的掙扎矛盾，不想讓紅娘窺知自己傾倒於張生。但這兩種心態卻被轉移到另一個焦點：要不要與這個人分享閨房情欲。而這種情欲分享，批者也常在《才子牡丹亭》的批語中夾議，如：

> 宋女宗曰：「婦人以專一為貞，以善從為順，豈以專夫室之愛為美哉。」惟「達」故「賢」。達也者，「達」于人生。各各有所欲愛，非一人所能專也。「疾妒」以至生疏，真乃自苦，不知人趣風味者方爾。[22]

甚至發揮「以史論曲」的功力，大引例證，說明「妒之一字終不好」，其云：

> 毛大可「從來三婦成豔章」。王次回「甘言妒女難憑恃」。南齊永明中制，諸王年未三十，不得蓄妾。齊明帝性惡婦人妒，沛郡劉休妻妒，帝賜休二妾，敕與王氏二十杖。君王縱有情，不奈陳皇后，妒之一字終不好。「早知君愛歇，本自無庸妒。誰使恩情深，今來反相誤。惟有夢中魂，猶言意如故。將心託明月，流影入君懷」，遲矣。[23]

　　觀點與上引的〈《西廂》並附証〉兩段條文可互為表裡，正因鶯鶯想專張生之愛，也因此與紅娘「生疏」，不信任她，自苦

22　《才子牡丹亭》，頁84。
23　《才子牡丹亭》，頁35-36。

於這般的孤立無援。紅娘得知受騙後的「報復」，就是教張生如何勾動鶯鶯的情欲，以破壞其禮教之防，即：

> 「你便不脫和衣更待甚，不強如指頭兒恁」，暗寫紅娘急欲小姐受侮，即釋前者見外之恨，又執後此不敢見外之權，嫗婢之可畏如此，知其文心者蓋少矣。然阿紅解事一至於此，而復云不圖浪酒閒茶，自己亦知無人信之。假令他日倩歡，亦只須云不強如你指頭兒恁耳。[24]

急欲小姐受侮的原因皆源自「見外」，不能「共事」。再度強調了紅娘深解男女之事，往返崔張之間，所圖正為謀遂一己之情欲，這也符合、呼應批者一再言之的「對食」或「賢達」之論。若不與「對食」、「共事」之觀點參照理解，很容易單純以為，這是屬於男性意識下贊許男子應納妾、女子不許嫉妒的傳統觀念。

四、鶯鶯情欲展現的「自主」或「被動」 ──兼論與金批本、毛批本的關係

《才子牡丹亭》批者認為鶯鶯在情欲的表現上有其主動性，相關批語如下：

> 「劉阮到天台」，謂是初動，聖嘆錯矣！即《續西廂》之

24　《才子牡丹亭》，頁 712-713。

新探花，新花探路已遊洞口矣。「看他玉洞桃花開未開，
春至人間花弄色」謂是玩其忍之錯了，即紅所謂：莫單看
粉臉雲鬟，至洞口而即見桃花也。粉臉雲鬟，喻女根豈不
麗絕？「柳腰款擺，花心輕折，露滴牡丹開，醮著些兒麻
上來」，謂是更復連動之錯了，彼自擺則自張展自露滴
也。「醮」妙，猶言淺嘗。[25]

此段是針對金聖歎批本《西廂記》對【勝葫蘆】、【么】曲文情
境的解說，提出另一種看法。據金氏在此二支曲前的批語可知，
著重在張生為一睹朝思暮想的鶯鶯臉龐所施展的調情軟語與手
段，原先此處分七節，「抱之」、「初動之」、「玩其忍之」、
「更復連動之」、「知其稍已安之」、「遂大動之」、「畢
之」，根據金批本「（張生抱鶯鶯，鶯鶯不語科）」[26]，得知當
晚張生除是當折獨唱腳色外，行動上也屬主動者，相對而言，鶯
鶯則是基於嬌羞而顯得被動。到了《才子牡丹亭》，批者則認為
金批「三錯」，尤其是「自擺則自張展自露滴」一句三「自」
字，則是加強了鶯鶯情欲展現上的「自主性」，她的情欲不是待
張生來且施動之後才被開發，而是她的身體早已主動做好性愛的
準備。[27]

---

[25] 《才子牡丹亭》，頁710。

[26] 《第六才子書西廂記》，頁270-271。

[27] 同一句曲文之藉題發揮，在《才子牡丹亭》頁137卻另作別解：「『是
花都放了』，膚理彩澤，人理成也。『那牡丹還早』，從來不自開，必
待東君力也。後固云『點勘這東風第一花』。即《西廂》『露滴牡丹
開』也。」顯然與「自擺則自張展自露滴」不是同一論調。

　　而鶯鶯情欲展現的「自主」或「被動」，是區別《才子牡丹亭》批者吳震生、程瓊夫婦與金聖歎對人物形象詮釋相異的最關鍵處，這也是為何〈《西廂》並附証〉標題下要加註：「與毛大可批本參看更明」。《才子牡丹亭》提到的《西廂記》曲文賓白都不完全同於今日的金聖歎批本或毛奇齡（字大可）（1623-1716）批本，但依稀仍可判斷是近於金批本，例如第十齣〈驚夢〉批語：

　　　　惟其所揀，非我所懷，真乃南轅北轍，終無日到，即雙文
　　　　所云：「不知他那一答兒發付我者也。」[28]

所謂「不知他那一答兒發付我者也。」（下引號宜標在我字之後）是指崔老夫人〈賴婚〉一折中【清江引】的曲文，金聖歎批本作「不知他那答兒發付我」[29]，毛大可批本作「下場頭那里發付我」[30]，顯然引用版本較近金批本，但也不完全一樣，這可能與批者引文習慣有關，有時會加以濃縮、合併或略改。即使如此，「與毛大可批本參看更明」指的又是甚麼呢？筆者以為就是鶯鶯形象的詮釋，兩本批本存在根本上的差異。金聖歎眼中的鶯鶯是：

　　　　雙文真是相府千金秉禮小姐。蓋作者之用意苦到如此。近

28　《才子牡丹亭》，頁146。
29　《第六才子書西廂記》，頁157。
30　毛奇齡，《毛西河論定西廂記五卷》，誦芬室重校本，卷之二，頁28a。

世忤奴，乃云雙文直至佛殿，我睹之而恨恨焉。[31]

也因此，〈驚豔〉一折，崔老夫人要「紅娘，你看前邊庭院無
人，和小姐閒散心，立一回去。」地點是「前邊庭院」；〈酬
韻〉一折，紅娘對鶯鶯說一件好笑的事，回述的地點也是「喒前
日庭院前瞥見的秀才」[32]。都是強調秉禮千金不胡行亂走，自然
她的情欲就更顯得克制而被動。毛大可批本則前是「佛殿」、後
是「寺裏」[33]，並有如下針對性的評語：

> 近有將曲白全改者，他不必論，即如此白內「前日寺裏那
> 秀才」諸句，因欲實己鶯不遊寺之說，將「寺裏」改作
> 「庭院」，其胸中曖昧又如此。[34]

很明顯，是就金批本而發，賦予鶯鶯較多的自主空間與行動。諸
如此類的「空間」之爭亦復不少，為何要論駁，實因關涉到人物
的形象或性格所致。除了「空間」的外擴或內縮之外，再舉一例
說明人物行動的主動或被動。〈琴心〉【東原樂】曲文，金批本
作：

> 那是娘機變，如何妄脫空？他由得俺乞求效鸞鳳？他無夜

31　《第六才子書西廂記》，頁33。

32　兩地點說法分見，《第六才子書西廂記》，頁33、74。

33　兩地點分見《毛西河論定西廂記五卷》，卷之一，頁5b、23b。

34　《毛西河論定西廂記五卷》，卷之二，頁24a。

無明併女工，無有些兒空。他那管人把妾身呪誦？

並有批語云：

> 九字便是九點淚，便是九點血。雙文之多情，雙文之秉
> 禮，雙文之孝順，雙文之直爽，都一筆寫出來。
> 此文用三「他」字，推是夫人足矣。必如俗本云，得空我
> 便欲來，此更成何語耶？[35]

毛批本刊行於康熙十五年（1676），晚於金批本刊行於順治年間
（1644-1661），但毛批本承繼的版本系統恰好正是近於金氏所
批評的語意，毛批本此曲作：

> 那的是俺娘的機變，非干妾的脫空；肯由我，乞求的效鸞
> 鳳。他無夜無明逆女工；若得些兒閑空，怎教你無人處把
> 妾身作誦。

並有批語云：

> 「乞求效鸞鳳」，正借琴曲〈鳳求凰〉以指婚姻。言婚姻
> 之成由不得我也。「無夜」下又作一轉，言即使婚姻不
> 成，而稍有閑空，亦應當有以慰君耳。[36]

35　《第六才子書西廂記》，頁 175。
36　《毛西河論定西廂記五卷》，卷之二，頁 34a。

正因為金氏欲維護鶯鶯「秉禮」千金的形象，當然認為「得空我便欲來」是不可能的，也是極不像話的，所以，很斬釘截鐵的說「無有些兒空」。但相較而言，毛批本的鶯鶯就積極勇敢得多，「而稍有閒空，亦應當有以慰君耳」，在情欲的主張上是較具主動性。

因此，《才子牡丹亭》批者對鶯鶯形象的看法是近於毛批本，這也是為什麼在金批本流行廣泛的當時，他們除了對金批本的說法表示異見外，仍不忘推薦毛批本來參看。也就是說，他們選擇了對女性情欲自主性較為重視的毛批本，試圖藉之來重讀維護鶯鶯秉禮形象的金批本，以愜合於《才子牡丹亭》一貫的中心思想。

雖說《才子牡丹亭》文本中確實存在與金聖歎說法不同的關鍵論述，但仍能發現不少肯定金批《西廂記》的地方，且兩者都有相同的體認，如《才子牡丹亭》對〈琴心〉【麻郎兒】末兩句的批文：

> 「知音者芳心自同，感懷者斷腸悲痛」，音喻其事之聲，又言普天下才男女，必普天下好色，必普天下會得端詳，會得聆聲，有奇解奇情者。此二語可謂《牡丹亭》昔氏賢文把人禁殺之註。[37]

除了「音喻其事之聲」為其特有「褻喻」讀法外，「普天下」云云，乃化自金批：

---

[37] 《才子牡丹亭》，頁710。

> 言普天下才子，必普天下好色，必普天下有情，必普天下
> 相思，不祇是張生一人為然也。[38]

只不過，《才子牡丹亭》批者認為不只才子好色有情，才女亦
然，故擴大為「普天下才男女」。而這種「情色」論正是吳、程
夫婦對於人畜的判別：

> 但無色可好，無情可感，而蠢動如畜，以辱人名者，則有
> 譴耳。……因色生情，因情見色，其難壞一也。[39]

以上是就其思想、旨趣而言；若就其評點欲達之效果而言，《才
子牡丹亭》云：

> 辛稼軒詞：「如十三女兒學繡，一枝枝不教花瘦。」作者
> 當年「鴛鴦繡出從君看」，批者今日「又把金針度與人」
> 矣。[40]

與金氏〈讀第六才子書西廂記法〉第二十三條說法一致：

> 僕幼年最恨「鴛鴦繡出從君看，不把金針度與君」之二
> 句，謂此必是貧漢自稱王夷甫口不道阿堵物計耳。若果知
> 得金針，何妨與我略度？今日見《西廂記》，鴛鴦既繡

38　《第六才子書西廂記》，頁 172。
39　《才子牡丹亭》，頁 3。
40　《才子牡丹亭》，頁 VI。

出，金針亦盡度，益信作彼語者，真是脫空謾語漢。[41]

縱使《才子牡丹亭》批者度人的方法偏向「以史論曲」，「他們認定湯顯祖『胸有全史』，因而斷言：湯顯祖『全用史法作傳奇』。他們認為，『通書而不淹史』，雖寫戲劇，也只不過是門外漢；《牡丹亭》『因兼史學，故是名筆』。」[42]不同於金氏「以文律曲」，「將其如何『前引後牽』、『下推上挽』、『東穿西透』、『左顧右盼』的『神變』筆法一一指出」[43]。但兩者「又把金針度與人」的目標是一致的。

五、結語

綜合所論，發現吳震生、程瓊夫婦對《西廂記》的解讀，雖無系統性，但有幾點是相當特別的：一是延續對《牡丹亭》曲文、賓白處處皆「男女二根」的「褻喻」說法，《西廂記》也被如此「情色想像」、解讀，說明了《西廂記》作為一種附證式的範例，旨在藉此開拓所有「妙文」都可做這樣的「情色想像」。二是認為《西廂記》只深寫一紅娘，且強調紅娘深解性事，欲與鶯鶯共事張生，這應該與批者吳震生、程瓊夫婦提倡「對食」有關。三是鶯鶯情欲的自主性被強化，緣於對毛大可批本《西廂

---

[41] 《第六才子書西廂記》，頁 14。

[42] 參看江巨榮，〈《才子牡丹亭》的歷史意蘊〉，2002 年第 2 期。

[43] 參看拙著《西廂記二論》第二論第四節〈金聖歎批改《西廂記》的功過及其「分解」說與戲曲分節的關係〉，花木蘭文化出版社，2012 年 3 月，初版。

記》說法的吸納，而金聖歎批本《西廂記》「秉禮」的鶯鶯未受肯定，應與《才子牡丹亭》抨擊「賢文禁殺」有密切的關聯；然而，金批本並不全然被排斥，若與《才子牡丹亭》旨趣目標一致者，仍會熔冶於一爐。以上三點，即是本論文透過「褻喻」、紅娘、鶯鶯為討論中心，所得之結論，且明確發現《才子牡丹亭》與《西廂記》在評點上，存在著相依相生的關係。

《牡丹亭》之情理衝突與翻轉
——兼論「文房四寶」
與「花間四友」之寓意

一、前言

　　本論文要探究的論題有二：一是《牡丹亭》中的情理衝突，〈作者題詞〉云：「嗟夫！人世之事，非人世所可盡。自非通人，恆以理相格耳！第云理之所必無，安知情之所必有邪！」（頁 1）筆者欲另闢蹊徑，從人物杜麗娘一夢而亡後，逐一以情動之的對象及過程，亦即經歷胡判官、柳夢梅、石道姑、杜母、春香、陳最良、皇帝、杜寶等人，探討這些人的思考模式，是否不變或有所扭轉，與湯顯祖的情理思想有何關係？二是《牡丹亭》除場上盛演不輟外，作為案頭文本閱讀，有些改本或折子戲所刪去的內容，是糟粕抑或更具深意？如「文房四寶」、「花間四友」。也有討論《牡丹亭》「局部」改編的狀況，如〈驚夢〉結尾處，杜母或春香喚醒杜麗娘，對主題的體現是否不一樣？以上是學界未多措意之處，期能稍補之。

　　本文論述，凡摘引《牡丹亭》曲文賓白，皆從徐朔方、楊笑梅校注本，里仁書局 1999 年 10 月 31 日出版，一版三刷。並隨

文注明頁次，避免太煩瑣的註腳。因為此校注本取得容易，讀者不難核對。另一方面，徐朔方寫過許多古典戲曲方面的專論，對現存一些《牡丹亭》版本也做了整理並有校記，可說是一本較精詳的今人校注本，做為論述的底本自然是合適的。[1]

二、劇中人物情理的衝突與翻轉

湯顯祖在許多作品中反覆強調的「情」，乃是一個極為複雜的概念，不同時期，不同作品，所指的內容可能是不同的義涵，且有時又與「理」並舉、對立。本論文旨非探討湯氏一生「情」、「理」觀念的變化或堅持，或融通各期思想一以貫之。而是只就《牡丹亭》一劇「情」、「理」的義涵而論，關於這個論題，主要依據〈作者題詞〉中的一段話：

> 嗟夫！人世之事，非人世所可盡。自非通人，恆以理相格耳！第云理之所必無，安知情之所必有耶！

一般認為湯顯祖是把「反封建的情」與「封建的理」對立起來，並從婚戀的角度去表現情與理的衝突，這與明中葉反程朱理學以擺脫禮教束縛的思想是一脈相通。湯顯祖言情，是對談性理的偽君子之鄙棄，並認為「至情」可以超越生死。除此，筆者認為葉長海以下的見解值得一提：

---

[1]　華瑋、江巨榮點校的《才子牡丹亭》（學生書局，2004 年 4 月，1 版 1 刷），原劇曲文部分核校之所據主要版本之一，也是里仁書局 1999 年徐朔方、楊笑梅校注本。見該書〈點校述例〉第一條。

湯顯祖在這裡還闡明了他的藝術創造見解。「理」者，指客觀事理；「情」者，指主觀情思。也就是說，在創作中是允許按作者的意願及情感的邏輯來結構戲劇，而不能光以事物「常理」來相「格」；因為「人世之事，非人世所可盡」，在需要的時候，是可以上天下地、出生入死的。因而可以說，湯顯祖關於「情」與「理」的這一段話，實際上也是他對藝術創作規律的一種認識，這是他心中的那種浪漫理想的創作原則。這與〈戲神廟記〉所言「生天生地，生鬼生神」的精神是一致的。湯顯祖〈沈氏弋說序〉說：「今昔異時，行于其時者三：理爾，勢爾，情爾。……是非者理也，重輕者勢也，愛惡者情也。三者無窮，言亦無窮。」這段話的意思正是說明「言」各有類，分別有論「是非」、論「重輕」、論「愛惡」之言。言「理」者為哲學家之言；言「勢」者為政治家之言；而言「情」者，則為文藝家之言了。把「言情」作為戲曲創作的最重要特徵提出來，這是湯顯祖的貢獻。[2]

葉長海指出「情」、「理」是主觀情思與客觀事理，並且是藝術創造的見解，筆者則進一步以劇中人物情理的衝突與翻轉，來證明這與劇本的創作是息息相關的。

　　本小節欲從杜麗娘死後為魂論起，因前二十齣杜麗娘生前被禮教之理壓制住自由意志之情，是極顯而易見、不辨自明。

---

[2]　古今以來對「情」、「理」觀念的看法，可參見葉長海，〈理無情有說湯翁〉，上海戲劇學院學報《戲劇藝術》，2006 年第 3 期，頁 24-27。

　　杜麗娘一夢而亡後，由「死可以生」的過程中，先後面對面遇到的人物是：胡判官、柳夢梅、石道姑、杜母與春香、陳最良、皇帝、杜寶，筆者以為這順序是經過精心安排的，昭示著情與理的衝突，而且情逐步說服劇中人由「恆以理相格」翻轉為認同「情之所必有」，其難易程度與劇中人個性、思想或遭遇有關，最後為杜寶，明顯看出是理的化身，與情之一方針鋒相對，僵持難解，簡直就是可以用情理不相容來形容。以下即再一一細論之。

　　權管十地獄印信的胡判官，在聽完杜麗娘以下的自訴：

> 女囚不曾過人家，也不曾飲酒，是這般顏色。則為在南安府後花園梅樹之下，夢見一秀才，折柳一枝，要奴題詠。留連婉轉，甚是多情。夢醒來沈吟，題詩一首：「他年若傍蟾宮客，不是梅邊是柳邊。」[3] 為此感傷，壞了一命。（頁 151）

即云：「謊也。世有一夢而亡之理？」（頁 151）這兒的「理」，即是葉長海所謂的「理者，指客觀事理」，以理來相格，當然無法理解杜麗娘因「主觀情思」所致的一夢而亡。《吳吳山三婦合評牡丹亭》〈冥判〉即據此評云：「疑其不為夢亡，胡判官亦作腐儒語。」[4] 亦是將胡判官歸為陳最良一類人。徐朔

---

[3]　第十四齣〈寫真〉、第二十六齣〈玩真〉皆作「他年得傍蟾宮客，不在梅邊在柳邊。」頁 87、151。

[4]　湯顯祖原著，陳同、談則、錢宜合評，《吳吳山三婦合評牡丹亭》，上海古籍出版社，2008 年 7 月，1 版 1 刷，頁 55。

方也是持類似看法：

> 胡判官對愛情的敵意也和陽世一樣。他無法想像女孩兒竟
> 會「一夢而亡」，和杜寶唱的「一個娃兒甚七情」是一個
> 調子。在他看來，連春天裏萬紫千紅、百花開放也是敗壞
> 人心的。在《後庭花滾》這支曲子裏，花神一口氣數了三
> 十九種鮮花，一一遭到判官的指摘。他的迂腐和固執，也
> 只有杜寶和陳最良可以和他並比。[5]

不過，《牡丹亭》中人物不能太單一角度來看，如胡判官對杜麗
娘的愛情是先持懷疑態度，後來卻是玉成其情的關鍵者。胡判官
乃鬼神界之鬼官，遂由神界之花神為證人，得以窺見杜麗娘「後
花園一夢，為花飛驚閃而亡。」（頁 151）花神辯證幾句，胡判
官旋即翻轉相信，且還能糾正花神「自來女色，沒有玩花而亡」
（頁 153）的說法，馬上就不以理相格了。胡判官代表人界之外
的地府人物，是為了照映人世有時反不如陰間。陰間的胡判官與
最末齣〈圓駕〉的皇帝，遙遙比對著！當兩者各接受了「世有一
夢而亡之理」與「朕細聽杜麗娘所奏，重生無疑」（頁 347），
杜寶還硬是拒信，其旨不言可喻！

　　回到人世間的杜麗娘之遊魂，雖遇到的是正祭奠她的石道
姑，卻未顯其體讓石道姑看見，而是先讓拾畫叫畫的柳夢梅見到
她，石道姑反而遲至回生之日方才見到杜麗娘。其因當然是世間

5　湯顯祖原著，徐朔方、楊笑梅校注，《牡丹亭》，里仁書局，1999 年
　10 月 31 日，1 版 3 刷，〈前言〉，頁 14。

與杜麗娘同等有情者，自是夢中情人，便從柳夢梅翻轉起。且第三十六齣〈婚走〉杜麗娘謝柳夢梅「重生勝過父娘親。」（頁235）似也說明順序必在其雙親之前。但難道柳夢梅仍會以理相格嗎？是的，只是淺些。驚聞杜麗娘是鬼，亦是怕。後雖不害怕了，仍「怕似水中撈月，空裏拈花」（頁 217），因為人死不能復生之理使然。〈冥誓〉這齣描繪男女生旦互探身家背景以遂婚姻的過程中，雖杜麗娘技高一籌，卻也顯出柳夢梅情癡的本質：

> 【太師引】（旦）並不曾受人家紅定迴鸞帖。（生）喜箇甚樣人家？（旦）但得箇秀才郎情傾意愜。（生）小生到是箇有情的。（旦）是看上你年少多情，迤逗俺睡魂難貼。（生）姐姐，嫁了小生罷。（旦）怕你嶺南歸客路途賒，是做小伏低難說。（生）小生未曾有妻。（旦笑介）少甚麼舊家根葉，著俺異鄉花草填接？敢問秀才，堂上有人麼？（生）先君官為朝散，先母曾封縣君。（旦）這等是衙內了。怎恁婚遲？（頁214-215）

杜麗娘看上柳夢梅的年少多情，情傾意愜，雖說柳夢梅意亂情迷之際當然自誇是箇有情的，但經杜麗娘表明是鬼，害怕片刻，隨即感於杜麗娘一靈未歇的情深，問道「既然雖死猶生，敢問仙墳何處？」（頁 217）足見是個「有情的」才郎，很快就放下理的執迷。而當柳夢梅提出：

> （生）不煩姐姐再三，只俺獨力難成。（旦）可與姑姑計議而行。（生）未知深淺，怕一時間攢不徹。（頁217）

杜麗娘提議的協助人選是石道姑而非陳最良，明顯認為石道姑雖是出家人，卻是較易以情動之的對象；而柳夢梅所謂的「獨力難成」應與「未知深淺，怕一時間攢不徹」相關，手無縛雞之力的柳夢梅，要在短時間掘出杜麗娘，使其復生，需一個使力氣的幫手——「則待尋箇人兒，開山力士」（頁 224），而石道姑也許能協覓一個人，這或許就是癩頭黿出場的必要原因之一。青春版《牡丹亭》刪掉癩頭黿，也就讓柳夢梅的提議無著落，而石道姑亦未代為出力，那麼找石道姑之用意何在？

石道姑原不姓石，則因生為石女，為人所棄，故號「石姑」。曾許了箇大鼻子的女婿，終究陰陽難諧，幾番待懸樑投河，最後怕誤了丈夫「嫡後嗣續」，少不得請一房「妾御績紡」，沒多久就被寵的小妾逼得出了家。正因為自身情欲難遂，想將「即世裡做老婆的乾柴火『執熱願涼』」（頁 102-104），恐也是一番煎熬。難怪甫上場即云：「人間嫁娶苦奔忙，只為有陰陽，問天天從來不具人身相，只得來道扮男妝，屈指有四旬之上。當人生，夢一場。」（頁 101）對自身不具女兒正常生理，以致無法參與世俗男婚女嫁、陰陽和諧，充滿感慨！唯因此種人生缺憾，使得她日後遇到杜麗娘的為情而死、為情而生，是比其他人多一份理解與憐惜。而「夢一場」，一語雙關，此處是嘆己生如夢；情節連動則是麗娘春夢，連帶也牽動了她的人生。再者，杜麗娘為柳生一夢而亡、死而復生等不可思議之事，其關鍵在「情」。石道姑是緊接柳夢梅之後面臨杜麗娘可「斷紅重接」（頁 214）之奇情奇事者，可見作者是試圖把石道姑塑造成相信「情之所必有」這陣線中的人，其生理缺陷並未殘害了她的情性。因此，第二十七齣〈魂遊〉，石道姑看守杜麗娘墳庵三年，

擇取吉日，為其開設道場，超生玉界，她是這麼拈香祝禱的：
「鑽新火，點妙香。虔誠為因杜麗娘。香靄繡旛幢，細樂風微
颺。仙真呵，威光無量，把一點香魂，早度人天上。怕未盡凡
心，他再作人身想。做兒郎，做女郎，願他永成雙。再休似少年
亡。」（頁 181）充滿理解，不似出家人，凡事要人超脫。正
是：「天下少信掉書子，世外有情持素人。」（頁 223）故杜麗
娘要柳夢梅找石道姑秘議，其初雖不信人鬼幽媾之事，最終仍是
出手相助。

　　杜麗娘起死回生，於柳夢梅、石道姑之後遇到的是杜母及春
香。照「情」說，春香遠比柳夢梅更可能接受小姐的重生，但很
難安排她獨自與杜麗娘重逢的關目，所以，杜麗娘死後，第二十
五齣〈憶女〉、第四十八齣〈遇母〉，春香都是跟著杜母出場。
前者遙祭，後者才是杜麗娘還魂復生後重逢。主要焦點，是在以
母女及主僕之情化解人死不能復生之理的執迷。〈憶女〉一齣就
曾透過春香之口道出「小姐難以生易死，夫人無以死傷生」（頁
174-175）之理與情。而且杜母先前也提到「自從小姐亡過，俺
皮骨空存，肝腸痛盡。但見他讀殘書本，繡罷花枝，斷粉零香，
餘簪棄履，觸處無非淚眼，見之總是傷心。」（頁 174）「淚
眼」照映第七齣〈閨塾〉「文房四寶」之「淚眼」，淚水裡含有
「情」的成分。春香自然也是，「莫說老夫人，便是俺春香想起
小姐平常恩養，病裏言詞，好不傷心也。」（頁 173）與恆以理
克情的杜寶迥異，這也是特別以戰亂讓杜寶甄氏夫妻暫別，不同
時機與女兒杜麗娘重逢，因為兩者恆以理相格的程度有深淺。

　　〈遇母〉這齣的開頭讓石道姑因沒燈油去向主家借些油，就
是為了製造陰深黑暗中母女打照面的錯判。

（打照面介）（老旦作驚介）

【前腔】破屋頹椽，姐姐呵，你怎獨坐無人燈不燃？
（旦）這閑庭院，玩清光長送過這月兒圓。（老旦背叫
貼）春香，這像誰來？（貼驚介）不敢說，好像小姐。
（老旦）你快瞧房兒裏面，還有甚人？若沒有人，敢是鬼
也？（貼下）（旦背）這位女娘，好像我母親，那丫頭好
像春香。（作回問介）敢問老夫人，何方而來？（老旦歎
介）自淮安，我相公是淮揚安撫、遭兵難，我避虜逃生到
此間。（旦背介）是我母親了，我可認他？（貼慌上，背
語老旦介）一所空房子，通沒箇人影兒。是鬼，是鬼！
（老旦作怕介）（旦）聽他說起，是我的娘也。（旦向前
哭娘介）（老旦作避介）敢是我女孩兒？怠慢了你，你活
現了。春香，有隨身紙錢，快丟，快丟。（貼丟紙錢介）
（旦）兒不是鬼。（老旦）不是鬼，我叫你三聲，要你應
我一聲高如一聲。（做三叫三應，聲漸低介）（老旦）是
鬼也。（旦）娘，你女兒有話講。（老旦）則略靠遠，冷
淋侵一陣風兒旋，這般活現。（旦）那些活現？（旦扯老
旦作怕介）兒，手恁般冷。（貼叩頭介）小姐，休要撚了
春香。（老旦）兒，不曾廣超度你，是你父親古執。（旦
哭介）娘，你這等怕，女孩兒死不放娘去了。（頁 299）

人死不能復生之客觀事理，加上無人燈不燃的空房子，陰陽久別
乍逢，驚怕之情完全掩蓋親情，甚至石道姑回來也疑其是鬼。所
幸燈油續接斷紅，也燃亮杜母的主觀情思「兒呵，便是鬼，娘也
捨不的去了。」（頁 299）人之於所至親至愛者離去，於理雖知

人死不能復生，於情卻是希望有奇蹟出現；而一旦成真，焉能以理相格且拒之？此為杜母、春香等人與杜寶「古執」不同所在。

最後一齣〈圓駕〉集結了三位重要人物的「理」力，亦即是「天、地、君、親、師」的國君、父親、老師，故力量之強大極難克服，作為人間至高無上的皇帝聽到杜寶所奏：

> 【南畫眉序】臣女沒年多，道理陰陽豈重活？願吾皇向金階一打，立見妖魔。（生作泣）好狠心的父親！（頁344）

杜寶所持之「理」起初是「道理陰陽豈重活」之客觀事理，被皇上以「朕聞人行有影，鬼形怕鏡。定時臺上有秦朝照膽鏡。黃門官，可同杜麗娘照鏡。看花陰之下，有無蹤影」（頁344-345）處理，執行者黃門陳最良回奏「杜麗娘有蹤有影，的係人身」（頁345），一次兩個人翻轉相信杜麗娘已非鬼魂，只是憑藉秦時照膽鏡之奇物，與前胡判官之審罪犯，似乎也沒高明多少。然而，皇上與杜寶接著是祭出「不待父母之命，媒妁之言，則國人父母皆賤之」（頁345）的禮教大刀砍向情的這一邊，逼得柳夢梅挺身護以「這是陰陽配合正理」（頁346），以此理攻彼理。杜寶古執難通達至妻子活現眼前，亦無欣喜之情，反奏以「臣妻已死揚州亂賊之手，臣已奏請恩旨褒封。此必妖鬼捏作母子一路，白日欺天。」（頁346）[6]甚至皇上都說「朕細聽杜麗娘所

6　杜寶凡事以理相格，但實非寡情或無情者，如第四十六齣〈折寇〉聽聞妻甄氏被賊所殺也是哭倒在地。「（外哭倒，眾扶介）（末）我的老夫人，老夫人怎了！你將官們也大家哭一聲兒麼！（眾哭介）老夫人呵！

奏，重生無疑。就著黃門官押送午門外，父子夫妻相認，歸第成親。」（頁 347）杜寶還是頑抗不認柳夢梅為女婿，而柳夢梅也為硬拷一事不認杜寶為岳父，這時衝突的已非客觀事理與主觀情思，相抗的應該是提高為「不待父母之命，媒妁之言，則國人父母皆賤之」的禮教束縛與「這般花花草草由人戀，生生死死隨人願，便酸酸楚楚無人怨」（頁 74）的意志自由之爭，細繹曲文，情與理是沒法結成親家的！而杜麗娘從前被禮教「把人禁殺」（頁 35），起死重生，金殿內爭的正是從前無法擁有的意志自由！

　　華瑋在〈情的堅持——談青春版牡丹亭的整編〉談到：

> 全劇收煞雖出以傳統大團圓通俗的形式，但幾乎到最後一刻麗娘父杜寶還不願輕易讓步，承認女兒女婿，這其中隱含的「情」、「理」衝突的張力，實值得觀眾離開劇場時仔細玩味。而麗娘對情的追求居然還要動用到皇上下詔決斷，敕賜團圓，亦可見出劇作家冀望解決「情」、「理」抗爭之深心大意。[7]

（外作惱拭淚介）呀，好沒來由！夫人是朝廷命婦，罵賊而死，理所當然。我怎為他亂了方寸，灰了軍心？身為將，怎顧的私？任恓惶，百無悔。」以理克情之後，竟還能從溜金王與妻連席而坐一事，想出解圍之方，理性之強超乎常人！（頁 284）其中的「理所當然」與稍後派陳最良赴賊營當說客所說的「軍中倉促，無以為情。我把一大功勞，先生幹去。」「理」、「情」在此或有言外之意！

[7] 華瑋，〈情的堅持——談青春版牡丹亭的整編〉，收入《曲高和眾：青春版牡丹亭的文化現象》，天下遠見出版股份有限公司，2005 年 11 月 30 日，1 版 1 印，頁 98。

筆者以為指出其中隱含的「情」、「理」衝突的張力，實是高見，但不是「幾乎到最後一刻麗娘父杜寶還不願輕易讓步」，而是至終都未曾見到杜寶承認女婿，劇作家恐非是冀望解決「情」、「理」抗爭，而是不知有何解決之道，只好託之以通俗的大團圓收煞形式，暗寓這種例由皇帝下詔決斷、敕賜團圓的夢幻結局，只有戲劇中才有，只有才子佳人或達官貴族才有。而且末尾出以韓子才，雖是呼應第二齣提及、第六齣出場的韓子才，實際是柳夢梅與杜麗娘正和杜寶情理相抗，僵局難解，才突以韓子才岔開此一紛爭，好讓結尾是以【南雙聲子】、【北尾】言情作結，顯然湯氏終究希望情勝於理，而非情理相妥協或平衡！[8]

---

[8]　蔡孟珍，〈從明清縮編版到現代演出版《牡丹亭》——談崑劇重構的幾個關鍵〉（《成大中文學報》第 32 期，2011 年 3 月，頁 102-103）一文有提及臧晉叔刪除韓子才：「因而臧改本將原作中三個枝節人物——韓子才、郭駝、小道姑——予以刪除。臧氏認為湯顯祖塑造韓子才為昌黎後人，顯得『穿鑿太甚』，且在劇中的戲份不多——第 6 齣〈悵眺〉出場後，到第 55 齣〈圓駕〉才再穿官服捧詔出場宣讀，並與柳生敘舊，而他在〈悵眺〉中的作用，除了與柳生同抒懷才不遇之思外，也只是當謁見苗舜賓的媒介而已，因而只要在第 2 齣〈言懷〉點出柳生一生中的重要人物苗使者，既不顯突兀，且韓子才一角可順勢刪除，捧詔則改由苗使者擔任。其眉批云：柳夢梅柳州人也，而又姓柳，自可認子厚一派，更作韓子才為昌黎後人，則穿鑿太甚，且越王臺與牡丹亭有何干涉，而急于咨訪乎？如苗使者乃柳一生得力之人，此處不即點出，則下文香山看寶折為突然矣。（卷上，葉 2 上）」。換苗舜賓代之，似也是可考量的，但筆者仍認為劇末添一腳色以岔開情節發展是另有目的。

三、「文房四寶」、「花間四友」
及〈驚夢〉齣尾別議

　　《牡丹亭》的改本不少，如沈璟《同夢記》（已佚）、臧懋
循《繡刻還魂記定本》、《繡刻還魂記碩園刪定本》（以下簡稱
碩園刪定本）、馮夢龍《墨憨齋重定三會親風流夢傳奇》（以下
簡稱墨憨齋重定本）等，還有一些折子選集如《月露音》、《怡
春錦》、《醉怡情》、《審音鑑古錄》、《綴白裘》等，與湯顯
祖《牡丹亭》存在或多或少的差異。但本論文旨不在全面檢討
《牡丹亭》改編的情況與意義，學界早有許多的論文討論過，故
以下偶舉碩園刪定本、墨憨齋重定本或青春版《牡丹亭》、《綴
白裘》折子戲與湯氏原著比較，除就手邊研究文獻方便外，目的
皆在凸顯原著安排的巧妙與否及可能意圖，而非重複探討所有改
本之間的異同，冀覽者知筆者之志也！

　　《牡丹亭》除場上盛演不輟外，作為案頭文本閱讀，有些改
本或折子戲所刪去的內容，實非糟粕，實更具深意，如「文房四
寶」、「花間四友」；除此，也有「局部」改編的狀況，如〈驚
夢〉結尾處，杜母或春香喚醒杜麗娘，對主題的體現是不一樣
的。今則分述如下：

　　第七齣〈閨塾〉中有一段關於杜麗娘吩咐春香去取「文房四
寶」來模字的賓白，如下：

　　　　（貼下取上）紙、墨、筆、硯在此。（末）這甚麼墨？
　　　　（旦）丫頭錯拏了，這是螺子黛，畫眉的。（末）這甚麼
　　　　筆？（旦作笑介）這便是畫眉細筆。（末）俺從不曾見。

　　　拏去，拏去！這是甚麼紙？（旦）薛濤箋。（末）拏去，
　　　拏去。只拏那蔡倫造的來。這是甚麼硯？是一箇是兩箇？
　　　（旦）鴛鴦硯。（末）許多眼？（旦）淚眼。（末）哭什
　　　麼子？一發換了來。（貼背介）好箇標老兒！待換去。
　　　（下換上）這可好？（末看介）著。（頁36）

　　春香口中「村老牛，癡老狗，一些趣也不知」（頁 37）的
陳最良，恐怕也是一點「情趣」也無的腐儒。為何？因春香錯拿
紙墨筆硯時，陳最良竟不知畫眉的螺子黛及細筆。連杜麗娘都忍
不住笑了。杜麗娘的「笑」，也許含有作者對陳最良數十年來
「閨房」生活的「嘲笑」！因為在春香詐領出恭牌溜出去後，偌
大書塾，只剩師生兩人，一男一女，不免尷尬，杜麗娘識大體，
借繡鞋祝壽問師母尊年，打破一室的尷尬或沉默時，陳最良回說
妻子「目下平頭六十。」（頁 36）之前在第五齣〈腐歎〉曾言
自己「明年是第六個旬頭」（頁 17），可見現齡是五十九歲，
與其妻相差一歲，婚姻生涯可能已有三四十載，除非其妻從不為
悅己者容而打扮或生活中老素著一張臉，不然，梳妝檯上理應也
有畫眉的細筆或螺子黛，或者相仿的化妝品及器具，但陳一句
「俺從不曾見」，似乎宣告他無視於妻子作息數十載，從不關心
或端詳眼前人，睡在一起，可能只是為了夫妻名分或傳宗接代。
而從往後情節，其妻是生是死皆不明，彷彿這婚姻中「名分」之
外，一無所有。這顯然不是作者要歌頌的婚姻類型；作者要的應
該是懂得畫眉之「趣」的張敞式閨房之樂，而陳最良及其妻的婚
姻，可說是名存實亡。陳最良與其妻的相處狀況，劇中並無提
及，其妻也未出現過。且陳最良在杜府教杜麗娘，或者杜麗娘死

後，任漏澤院收給，甚至柳杜婚走，他趕往淮安，向杜寶稟報杜麗娘墳墓被盜挖、後來陰錯陽差解了淮安城之危，做了奏事黃門等等，都看不出是有妻小的腐儒，倒像是鰥夫。當然，劇本不像章回小說，更不需出全所有邊配人物，不過，至少無趣、觀念陳腐是本劇要凸顯的人物特質，故姓「陳」而發出「腐歎」！這樣的人物當然無法理解所謂的「鴛鴦眼」、所謂的「淚」含著是甚麼「情」。他所懂得「醫」，可以救治得了柳夢梅弔水寒疾，卻治不了杜麗娘的相思之苦。

　　翻閱墨憨齋重定本、碩園刪定本、《綴白裘》所收〈學堂〉折子戲、青春版《牡丹亭》等，都刪去這賓白，純就排場的人物上下場或演出時間，甚至曲文輕重，等等考量而刪去，是可以理解的。若以案頭文本的角度而言，「文房四寶」所能引發的省思也是不淺。春香（甚至就是杜麗娘，因為春香其實可視為心中想鬧學的杜麗娘外化的影子）認定的女子「文房四寶」，隱約與情欲相關，異於與科考聞達相關的男子「文房四寶」，所以，湯顯祖藉【尾聲】（末）「女弟子則爭箇不求聞達，和男學生一般兒教法。」（頁 376）反諷男女其實差異是甚大的，如果是這個意思，「文房四寶」就成必要的伏筆。碩園刪定本保留【尾聲】這兩句；墨憨齋重定本改為（貼起介）【尾聲】「從今纔把先生怕，（旦）做女弟子休得當耍」[9]；青春版《牡丹亭》則刪去，無一能與「文房四寶」相呼應。

　　至於「花間四友」，《牡丹亭》第二十三齣〈冥判〉提到

9　湯顯祖原著，馮夢龍重定，俞為民校點，《馮夢龍全集：墨憨齋重定三會親風流夢傳奇》，浙江古籍出版社，1993 年 7 月，1 版 1 刷，頁1064。

「因缺了殿下，地獄空虛三年。則有枉死城中輕罪男子四名，趙大、錢十五、孫心、李猴兒；女囚一名，杜麗娘：未經發落。」（頁 149）趙錢孫李四犯因各自犯的只是「生前喜歌唱些」、「做了一箇小小房兒，沈香泥壁」、「些小年紀，好使些花粉錢」、「好男風」，胡判官雖是「胡判」為「黃鶯兒」、「燕兒」、「蝴蝶兒」、「蜜蜂兒」（頁 149-150），細思反倒合情合理，因果有報，有趣之外，也都與春天有關，暗合烘托杜麗娘「夢中之罪，如曉風殘月」（頁 153），思春所致。所以，胡判官後來將花間四友交給花神收管，「花神，俺這裏已發落過花間四友，付你收管。這女囚慕色而亡，也貶在燕鶯隊裏去罷。」（頁 153）而本齣【賺尾】「那花間四友你差排，叫鶯窺燕猜，倩蜂媒蝶採。」再度稱此四者為「花間四友」（頁 154），皆間接說明五人同春天的關聯，都受花神管束或保護。與前面之「文房四寶」一樣，發揮莫大寓意。而若探其「花間四友」之稱，元喬吉《杜牧之詩酒揚州夢》第一折【鵲踏枝】亦曾提到：

> 花比他不風流，玉比他不溫柔。端的是鶯也消魂，燕也含羞。蜂與蝶花間四友，呆打頦都歇在荳蔻梢頭。[10]

　　杜麗娘即是荳蔻；「花間四友」暫歇關目之中，就是為了杜麗娘這朵花及其荳蔻年華；且喬吉雜劇中第二折也有一「夢」，

10　臧懋循編選，王學奇等校注，《元曲選校注》，河北教育出版社，1994年 6 月，1 版 1 刷，頁 2050。

乃杜牧夢見張好好，家童亦勸公子「休信睡裡夢裡的事。」[11]第四折也有杜牧「強項令肩膊硬」不拜丈人的曲文賓白[12]，兩劇淵源又加一層。更巧的是，同折「花間四友」之後居然緊接著提到「文房四寶」：

> （牛僧孺云）牧之，請飲酒。（正末云）且住，將文房四寶來，作詩一首相贈。（家童云）筆硯在此。[13]

只不過家童沒拿錯！喬吉還有《李太白匹配金錢記》一劇，第一折賓白如下：

> 這小姐與小生四目相視，頗有春心之意，怎得個訊息相通，可也好也。哦，我想從來這花間四友，鶯燕蜂蝶，與人做美，我試央及你這四友記者：小生姓韓名翃，字飛

11　臧懋循編選，王學奇等校注，《元曲選校注》，頁 2061。且此折第二度提到「花間四友」，「【醉太平】又不是癡呆懵懂，不辨個南北西東，恰才個彩雲飛下廣寒宮。醉蟠桃會中，一壁廂花間四友爭陪奉，勝似那蓬萊八洞相隨從，只落的華胥一枕夢初濃，都是這風流醉翁。」不過，指的是夢中起舞的玉梅、翠竹、夭桃、媚柳四旦，頁 2059-2060。

12　「【得勝令】則疑是天上許飛瓊，原來是足下女娉婷。你栽下竹引丹山鳳，籠著花藏金谷鶯，都訴出實情。（白文禮云）學士，你不拜丈人，還等甚麼？（正末唱）我做下強項令肩膊硬，今日個完成，將這個俊嬌娥手內擎。」臧懋循編選，王學奇等校注，《元曲選校注》，頁 2073。

13　臧懋循編選，王學奇等校注，《元曲選校注》，頁 2051。

卿。煩你與小生在那嬌娘根前道個上覆咱。[14]

這段文字其實就是「那花間四友你差排，叫鶯窺燕猜，倩蜂媒蝶採」的意思。除此，《李太白匹配金錢記》與《牡丹亭》尚有三處相關，即第一折【金盞兒】「這嬌娃是誰家，尋包彈覓破綻敢則無纖掐，似軸美人圖畫。畫出來怎如他？這嬌娘恰便似嫦娥離月殿，神女出巫峽。」[15]，與《牡丹亭》中柳夢梅拾畫叫畫有關。第三折【白鶴子】「我見他恰行過這牡丹亭，又轉過芍藥圍薔薇後。」寫韓翃夢見柳眉，明顯是《牡丹亭》第十齣〈驚夢〉【山桃紅】「轉過這芍藥欄前，緊靠著湖山石邊」（頁 61）所源出，且柳夢梅與夢柳眉似有關聯。再者，《李太白匹配金錢記》中韓翃因柳眉兒所贈之開元通寶金錢被王府尹發現，遭吊打追問其與女兒私情，恰又於此時高中狀元被皇帝宣見，韓翃一度不折腰於丈人，而由李白奉旨作媒締結韓柳姻緣，且「你不待父母之命，媒妁之言，……，國人皆賤之。」這幾句也出現在《牡丹亭》第五十五齣〈圓駕〉。[16]凡此種種，皆說明《牡丹亭》改編素材除湯氏〈作者題詞〉所提晉武都守李仲文、廣州守馮孝將兒女事與漢睢陽王收拷談生故事外，尚有其他淵源，如元喬吉《杜牧之詩酒揚州夢》、《李太白匹配金錢記》兩劇，與《牡丹亭》之婚戀題材皆有關係。

　　而古今眾改本，墨憨齋重定本是保留「花間四友」；碩園刪定本及青春版《牡丹亭》都刪除此四友。但碩園刪定本卻忘了刪

14　臧懋循編選，王學奇等校注，《元曲選校注》，頁 214。

15　臧懋循編選，王學奇等校注，《元曲選校注》，頁 213。

16　臧懋循編選，王學奇等校注，《元曲選校注》，頁 210-257。

掉【賺尾】中這幾句「那花間四友你差排，叫鶯窺燕猜，倩蜂媒蝶採。」實為失誤！《綴白裘》所收〈冥判〉折子戲則同三者都不同，有胡判官審「花間四友」及付花神收管等賓白，卻獨獨刪去【賺尾】中「那花間四友你差排，叫鶯窺燕猜，倩蜂媒蝶採」三句，難以理解。

　　再者，本齣還有如下的曲文：

> 【油葫蘆】蝴蝶呵，你粉版花衣勝剪裁；蜂兒呵，你忒利害，甜口兒咋著細腰揎；燕兒呵，斬香泥弄影鈎簾內；鶯兒呵，溜笙歌驚夢紗窗外：恰好個花間四友無拘疑。（頁150）

「甜口兒咋著細腰揎」句中的蜜蜂其實第七齣〈閨塾〉已將春色偷渡入室內，即陳最良上場詩中的「蜂穿窗眼咂瓶花」（頁34）。徐朔方注解「咋」為「咂」（頁164），實為兩處起聯想。「鶯兒呵，溜笙歌驚夢紗窗外」這句的黃鶯，早在第十齣〈驚夢〉已吵醒沉睡的杜麗娘，「夢回鶯囀」，窗外「亂煞年光遍」（頁58）如果再細論含「蜂穿窗眼咂瓶花」這句的上場詩，墨憨齋重定本、《綴白裘》所收〈學堂〉折子戲都有保留下來，但不知所據理由，筆者也是贊成留著，一是這隻蜜蜂太重要了，牠改變了杜麗娘整個生命。牠含有三個分身，一是腐儒陳最良，誤渡無邊思無邪的戀歌進來；一是出恭誤闖後花園的春香，真帶回三春的香氣回來；一是《詩經》的每一首每一句都帶來遠古窗外春天的氣息。真真切切咂了窗內的瓶花／錦屏人／杜麗娘。《吳吳山三婦合評牡丹亭》卻僅評云：「閑人事情，亦是塾

師案頭真景。」[17]也「怳看的這韶光賤」！（頁 59）

　　最後，要探討的是，〈驚夢〉一齣末尾杜母驚醒杜麗娘，青春版《牡丹亭》改為春香喚醒杜麗娘，學者華瑋在談整編原則時，卻未說明何以如此，其待商榷之處也易看出是在「驚夢」效果的深淺有無，但這不是青春版《牡丹亭》的創舉，早在墨憨齋重定本中就刪去杜母代以春香，只略批云：「舊本內有老夫人上場，今刪。」[18]也未說明代以春香的用意。不過，應是明瞭老夫人與「一身冷汗」的關聯，故一併刪去【綿搭絮】與相關的賓白。筆者竊揣其改動之意可能有二：一是刪去受驚嚇而醒，甚至因冷汗粘煎而致病，可使杜麗娘完全因夢及相思而死，更顯情之至及理格不透。二是遊園之後，春香扶小姐回房，曾說：「小姐，你歇息片時，俺瞧老夫人去也。」（馮本「也」字改作「來」）若依湯氏文本，則春香究有無見著杜母？又為何沒有回來？墨憨齋重定本改春香回來，也暗合「去來」另一義，否則「去也」與「去來」一般是同義的。而更湊巧的是，華瑋對上本齣次的整編，雖未提到墨憨齋重定本，卻多處吻合，其談到：

> 就上本來看，原著是依傳奇慣例從生角柳夢梅的〈言懷〉開始，但我們把它移到了〈驚夢〉之後，為的是讓全劇逕從杜麗娘的故事開始，而她夢中的人物接著就在現實出現，讓觀眾立刻對兩人的關係發展產生期待，介紹金主完

17　湯顯祖原著，陳同、談則、錢宜合評，《吳吳山三婦合評牡丹亭》，上海古籍出版社，2008 年 7 月，1 版 1 刷，頁 12。

18　湯顯祖原著，馮夢龍重定，俞為民校點，《馮夢龍全集：墨憨齋重定三會親風流夢傳奇》，頁 1070。

顏亮出場的〈虜諜〉，我們也把它調到了〈寫真〉之前。
這樣一來，上本九齣的順序就變成了：〈訓女〉、〈閨
塾〉、〈驚夢〉、〈言懷〉、〈尋夢〉（中場休息）；
〈虜諜〉、〈寫真〉、〈道覡〉與〈離魂〉。[19]

　　〈言懷〉往後調到〈驚夢〉之後，馮本就是如此處理，只不
過是將〈言懷〉與〈訣謁〉合併為〈情郎印夢〉一齣；而〈虜
諜〉調到〈寫真〉之前，如同墨憨齋重定本刪〈虜諜〉而調〈牝
賊〉（馮本改稱〈李全起兵〉）至〈寫真〉之前。所以，青春版
《牡丹亭》突改以春香喚醒杜麗娘小姐，恐有參照墨憨齋重定本
之可能。因這樣的改編是符合整編小組所要求的「完整體現原著
之情至精神」，亦即「情的堅持」之整編原則與精神。至於原作
者湯氏何以沒能想到，除了春香的「去」、「來」之外，應非如
此。因為杜母代表的是女教，是約束杜麗娘意志自由的禮教之
理，能讓情欲嚇出一身冷汗，從而影響生理致病，亦即這場情理
相抗，初始情是被禁殺。再者，杜麗娘一夢而亡是相思所致，至
情到胡判官也難以置信；湯氏卻兼用了極弔詭的手法，輔以極合
「理」的另一病因，驚嚇到「潑新鮮冷汗粘煎，閃的俺心悠步
嚲，意頓鬘偏。」以世情衡之，俗語常云「人嚇人，嚇死人」，
會釀成重病也不是不可能，最終從情從理來看，卻都是致病之
因，這故事就非不可思議，且反顯得「理」才是真正戕害身心自
由的主因，這是湯顯祖高明的地方！

19　華瑋，〈情的堅持——談青春版牡丹亭的整編〉，收入《曲高和眾：青
　　春版牡丹亭的文化現象》，頁103。

　　且安排杜麗娘回房作夢，為的就是母親來找她，且驚醒她！因為杜母勸女兒「這後花園中冷靜，少去閒行。」甚至可能也未曾到過後花園。[20]故杜麗娘被特意安排回房入夢，應是為了安排母親只會到此尋她，不會涉足後花園找她。

　　以上改編三例，也間接反映，經典名劇往往有其恆常而不可易的典範價值存在，若非通達徹解原劇作者之苦心孤詣，改編能青出於藍而勝於藍固然是好，就怕點金成鐵呀！

四、結語

　　綜上所論，本文所探討的兩個論題：一是從人物杜麗娘一夢而亡後，逐一以情動之的對象及過程，亦即經歷胡判官、柳夢梅、石道姑、杜母、春香、陳最良、皇帝、杜寶等人，將這些人從以理相格的思考模式，逐一扭轉成以情相推究，最後，更由客

20　《牡丹亭》第二十齣〈鬧殤〉「（旦）是不是聽女孩兒一言。這後園中一株梅樹，兒心所愛。但葬我梅樹之下可矣。（老旦）這是怎的來？」（頁124）原先杜母不明白的是為何要選擇梅樹之下埋葬？也帶有此時不忍談死葬之事的意思。但《綴白裘》所收〈離魂〉折子戲則在杜麗娘提及一株大梅樹後，讓老旦（杜母）問貼（春香）「可有？」（12集，頁34）焦點略有轉移，青春版《牡丹亭》應承自此，復增改為「春香，後園可有大梅樹？」似欲凸顯杜母也從未去過後花園。（《姹紫嫣紅牡丹亭：四百年青春之夢》（附青春版《牡丹亭》劇本），遠流出版事業股份有限公司，2004年4月10日，1版1刷，頁172。）如果不論湯氏原意，這座後花園也可視為人人心中的後花園，情起時，就會浮現；理恆強時，則深隱難現。所以，杜麗娘幽閨自憐，情動於哀，遂見後花園及書生。而其母親囿於禮教，是沒有慧眼至情去看見感受到的，難達後花園彼境。

觀事理與主觀情思之異,轉為傳統禮教與自由意志之爭,僵持不下,實為情理衝突之最高潮,也是湯氏情理不相容的思想體現!二是《牡丹亭》除場上盛演不輟外,作為案頭文本閱讀,有些改本或折子戲刪去的內容,並非糟粕,實更具深意,如「文房四寶」、「花間四友」,前者可反映陳最良之迂腐及不懂夫妻情愛。湯顯祖更藉【尾聲】「女弟子則爭箇不求聞達,和男學生一般兒教法。」反諷男女其實差異是甚大的,如果是這個意思,「文房四寶」就成必要的伏筆。後者借花間四友所投胎者皆與春天有關,暗指杜麗娘之罪亦與春天有關。「花間四友」之稱,則與元喬吉《杜牧之詩酒揚州夢》及《李太白匹配金錢記》有極為明顯的承繼關係,也都與婚戀有關。其中蜜蜂更與第七齣〈閨塾〉「蜂穿窗眼咂瓶花」相承接。除以上,也有討論《牡丹亭》「局部」改編的狀況,如〈驚夢〉結尾處,杜母或春香喚醒杜麗娘,對主題的體現是不一樣的。〈驚夢〉安排麗娘回房作夢,為的就是母親來找她,且驚醒她!兼用了極弔詭的手法,輔以極合「理」的另一病因,驚嚇到「潑新鮮冷汗粘煎,閃的俺心悠步嚲,意頓蹙偏。」反顯得「理」才是真正戕害身心自由的主因!

論《牡丹亭》中的夫妻之情
及其意義

一、前言

　　《牡丹亭》中對男婚女嫁成為相互的「配偶」關係，有稱之為「夫妻」，也有稱之為「夫婦」，如第二十齣〈鬧殤〉，杜寶自稱和甄氏為「老夫妻」（頁 127）；第三十二齣〈冥誓〉的曲文賓白，則是四次使用「夫妻」，一次使用「夫婦」（頁 213-219）；第三十三齣〈秘議〉，石道姑稱柳杜為「夫妻」（頁 223）；第三十九齣〈如杭〉，柳夢梅雖多次自稱與杜麗娘是「夫妻」，同一段賓白也有換稱「夫婦」（頁 248）；第五十五齣〈圓駕〉，皇上及陳最良皆以「夫妻」稱柳夢梅與杜麗娘（頁 347），所以，整體看來，《牡丹亭》還是慣於使用「夫妻」一詞，故本論文題目也承此而謂之「夫妻之情」，內文則是「夫妻」、「夫婦」交替使用。所採論述底本為台灣里仁書局出版的徐朔方、楊笑梅校注本《牡丹亭》[1]。為避免註腳繁冗，此書引

---

[1]　《牡丹亭》，湯顯祖原著，徐朔方、楊笑梅校注，里仁書局，1999 年
　　10 月 31 日，1 版 3 刷。

文之原頁碼，隨文附注其後。

　　至於論述焦點，因劇中個別人物形象的探討，已累積有豐碩的成果，本論文則著重以「夫妻」為組別，討論其關係和互動情形，例如討論陳最良夫婦，是就曲文足以反映陳最良與妻子相處的情況才加以討論，其他只單方面可觀察陳最良一人之情性思想者，為人發掘已多，但不見得能推及陳妻，則割捨不論；其他腳色亦然。正文共討論六組夫妻關係，另加一對夫妾，細目如下：柳夢梅與杜麗娘、杜寶與甄氏、李全與楊婆、陳最良與其妻（未出場）、石道姑與其夫（未出場）、武官與小奶奶（妾，未出場）、秦檜夫妻鬼魂（皆未出場）六組夫妻、一組夫妾，依照所占情節的分量，先輕後重，分述於後。

二、《牡丹亭》中的夫妻

（一）秦太師與其長舌妻：奏事不以實之喻

　　實際上，秦太師與其長舌妻在劇中並未出場，是在第五十五齣〈圓駕〉中被杜麗娘提及，描摹他們在陰司裏受罰的情況。

> （旦）……說他的受用呵，那秦太師他一進門，忒楞楞的黑心鎚敢搗了千下，漸另另的紫筋肝剁作三花。
> （眾驚介）為甚剁作三花？
> （旦）道他一花兒為大宋，一花為金朝，一花兒為長舌妻。
> （末）這等長舌夫人有何受用？
> （旦）若說秦夫人的受用，一到了陰司，摘去了鳳冠霞

　　被，赤體精光。跳出箇牛頭夜叉，只一對七八寸長指彄

　　兒，輕輕的把那撇道兒搯，長舌揸。

（末）為甚？

（旦）聽的是東窗事發。（頁 346-347）

華中師範大學楊杉的〈《牡丹亭》中的夫妻群象塑造〉認為：

> 李楊夫婦與秦檜夫婦在許多地方也有相似。他們都通敵叛
> 國，既富且貴，只是一武一文，一個明投一個暗通，李全
> 封王金國，秦檜拜相南宋；妻子都經常幫丈夫謀劃，丈夫
> 也對妻子言聽計從；他們的事業和富貴最終都毀於一旦，
> 不能長久。秦檜夫婦在地獄受罰的遭遇似乎預示著李楊也
> 終究不得善果。[2]

該文較傾向於將李全楊婆夫妻視為負面人物，所以，自然將之與
秦檜夫婦聯想在一起。本文則不然，故也難以認同「秦檜夫婦在
地獄受罰的遭遇似乎預示著李楊也終究不得善果。」而且李全楊
婆二人的事業和富貴最終並沒有毀於一旦，反而是逍遙於宋金之
外的五湖四海。故此處提到秦檜夫婦地獄受罰，重點應在「長
舌」，而非婚姻，這與作者湯顯祖宦途中憂讒畏譏的深刻經歷有
關，且在這之前的同齣情節，亦借柳夢梅之口，批評陳最良
「呀，先生，俺於你分上不薄，如何妄報俺為賊？做門館報事不

---

[2]　〈《牡丹亭》中的夫妻群象塑造〉，楊杉，《華中師範大學研究生學報》，第 19 卷第 4 期，2012 年 12 月，頁 82。

真；則怕做了黃門，也奏事不以實。」（頁 343-344）指桑罵槐
之意，昭然若揭。

（二）武官與小奶奶：物化妻妾的大小櫃子

武官與小奶奶（未出場）這一組的關係，是呈現在第四十三
齣〈禦淮〉的賓白中，淮安城被李全兵馬緊圍，正等待安撫大人
杜寶的人馬來援，文武官的打諢如下：

> （老旦）……。敢問二位留守將軍，有何計策？
> （丑）依在下所見，降了他罷。
> （末）怎說這話？
> （丑）不降，走為上計。
> （老旦）走的一箇，走不得十箇。
> （丑）這般說，俺小奶奶那一口放那裏？
> （淨）鎖放大櫃子裏。
> （丑）鑰匙哩？
> （淨）放俺處。李全不來，替你託妻寄子。
> （丑）李全來哩？
> （淨）替你出妻獻子。
> （丑）好朋友，好朋友！（頁 270）

這裏的「小奶奶」，指的是小妾、愛妾，「出妻獻子」之
「妻」，可能包括妻與妾，「小奶奶」放的是「大櫃子」，不僅
僅有視女人如「財物」的意思，也可能有家中地位或受寵程度的
暗示，其他人可能「鎖放」在中、小櫃子裏，然大禍臨頭，不管

大、中、小櫃子，不管妻妾或子女皆可拋，也十足說明了「物化」婚姻的脆弱與不可恃。

（三）陳最良與其妻：不知趣的腐儒丈夫

陳最良與其妻的相處狀況，劇中並無提及，其妻也未出現過。且陳最良在杜府教杜麗娘，或者杜麗娘死後，任漏澤院收給，甚至柳杜婚走，他趕往淮安，向杜寶稟報杜麗娘墳墓被盜挖、後來陰錯陽差解了淮安城之危，做了奏事黃門等等，都看不出是有妻小的腐儒，倒像是鰥夫。不過，第七齣〈閨塾〉，杜麗娘的提問，卻透露了陳最良是有妻子的，而且應該還健在。雙方的對話如下：

> （旦）敢問師母尊年？
> （末）目下平頭六十。
> （旦）學生待繡對鞋兒上壽，請箇樣兒。
> （末）生受了。依《孟子》上樣兒，做箇「不知足而為屨」罷了。（頁36）

這段對話，體現出兩人的脾性，杜麗娘是大家閨秀的風範，在春香詐領出恭牌溜出去後，偌大書塾，只剩師生兩人，一男一女，不免尷尬，杜麗娘識大體，借繡鞋祝壽，打破一室的尷尬或沉默。陳最良則顯得書獃子氣，不知權便。但假如把這段對話，與稍前兩人對文房四寶的應答合在一起看，春香口中「村老牛，癡老狗，一些趣也不知」（頁 37）的陳最良，恐怕也是一點「情趣」也無的腐儒。為何？因春香錯拿紙墨筆硯時，師生的對

話如下：

> （末）這甚麼墨？
> （旦）丫頭錯挈了，這是螺子黛，畫眉的。
> （末）這甚麼筆？
> （旦作笑介）這便是畫眉細筆。
> （末）俺從不曾見。挈去，挈去！……（頁36）

　　杜麗娘的「笑」，也許含有作者對陳最良數十年來「閨房」生活的「嘲笑」！陳最良自言「明年是第六個旬頭」，可見現齡是五十九歲，與其妻相差一歲，婚姻生涯可能已有三四十載，除非其妻從不為悅己者容而打扮或生活中老素著一張臉，不然，梳妝檯上理應也有畫眉的細筆或螺子黛，或者相仿的化妝品及器具，但陳一句「俺從不曾見」，似乎宣告他無視於妻子作息數十載，從不關心或端詳眼前人，睡在一起，可能只是為了夫妻名分或傳宗接代。而從往後情節，其妻是生是死皆不明，彷彿這婚姻中「名分」之外，一無所有。這顯然不是作者要歌頌的婚姻類型；作者要的應該是懂得畫眉之「趣」的張敞式閨房之樂，而陳最良及其妻的婚姻，可說是名存實亡。

（四）大鼻子與石道姑：形為石女、情卻充足的出家人

　　石道姑原不姓石，則因生為石女，為人所棄，故號「石姑」。曾許了箇大鼻子的女婿，終究陰陽難諧，幾番待懸樑投河，最後怕誤了丈夫「嫡後嗣續」，少不得請一房「妾御續紡」，沒多久就被寵的小妾逼得出了家。正因為自身情欲難遂，

想將「即世裡做老婆的乾柴火『執熱願涼』」（頁 102-104），
恐也是一番煎熬。難怪甫上場即云：「人間嫁娶苦奔忙，只為有
陰陽，問天天從來不具人身相，只得來道扮男妝，屈指有四旬之
上。當人生，夢一場。」（頁 101）對自身不具女兒正常生理，
以致無法參與世俗男婚女嫁、陰陽和諧，充滿感慨！唯因此種人
生缺憾，使得她日後遇到杜麗娘的為情而死、為情而生，是比其
他人多一份理解與憐惜。而「夢一場」，一語雙關，此處是嘆己
生如夢；情節連動則是麗娘春夢，連帶也牽動了她的人生。再
者，杜麗娘為柳生一夢而亡、死而復生等不可思議之事，其關鍵
在「情」。接連說服感動了鬼神界胡判官、人世間柳夢梅、石道
姑、杜母與春香、皇上，唯獨親生父親不信。在這條鍊上，石道
姑是緊接柳夢梅之後，可見作者是試圖把石道姑塑造成相信「情
之所必有」這陣線中的人，其生理缺陷並未殘害了她的情性。也
因此，第二十七齣〈魂遊〉，石道姑看守杜麗娘墳庵三年，擇取
吉日，為其開設道場，超生玉界，她是這麼拈香祝禱的：「鑽新
火，點妙香。虔誠為因杜麗娘。香靄繡旛幢，細樂風微颺。仙真
呵，威光無量，把一點香魂，早度人天上。怕未盡凡心，他再作
人身想。做兒郎，做女郎，願他永成雙。再休似少年亡。」（頁
181）充滿理解，不似出家人，凡事要人超脫。不過，話說回
來，作者以石道姑之「石女」形象，讓她無以享魚水之歡而出
家，相對於杜柳人鬼戀時，都還有肌膚之親、性愛之舉，是否透
露湯顯祖的婚姻觀，陰陽之和諧也是必要的。而陰陽要和諧，關
鍵在「情」或是在生理？因此也形塑了石道姑與大鼻子這對夫
妻，以之為對照。當然，石道姑也具有《莊子・德充符》中「德
有所長，而形有所忘」的典型意義，但因這是針對其單一形象，

或與其他人物對比時，更為突出，而就婚姻中「妻」的角色而言，她是被世人視為有所不足的。

（五）李全與楊婆：仕與隱的進退兩難

李全、楊婆夫妻，與其他組不同的是，歷史上真有其人，即李全與楊妙真（《宋史》卷四七七有〈李全傳〉），起初是一支反金的地方勢力，也曾與南宋建立聯繫，以力抗金、蒙古，但因益都一戰而降蒙古，轉與南宋對抗，最終兩人並非去做海賊，而是李全死於揚州戰役。楊妙真善戰多謀，倒與劇中形象相近，也使得一手天下無敵的梨花槍，除此，則多了「有些喫酸，但是攎的婦人，都要送他帳下。」（頁 120）湯顯祖將兩人的相處關係及結局改為：妻為夫綱、學范蠡西施遊五湖。第三十八齣〈淮警〉，李全在向楊婆請示攻打淮揚之策後，對妻子的獻策佩服得五體投地，讚道：「高，高！娘娘這計，李全要怕了你。」楊婆回說：「你那一宗兒不怕了奴家！」李全死心塌地認了這話：「罷了。未封王號時，俺是箇怕老婆的強盜，封王之後，也要做怕老婆的王。」（頁 246）似乎透露男女地位的關係，如李楊般，也是一種可考慮的相處模式。而范蠡西施、李全楊婆的急流勇退，也許是另一類人生「題目」。第四十七齣〈圍釋〉，李楊對己身將何去何從就有如下的討論：

（丑）你俺兩人作這大賊，全仗金韃子威勢。如今反了面，南朝拿你何難。

（淨）胡說！便作俺做楚霸王，要你做虞美人，定不把趙康王占了你去。

（丑）罷，你也做楚霸王不成，奴家的虞美人也做不成。
　換了題目做。

（淨）什麼題目？

（丑）范蠡載西施。

（淨）五湖在那裏？──去做海賊便了。（頁291）

　　楚霸王虞美人、范蠡西施也是兩對夫妻，但彷彿代表著仕與隱的禍福不同，湯顯祖是否遇到了人生的結？解不開，須換個「題目」作？《牡丹亭》寫於湯氏棄官歸臨川，劇中的這裏是否寓藏了這樣的心態？且第四十五齣〈寇間〉，當李全楊婆遇到「南朝俺不蠻，北朝俺不番」（頁279）進退兩難、兩邊不是人的關卡時，不免發出「甚天公有處安排俺？」（頁279）之質疑，即是典出元白无咎〈鸚鵡曲‧漁父〉的「算從前錯怨天公，甚也有安排我處！」白氏作品談的就是「隱」後的覺醒；而題目「漁父」，不也暗示了李楊夫婦是遁於五湖而非山林？！另外，李全對楊婆的言聽計從，相對於甄氏以杜寶夫君為天，是非常強烈的對比。輔以外老旦、淨丑不同行當搭配，看杜寶、甄氏這對夫妻，就感覺嚴肅凝重；看李全、楊婆這對夫婦，就感覺活潑輕鬆，無意中就很容易親近後一組，這也是筆者不認為李全、楊婆是負面形象的原因之一。

（六）杜寶與甄氏：夫為妻綱、以理克情的傳統婚姻

　　雖然，劇中杜寶乃唐朝杜子美之後，夫人甄氏乃魏朝甄皇后嫡派，都是出於杜撰，無非是強調其乃詩書傳家，系出名門，所以，杜甄兩家聯姻，也算是門當戶對。而他們也將循此模式，安

排女兒的婚事。這從第十齣〈驚夢〉杜麗娘入夢前的內心吶喊可知：「則為俺生小嬋娟，揀名門一例一例裏神仙眷。甚良緣，把青春拋的遠！」（頁60）而此婚姻的維繫與分工，女兒的管教本該由甄氏來課其女工，但一旦有所縱容，一家之長即會介入管教，第三齣〈訓女〉即反映了傳統女教的情況。相對於李全懼內，杜家則是妻以夫為天為綱，任何事的商量，最後都是男主人定奪，如請先生教杜麗娘，甄氏雖建議「要箇女先生講解纔好」，也被杜寶一句「不能勾」否決（頁11），完全由杜寶作主，從十數名先生人選中，挑了老成且「可以陪伴老夫」（頁21）說說話的陳最良。兩人臭味相投，物以類聚，也就決定了他們是被設定為「恆以理相格耳」類型的角色，對柳杜之「情」，勢必是兩大阻礙。

第二次，甄氏提議為遊園觸犯花神聖的女兒禳星，杜寶不當一回事，笑著認為「則是些日炙風吹，傷寒流轉。便要禳解，不用師巫，則叫紫陽宮石道婆訟些經卷可矣。」（頁98）最終皆是杜寶做決定，且當甄氏提出「若早有了人家，敢沒這病。」他則認為「女兒點點年紀，知道箇什麼呢？忒恁憨生，一箇哇兒甚七情？則不過往來潮熱，大小傷寒，急慢風驚。」（頁98）亦可看出女兒出嫁時機也是憑杜寶來作主。

第三次，是第二十五齣〈憶女〉，甄氏對春香提起「你可知老相公年來因少男兒，常有娶小之意？止因小姐承歡膝下，百事因循。如今小姐喪亡，家門無托。俺與老相公悶懷相對，何以為情？」（頁175）呈現出古人「三不孝，無後為大」的觀念，男人會引以為憾，女人會因此內疚。且這問題也出現在石道姑那邊。而甄氏欲為杜寶納妾，依然要徵得丈夫的同意，這事遲至第

四十二齣〈移鎮〉提出，被杜寶以「王事匆匆，何心及此」否決。其對話如下：

> （老旦）相公，我提起七女，你便無言。豈知俺心中愁恨！一來為苦傷女兒，二來為全無子息。待趁在揚州尋下一房，與相公傳後。尊意何如？
>
> （外）使不得，部民之女哩。
>
> （老旦）這等，過江金陵兒女可好？
>
> （外）當今王事匆匆，何心及此。（頁 264-265）

杜寶就是這麼一個國事重於一切（包括婚姻、傳宗接代等）的儒生，誠如甄氏所形容的「滿眼兵戈一腐儒」（頁 266），當然，杜寶也有動情的時候，與妻揚州生離死別時，便不免「真愁促，怕揚州隔斷無歸路。再和你相逢何處、相逢何處？」、「似參軍杜甫，把山妻泣向天隅。」（頁 266）但也可以說，杜寶極其清楚兵戈危險，遂能忍常人不能忍之夫妻情，自己改走旱路救國之危難；吩咐妻子走水路，掉頭迤避臨安。既顧及國事，也顧及家人安危。在情感波動時，杜寶都會極力去節制它。這一點性格特色，在第四十六齣〈折寇〉，驚聞妻子與春香死於揚州兵亂時，表現特別明顯，哭喊「天呵，痛殺俺也！」隨即哭倒，眾將官們也齊聲哭悼，杜寶卻突然恢復理智：

> （外作惱拭淚介）呀，好沒來由！夫人是朝廷命婦，罵賊而死，理所當然。我怎為他亂了方寸，灰了軍心？身為將，怎顧的私？任恓惶，百無悔。（頁 283-284）

一句「理所當然」，就把「怎顧的私」的「私情」節制在「理」之下，隨即還能想到要問陳最良「那賊營中是一箇座位，是兩箇座位？」從李全和妻子連席而坐，就立刻有「吾解此圍必矣」的把握（頁 284），實非等閒之輩！也因此，杜麗娘的起死回生一事，要從「理所當然」上說服杜寶，縱使有父女之親情，恐也如與甄氏之死一般，隨即「理」又竄出來壓制了「情」。

再者，柳杜的婚姻之所以不被杜寶接受，或是社會所接受，正如第五十五齣〈圓駕〉，皇上所言：「不待父母之命，媒妁之言，則國人父母皆賤之。」柳夢梅挺身為杜麗娘的「自媒自婚」、「無媒而嫁」的行為辯護，謂之為「這是陰陽配合正理」（頁 345-346），仍無法說服來自傳統社會、傳統婚姻的杜寶，而這種婚姻價值觀的對立，也間接清晰體現了湯顯祖本人的看法。

（七）柳夢梅與杜麗娘：相互欣賞知重的至情婚戀

柳杜的愛情與婚姻，經歷三個階段，即夢中情、人鬼戀、人間情，真正稱得上「夫妻」關係的，應屬「人間情」階段，指回生後，在石道姑的促成下，於往臨安取應前就已曲成親事，擁有人世間所謂的「夫妻」名分。不一定要到最末一齣，皇帝賜婚，歸第成親才算「夫妻」。但如果以情分而言，「人鬼戀」階段的冥誓，柳生發願，定麗娘為正妻，其實就有了「夫妻」關係。而柳杜與前幾組夫妻較大不同的是，擁有一段超越生死的愛情，不是經過傳統婚嫁程序而為夫妻的。依杜麗娘的觀察與理解，她之所以認為名門中找不到良緣，是因這樣的婚姻是建基於門當戶對、兩方家族利益之上，不是考量夫妻之間能否相互欣賞。從杜

麗娘自言「可知我常一生兒愛好是天然。恰三春好處無人見。」
（頁 59）深覺生命青春的美好，但如果遇不到、等不到懂得欣
賞這份美好者，再美再好，也是枉然。因此，當她發現「原來姹
紫嫣紅開遍，似這般都付與斷井頹垣。」（頁 59）突然感觸良
多，後來甚至認為「到不如興盡回家閒過遣」，乃肇因於「姹紫
嫣紅」開滿整個花園，竟然只有寂寂無生命的「斷井頹垣」看
著、陪著，如果在青春正盛時，她無能遇到一位如意郎君，知
她、欣賞她，那將如這些花一樣，開遍謝遍，都無人知曉。如此
強烈的失落感，引發了她之後的綺夢。而當她意會到生命、青春
的美好與逐漸消逝，遂不得不自我寫真，正是為了「俺往日豔冶
輕盈，奈何一瘦至此！若不趁此時自行描畫，流在人間，一旦無
常，誰知西蜀杜麗娘有如此之美貌乎！」（頁 85-86）也因此，
可以這麼說，柳杜的婚姻，先決條件是能懂得對方的美，進而能
欣賞對方的美。繼而在相處的過程中，尊重對方的提議或要求。
婚前婚後，杜麗娘有幾次的要求，柳夢梅的回應如下：

〈幽媾〉：

（旦）妾有一言相懇，望郎恕罪。

（生笑介）賢卿有話，但說無妨。

（旦）妾千金之軀，一旦付與郎矣，勿負奴心。每夜得共
　　　枕席，平生之願足矣。

（生笑介）賢卿有心戀於小生，小生豈敢忘於賢卿乎？

（旦）還有一言。未至雞鳴，放奴回去。秀才休送，以避
　　　曉風。

（生）這都領命。（頁 192）

〈冥誓〉：

（旦）待要說，如何說？秀才，俺則怕聘則為妻奔則妾，
　　　受了盟香說。

（生）你要小生發願，定為正妻，便與姐姐拈香去。（頁
　　　215-216）

〈急難〉：

（旦）罷了。奴有一言，未忍啟齒。

（生）但說不妨。

（旦）柳郎，放榜之期尚遠，欲煩你淮揚打聽爹娘消耗，
　　　未審許否？

（生）謹依尊命。奈放小姐不下。

（旦）不妨，奴家自會支吾。（頁275）

　　這與杜寶甄氏、李全楊婆兩種夫妻類型都不一樣，對話之
中，沒有強迫的成分，也無地位尊卑所致之命令或忍受的口吻。
也難怪盟誓後，杜麗娘會說出「感君情重，不覺淚垂。」（頁
216）甚至在〈急難〉一齣中，還有夫妻倆商議柳夢梅見到岳父
大人杜寶後，如何解釋麗娘重生的事，字裡行間，窺及生命的交
融共體。

　　雖然，回生成親之後，柳杜馬上因「急難」而暫時分離，沒
有多少「婚姻」細節。這也與之前已鋪演旦腳為情而死復為情而
生的主戲已多，後三分之一，就較著重生腳為情而奔走的表現，
直至末齣，柳杜再度聚合，為「牡丹亭夢影雙描畫」（頁349）
而努力，令人動容。雖然，最終翁婿仍未能一家親，但正足以顯

露情與理的衝突何等厲害，在講究繁文虛禮的現實社會，如柳杜般追求自由婚戀，仍有重重阻礙。

最後，值得思考的是，皇帝賜婚後，柳杜又是一次婚姻生活的開始，與其他組夫妻比較，較難想像的情況，應該還是子嗣問題，以及由此衍生的納妾問題。這是由個別形象探討較不會想到的問題，但若以「夫妻」相處為比較重心，反而是極容易聯想的。

三、結語

《大戴禮記‧本命》有所謂的「七去」、「三不去」：

> 「婦有七去：不順父母去、無子去、淫去、妒去、有惡疾去、多言去、竊盜去。不順父母去，為其逆德也；無子，為其絕世也；淫，為其亂族也；妒，為其亂家也；有惡疾，為其不可與共粢盛也；口多言，為其離親也；盜竊，為其反義也。婦有三不去：有所取無所歸不去；與更三年喪不去；前貧賤後富貴不去。」[3]

劇中夫妻群組形象，也約略討論到「無子」、「妒」（喫酸）、「惡疾」（石女）、「口多言」（長舌）等等，雖不完全定義相同，也是夫妻相處難免會遇到的問題，可見湯顯祖並非閉門造車，全不管現實。但湯氏在不在乎這些禮教？劇中柳杜雖高倡無媒自婚，杜麗娘卻也曾解釋過「前夕鬼也，今日人也。鬼可

3　見《四部叢刊初編》第四十九冊《大戴禮記‧本命》，景印無錫孫氏小綠天藏明袁氏嘉趣堂刊本，商務印書館。

虛情，人須實禮。」石道姑也權宜說「要媒人，道姑便是。」（頁 235）結局又以皇帝賜婚，似又回到人間禮儀。筆者以為，作者如此安排，正是暗喻禮教束縛人之厲害，除非死後為鬼，或逃入夢中，方能暫免。意不在承認或回歸，反而是暗諷。且杜麗娘入夢前，云「昔日韓夫人得遇于郎，張生偶逢崔氏，曾有《題紅記》、《崔徽傳》二書。此佳人才子，前以密約偷期，後皆得成秦晉。吾生於宦族，長在名門。年已及笄，不得早成佳配，誠為虛度青春，光陰如過隙耳。」（頁 60）此時杜麗娘為「人」，並非「鬼」，卻羨慕以「密約偷期」的方式成秦晉者，可見作者仍是提倡婚姻的自主性，能得佳配，偷期密約也是對的。因此，禮教中的「七去」，湯氏應該不會持肯定的態度，但不一定不談到，也不一定與原出處是一樣的理解。如「口多言」（長舌），本來是親族間的說三道四，但男人在君臣間如果讒傷別人，也算是「口多言」（長舌）吧！至於，生理特性導致無法享魚水之歡，或無子傳宗接代，繼而衍生的納妾問題；以及因善妒而翻轉的妻為夫綱之家庭問題，應只是忠實呈現婚姻可能會有的狀況。但如果雙方能夠有情如杜麗娘者，這些可能都不是問題，情既然能起死回生，當然就能克服這些問題。所以，柳杜是作者筆下最理想的「夫妻」類型，假設遭遇如石道姑婚姻般陰陽不諧、無子、納妾等世俗問題，應該也有足夠的智慧與深情去化解。杜寶甄氏一類傳統夫妻，理勝於情、甚至過度節制情，或者如陳最良者，視妻如無物，從不正視或關心，才是作者要批判的。七組之中，另有李全楊婆夫妻，引申出的歸隱情結；秦檜夫婦寓含的讒譖之敗德；武官物化其妻妾等等，適足以說明此劇所含意義的深刻！

再談《牡丹亭》「柳」、「梅」意象

一、前言

名之為〈再談《牡丹亭》「柳」、「梅」意象〉，乃因發表於 2008 年 5 月 31 日第十七屆詩學會議──曲學研討會；同年 12 月刊於第十七期彰化師大《國文學誌》的〈《牡丹亭》「柳」、「梅」意象及其演出別議〉，曾談過這個問題，如今因重讀湯顯祖的《紫簫記》、《紫釵記》而有新的發現，遂趁此機會補正。初論含有三個論題：一是《牡丹亭》中何以柳夢梅一定要持柳入夢、杜麗娘必須要弄梅入畫？二是〈閨塾〉改稱〈春香鬧學〉是否合適？這是我看過前賢們論述中所沒談到的。三則是就青春版《牡丹亭》演出的幾個小段落說說己見。今將二、三刪去，只針對「柳」、「梅」意象討論，使全文更為專一。

本文論述，凡摘引《紫簫記》、《紫釵記》、《牡丹亭》之曲文賓白，皆從徐朔方箋校，上海古籍出版社出版的《湯顯祖集全編》[1]。徐朔方是古典戲曲專家，對版本做了整理並有箋校，

1　徐朔方箋校，《湯顯祖集全編》第五冊云：「《紫簫記》為《玉茗堂四夢》之先聲。此記及其改本《紫釵記》同以唐人傳奇〈霍小玉傳〉為依據。《紫簫記》情節大體同原本，此記則大不然。第一齣【鳳凰臺上憶吹簫】所預告之關目，自前半闋『歸來後，和番出塞，戰苦天驕』起，

可說是一部較精詳的箋校本，做為論述的底本自然是合適的。為避免太煩瑣的註腳，頁次隨文附注於後。

二、《牡丹亭》「柳」、「梅」意象的因襲與創新

《牡丹亭》中「柳」、「梅」意象的討論，大都如蘇州大學中文系朱棟霖教授〈牡丹亭的魅力〉一文，泛論中偶然提及：

> 湯顯祖以橫溢才華、生花妙筆創造了一組有著豐富內容與審美意蘊的「牡丹亭意象」。這組戲曲意象以杜麗娘夢中之「牡丹亭」為主體，包括杜麗娘夢中之湖山石邊、牡丹亭畔、芍藥欄前，柳枝、梅樹，以及杜麗娘寫真、柳夢梅拾畫玩真之妙筆丹青。……牡丹、芍藥、湖山石、柳枝、梅樹這些意象構成的戲劇總體意象浸潤著豐盈詩意。……[2]

至於「豐盈詩意」為何，並未詳加細論；反而是蘇州大學研究生王國彬的〈一枝柳絲證死生──《牡丹亭》中「柳」意象分析〉，有可觀之處。該文最主要的創見有二：一是指出《牡丹亭》全劇是通過一個復活神話來演繹一個愛情神話，而此復活神

皆非〈霍小玉傳〉所固有。」除了《紫簫記》疑似沒寫完原布局情節；兩本都改為生旦團圓的結局。上海古籍出版社，2015 年 12 月，1 版 1 刷，頁 2258。

2 朱棟霖〈《牡丹亭》的魅力〉，收於白先勇總策畫，《姹紫嫣紅牡丹亭──四百年青春之夢》，遠流出版事業股份有限公司，2004 年 4 月 10 日，1 版 1 刷，頁 34。

話與古代的「柳」崇拜有關。二是從《西遊記》第二十六回〈孫悟空三島求方，觀世音甘泉活樹〉之情節與《牡丹亭》杜麗娘回生情節相比而得出底下的簡表：

觀世音→淨瓶→柳枝　　　　→甘露水　　　→樹復活

柳夢梅→腎　→男性隱私部位→陽氣、精氣→杜麗娘復活[3]

　　雖然全文引證多有可議，但此兩處不無創發。唯其思慮欠周之處在於本文謂「湯顯祖在《牡丹亭》中，亦創造了『柳』意象。」嚴重忽略了《牡丹亭》一劇的淵源問題，「柳」意象並非《牡丹亭》所創，因此點未論及，遂使全篇論證之成立，恐因湯顯祖《牡丹亭》有所因襲而崩解。《牡丹亭》「柳」、「梅」是一組不容分割的意象，單論「柳」，則「梅」顯得無著落。

　　針對《牡丹亭》一劇，若要言其「創造」了什麼，須先明其所本。不過，這個問題，學界雖漸有發現，但仍有爭議。癥結在於〈杜麗娘牡丹亭還魂記〉、〈杜麗娘慕色還魂〉話本、《牡丹亭》三者之前後因襲關係。傳統在〈杜麗娘牡丹亭還魂記〉文言小說未廣為人知的情況下，〈杜麗娘慕色還魂〉話本一直被認為是《寶文堂書目》著錄的〈杜麗娘記〉，因之以該書目刊刻作者晁瑮為明嘉靖二十年進士（1541）為〈杜麗娘慕色還魂〉話本之出版大概年份，故早於《牡丹亭》的明萬曆二十六年（1598），兼之後來學者徐朔方的強調，並附該文於所校注的《牡丹亭》之

3　王國彬〈一枝柳絲證死生——《牡丹亭》中「柳」意象分析〉，收於白先勇總策畫，《曲高和眾：青春版牡丹亭的文化現象》，天下遠見出版股份有限公司，2005 年 11 月 30 日，1 版 1 刷，頁 139-147。

後[4]，遂使學界至今仍普遍認同《牡丹亭》主要因襲自〈杜麗娘慕色還魂〉話本，並從此一角度釋其〈作者題詞〉：

> 傳杜太守事者，彷彿晉武都守李仲文、廣州守馮孝將兒女事。予稍為更而演之。至於杜守收拷柳生，亦如漢睢陽王收拷談生也。[5]

以為所謂「傳杜太守事者」指的是〈杜麗娘慕色還魂〉話本。這是在早期《燕居筆記》不易看到的情況之下，有學者發現此書收有〈杜麗娘慕色還魂〉話本，甚而輾轉抄錄轉載，而漸以為此話本早於《牡丹亭》，遂成湯顯祖創作《牡丹亭》的藍本。然至今所發現的《燕居筆記》有三種，皆非原刻本，都是增補和刪減本，出版先後為林近陽本、何大掄本、余公仁本。上海古籍出版社於 1990 年出版的《古本小說集成》皆有此三種版本的影印。〈杜麗娘慕色還魂〉話本見於何大掄本卷九；〈杜麗娘牡丹亭還魂記〉見於余公仁本卷八，目錄題為〈杜麗娘牡丹亭還魂記〉，正文簡稱為〈杜麗娘記〉。前者為話本體白話小說，約 3500 字；後為傳奇體文言小說，約 1500 字。兩者並非同一篇文章。也因此根據《寶文堂書目》刊刻的時間與篇名，皆難以確定話本體與傳奇體的小說是否就是《寶文堂書目》著錄的〈杜麗娘記〉。雖然傳奇體的〈杜麗娘牡丹亭還魂記〉在正文中是簡稱為

4　關於〈杜麗娘慕色還魂〉話本的發現過程，參看徐錦玲〈《牡丹亭》藍本綜論〉，《北方論叢》2004 年第 4 期，頁 38-40。

5　徐朔方、楊笑梅校注，《牡丹亭》，里仁書局，1999 年 10 月 31 日，1 版 3 刷，頁 1。

〈杜麗娘記〉，但仍不宜貿然肯定。不過，新發現的明萬曆二十二年（1594）胡文煥序刻之《稗家粹編》卷二「幽期部」也收有〈杜麗娘記〉，與《燕居筆記》的余公仁本相比，據大陸學者向志柱的比對，僅十一處文字有些微差異，一處刪略[6]，明顯是同一底本，這表明了兩者皆略早於明萬曆二十六年（1598）問世的《牡丹亭》；至於〈杜麗娘慕色還魂〉話本，刊於萬曆三十一年（1603）的林近陽本《燕居筆記》並未收錄，而是在更之後的何大掄本才收進去，雖然余公仁本更在何大掄本之後才收錄〈杜麗娘記〉，但因有《稗家粹編》的〈杜麗娘記〉可供比對，顯然比何大掄本來得更有可能成為《牡丹亭》的因襲所源。這方面的研究，大陸學者向志柱的〈《牡丹亭》藍本問題考辨〉一文有詳細考辨，文中對話本文字的疏陋之處多有批評，尚有可商榷餘地，但撥正了過去一直存在的盲點。過去在毫無辨證下，就一廂情願接受了〈杜麗娘慕色還魂〉話本即是《寶文堂書目》的〈杜麗娘

6　向志柱，〈《牡丹亭》藍本問題考辨〉，《文藝研究》2007年第3期，頁72-79。該文頁78注10指出十一處如下：1.「想壽數難延」，《稗家粹編》本作「想壽數難逃」；2.「乃知是人家女子行樂圖」，《稗家粹編》本作「人間」；3.「海誓山盟在枕邊」，《稗家粹編》本作「海誓山盟衾枕邊」；4.「心志怡情，精神飛蕩」，《稗家粹編》本作「心志交馳」；5.「次旦，生以事告于父母」，《稗家粹編》本作「次早」；6.「擇此日與孩兒成親」，《稗家粹編》本作「擇吉日」；7.「擇十月十五吉旦，大排筵會」，《稗家粹編》本作「吉日」；8.「一日果喚人夫掘之」，《稗家粹編》本作「一同遂喚人夫掘之」；9.「即往梅樹下掘之」，《稗家粹編》本作「發之」；10.「方縮同心結」，《稗家粹編》本作「方解」；11.「遂轉升柳生為臨安府尹」，《稗家粹編》本作「遂轉封」。

記〉，也就是《牡丹亭》的創作藍本；今天《稗家粹編》與余公仁本〈杜麗娘牡丹亭還魂記〉的發現，讓我們重新思索《牡丹亭》的因襲與創新問題。基本上也可解決湯顯祖何以避談〈杜麗娘記〉，而含糊說「傳杜太守事者」，或許當時盛傳此故事，但是否有固定文本或篇名，則無法確定；另，如果話本晚於《牡丹亭》，則《牡丹亭》中多處賓白原文不動搬至劇中的情況，就得倒過來看，而這似乎更符合事實，即創作水平不高的說書人抄自大家手筆的情況較為理所當然。不管定論如何，都不影響我以下的推論。《稗家粹編》的〈杜麗娘記〉是確定早於《牡丹亭》，它和可能晚於《牡丹亭》的話本，文中都只強調柳夢梅夢中持柳，所以，這非湯顯祖的創新。至於「梅樹」也是有的，但〈寫真〉一齣杜麗娘的「弄梅」，則是《牡丹亭》新添的情節。

若再觀察湯顯祖的《紫簫記》（1579）、《紫釵記》（1587），是否早於〈杜麗娘記〉，則較難判斷。劇中也是有「柳」、「梅」兩種植物，但故事本身承自〈霍小玉傳〉，與杜麗娘故事顯然不是同一流傳系統，傳中並無強調「柳」、「梅」，故應另有所承，下節會再細論。

三、柳夢梅持柳、杜麗娘弄梅

接下來要思索的是，柳夢梅名字中有「柳」有「梅」，何以不能易為柳夢梅弄梅、杜麗娘持柳呢？前面提到〈一枝柳絲證死生──牡丹亭中「柳」意象分析〉一文，因未思及此問題，所以，只單就「贈柳索詩」場景的複述，找出十條內文，而未就「梅」也一併論及。今將其所列十條重列於後，再擇例補充

「梅」意象引文六條：

(1) 唉也天那，今日杜麗娘有些僥倖也。偶到後花園中，百花開遍，觀景傷情，沒興而回。晝眠香閣，忽遇一生，年可弱冠，丰姿俊妍。於園中折得柳絲一枝，笑對奴家說：姐姐既淹通書史，何不將柳枝題賞一篇。（第十齣〈驚夢〉，頁2641-2642）

(2) 春歸人面，整相看無一言。我待要折，我待要折的那柳枝兒問天，我如今悔不與題箋。（第十二齣〈尋夢〉，頁2649）

(3) 春香，記起來了。那夢裏書生，曾折柳一枝贈我。（第十四齣〈寫真〉，頁2655）

(4) （春香）：說個秀才，手裏拈的柳枝兒，要小姐題詩。（第十六齣〈詰病〉，頁2660）

(5) （杜母）：原來女兒到後花園遊了，夢見一人，手執柳枝，閃了她去。（第十六齣〈詰病〉，頁2660）

(6) 咳！咱弄梅心事，那折柳情人，夢淹漸暗老殘春。（第十八齣〈診祟〉，頁2666）

(7) 依稀則記的箇柳和梅。（第十八齣〈診祟〉，頁2669）

(8) 則為在南安府後花園梅樹之下，夢見一秀才，折柳一枝，要奴題詠。（第二十三齣〈冥判〉，頁2689）

(9) 擎一朵柳絲兒要俺把詩篇賽。（第三十九齣〈如杭〉，頁2748）

(10) 曾于柳外梅邊，夢見這生。（第五十五齣〈圓駕〉，

頁2815）[7]

(11) 每日情思昏昏，忽然半月之前，做下一夢。夢到一
園，梅花樹下，立著個美人。不長不短，如送如迎。
說道：柳生，柳生，遇俺方有姻緣之分，發跡之期。
因此改名夢梅，春卿為字。（第二齣〈言懷〉，頁
2612）

(12) 謝半點江山，三分門戶，一種人才，小小行樂，撚青
梅閒廝調。倚湖山夢曉，對垂楊風裊。忒苗條，斜添
他幾葉翠芭蕉。（第十四齣〈寫真〉，頁2654）

(13) 近覿分明似儼然，遠觀自在若飛仙。他年得傍蟾宮
客，不在梅邊在柳邊。（第十四齣〈寫真〉，頁
2655）

(14) 卻怎半枝青梅在手？活似提掇小生一般。他青梅在手
詩細哦，逗春心一點蹉跎。小生待畫餅充饑，小姐似
望梅止渴。（第二十六齣〈玩真〉，頁2700）

(15) （柳夢梅）不免步韻一言。（題介）丹青妙處卻天
然，不是天仙即地仙。欲傍蟾宮人近遠，恰些春在柳
梅邊。（第二十六齣〈玩真〉，頁2700-2701）

(16) （石道姑）：想起小姐生前愛花而亡，今日折得殘
梅，安在淨瓶供養。（拜神主介）瓶兒淨，春凍陽，
殘梅半枝紅蠟裝。⋯⋯這瓶兒空像，世界包藏，身似
殘梅樣。有水無根，尚作餘香想。（第二十七齣〈魂

7　王國彬〈一枝柳絲證死生──《牡丹亭》中「柳」意象分析〉，頁140-
141。

遊〉，頁 2703）

　　從中觀察，看到「梅」出現在其中有十條，「柳」、「梅」並列則有六條（「垂楊」若等於「柳」，則是七條；「柳生」若算，則是八條），而實際也還有例句未全補上，已足可確定「梅」之意象亦不容忽略，單談「柳」顯然是不夠的。尤其「折柳」在男，「弄梅」在女，似成一不可逆之安排，其理安在？

　　「柳」的部分，王國彬主要從「柳」的特性及清明插柳的習俗而言，引用《太平御覽・木部》中云柳之特性：「斷植之更生，倒之亦生，橫之亦生，生之易者，莫如斯木」，認為柳有「復活」的神奇能力，並從介之推的傳說為清明節習俗的來源：

　　　　據傳，在介之推被燒死後的次年，晉文公重耳領著群臣到綿山祭奠，行至墳前，只見介之推死時抱的那棵柳樹又復活了，於是便從柳樹上折下一些柳枝，賜給近臣，以示紀念。清明插柳戴柳習俗大約在宋朝時期就已經定型。例如，宋・孟元老《東京夢華錄》・〈清明節〉：「家家以柳條插於門上，名曰『明眼』。」清潘榮陛・《帝京歲時紀勝》：「清明日摘新柳佩帶，諺曰：『清明不戴柳，來生變黃狗』」之類都是對這一風俗的記載。民諺所謂「清明不戴柳，紅顏變皓首。」若從相反的角度理解，則是清明若戴柳則會紅顏永存。[8]

8　王國彬〈一枝柳絲證死生──《牡丹亭》中「柳」意象分析〉，頁143。關於介之推與清明節、寒食節來源之關係，或清明節插柳戴柳等

　　結合杜麗娘可惜妾身顏色如花，命如一葉之歎，證成「其夢中出現象徵強盛生命力的物象『柳』自然也就不會奇怪了。」又從《西遊記》二十六回觀世音將楊柳枝蘸了甘露水，讓人參果樹依然青綠葉陰森聯結到《牡丹亭》第五十三齣〈硬拷〉的：

> 【雁兒落】我為他禮春容叫的凶，我為他展幽期耽怕恐。我為他點神香開墓封，我為他唾靈丹活心孔。我為他偎熨的體酥融，我為他洗發的神清瑩。我為他度情腸款款通，我為他啟玉肱輕輕送。我為他軟溫香把陽氣攻，我為他搶性命把陰程迸。神通，醫的他女孩兒能活動。通也麼通，到如今風月兩無功。（頁 2804）

　　將「柳枝」等同於「男性隱私部分」，其實這種論見，在清康熙、雍正間，吳震生、程瓊夫婦《才子牡丹亭》中對《牡丹亭》全劇的箋釋、詮講和評點，已經提及此類譬喻，第二齣〈言懷〉批語，是如此解釋「柳夢梅」三字：

> ……其名此生以「柳」，從浩然「春情多豔逸，春意倍相思。愁心極楊柳，一動亂如絲」得來。楊「柳」倒看乃似男根……。「夢梅」猶言「夢泄」，「梅子」，將喻莖端……。

俗諺的解釋，有不同的說法，但都不影響本文主要推論，遂不一一陳述。

柳杜姓俱從木，一片春消息也。[9]

第二十六齣〈玩真〉批語又云：

「青梅」本喻莖垂，「提掇」二字盡女「手」之能事。[10]

王國彬之想法與之不謀而合，只是文中明顯並不知古人已經悟得「柳」與「男根」之喻；也未思及麗娘「弄梅」之意。雖然，湯顯祖此劇對男女性事著墨不少，但是否真如吳震生、程瓊夫婦所云，全本動輒隱語「男女二根」之譬，今之學者大都抱持商榷之態度，華瑋、江巨榮即云：

《才子牡丹亭》獨到之見，驚人之論不少，但它的污言穢語，奇談怪論也相當多。最觸目，最大量，而又最不可理解的，是他們主觀地把《牡丹亭》的曲詞、說白，把其中幾乎所有天文地理、社會政事、人事動植、文學成語等名詞概念，都看作男女二根，都當作男女性事。並連篇累牘、不厭其煩地把它們標舉在每齣戲的開端，一一加以直註。……「夢梅」指為「夢泄」……造成性器性事隱語的大泛濫。這樣的「箋註」，一味憑空想像，穿鑿附會，連中文辭彙都沒有了明確的語義。這些奇談怪論，曲解了湯

9　華瑋、江巨榮點校，《才子牡丹亭》，臺灣學生書局，2004 年 4 月，初版，頁 15。

10　華瑋、江巨榮點校，《才子牡丹亭》，頁 370。

顯祖的本意，破壞了《牡丹亭》的語言美和藝術美。[11]

因此，「柳」之意象，其意止於「復活」即可，如我們俗語常云「無心插柳柳成蔭」，說明了其生命力之繁衍的強旺。而賦予「柳」復活之力，當與〈作者題詞〉提及的「廣州守馮孝將兒女事」及「漢睢陽王收拷談生」兩則故事有關，皆小姐與書生幽媾後起死回生。而這更是湯顯祖宣揚的「情至論」：

> 情不知所起，一往而深。生者可以死，死可以生。生而不可與死，死而不可復生者，皆非情之至也。[12]

至於「青梅」喻「莖垂」，則穿鑿過度矣。「柳」、「梅」何以要並舉，何以不能柳之持梅、杜之弄柳，這也說明了「男根」之說無濟於事。筆者試圖先以柳夢梅「持柳」入杜麗娘夢中，杜麗娘的反應談起，劇本是這麼註明杜麗娘乍見柳夢梅出現時的反應：

> 小生順路兒跟著杜小姐回來，怎生不見？（回看介）呀！小姐，小姐。（旦作驚起，相見介）（生）小生那一處不尋訪小姐來，卻在這裏！（旦作斜視不語介）（生）恰好花園內折取垂柳半枝，姐姐，你既淹通書史，可作詩以賞此柳枝乎？（旦作驚喜，欲言又止介）（背云）這生素昧

11　華瑋、江巨榮點校，《才子牡丹亭》，〈導言〉頁 27-28。

12　亦見〈作者題詞〉，徐朔方、楊笑梅校注，《牡丹亭》，頁 1。

平生，何因到此？（第十齣〈驚夢〉，頁 2640）

　　杜麗娘為何「驚喜」，可想見柳夢梅之風度翩翩，使其一見傾心，而這風度翩翩何來？恐必須從「持柳」是以「柳」譬人這一角度觀察，《世說新語・容止》中記載：

　　有人歎王恭形茂者，云「濯濯如春月柳」。[13]

《南史》卷三十一：

　　緒吐納風流，聽者皆忘飢疲，見者肅然如在宗廟。雖終日與居，莫能測焉。劉悛之為益州，獻蜀柳數株，枝條甚長，狀若絲縷。時舊宮芳林苑始成，武帝以植於太昌靈和殿前，常賞玩咨嗟：「此楊柳風流可愛，似張緒當年時。」[14]

　　而湯顯祖更早在《紫釵記》第十三齣〈花朝合卺〉，就透過霍小玉之口，以張緒比讚李益風情如柳。其賓白如下：

　　四娘，你看那生走一灣馬呵，風情似柳，有如張緒少年；

13　徐震堮，《世說新語校箋》，中華書局香港分局，1987 年 1 月，1 版 1
　　刷，頁 342。
14　楊家駱主編，《新校本南史附索引》第二冊，鼎文書局，1985 年 3 月，
　　4 版，頁 810。

回策如縈，不減王家叔父。真個可人也！（頁 2456）

恰好，張緒一典，《才子牡丹亭》第二齣〈言懷〉也提及：

> 然昔人又云：「『柳』把一春都占盡，似與東君別有因」，不及「楊花落還起，闖入香房裏」矣。「撩亂春情最是君」，以人比「柳」，不如以「柳」比人之妙。「小生姓柳」所謂張緒當年，亦冀芝麓先生「今生願作當門『柳』，睡損粧台左右」意邪？[15]

至此，無論是劇作家湯顯祖本人，抑是讀者如吳震生、程瓊夫婦，都提及張緒典故，且「柳」之意象可追溯至《紫釵記》，已很明顯是用典，而且此典一直影響著湯氏的劇本創作。

接著，「弄梅」是否屬之於杜麗娘較妥？徐朔方、楊笑梅校注的《牡丹亭》，對〈寫真〉「撚青梅」的註釋提供了此一假設的論據：

> 撚青梅，當本李白詩《長干行》：「郎騎竹馬來，遶床弄青梅。同居長干里，兩小無嫌猜。」見《全唐詩》卷六。白居易詩《井底引銀瓶》：「妾弄青梅憑短牆，君騎白馬傍垂楊，牆頭馬上遙相顧，一見知君即斷腸。」見《白香山集》卷四。[16]

15　華瑋、江巨榮點校，《才子牡丹亭》，頁 19。

16　徐朔方、楊笑梅校注，《牡丹亭》，頁 90。

　　再看元雜劇中，白樸的《裴少俊牆頭馬上雜劇》第一折李千金小姐與丫頭梅香遊後花園時，旦唱的四支曲子中【寄生草】如此抒情：

> 柳暗青烟密，花殘紅雨飛。這人人和柳渾相類，花心吹得人心碎，柳眉不轉蛾眉繫。為甚西園陡恁景狼藉，正是東君不管人憔悴。

柳花並舉，柳也以之喻人，也暗示了花也可喻人。接著【么篇】又唱：

> 榆散青錢亂，梅攢翠豆肥。輕輕風趁蝴蝶隊，霏霏雨過蜻蜓戲，融融沙暖鴛鴦睡。落紅踏踐馬蹄塵，殘花醞釀蜂兒蜜。

　　這幾支曲文明顯影響《牡丹亭‧驚夢》的情境，且榆錢、梅攢等詞句更是有跡可尋。至此，柳、梅意象也先後成對了。更重要的是落紅、殘花與女子的青春命運相連繫，不正是後來杜麗娘傷春因夢而亡的投影對象。而花開必須殘落才能醞釀蜂兒蜜般的愛情婚姻，難怪杜麗娘不惜化為春泥也堅持柳夢梅的存在，而為之而亡，復死而又生。這點可能轉化為湯顯祖透過石道姑所唱歎的「身似殘梅」。

　　繼而，裴少俊到洛陽買花栽子於此點花本時，猛然乍見李千金驚呼「一所花園，呀！一個好姐姐！」將人花已然比為一體。【後庭花‧么篇】後賓白，提及且寫給末的詩句：

（裴舍看詩科，云）深閨拘束暫閑游，手捻青梅半掩羞。
莫負後園今夜約，月移初上柳稍頭。[17]

　　女子手捻青梅，顯然另有「青梅竹馬」之喻，也符合裴李二
家原有世交婚姻的約定之情節。而「梅」與「柳」又常共地出
現，加上「柳」亦可形容男子容止，兩者必不可互易，若不從用
典出處上著手，恐難理解「柳」、「梅」意象的安排何以必是如
此。

　　再者，依然上溯至《紫簫記》、《紫釵記》，兩本皆寫李益
與霍小玉婚戀過程的劇本，《紫簫記》中的柳或梅，大都只是一
般春景，也無梅與美人相結合。較值得留意的是第十二齣〈捧
盒〉，描繪霍小玉侍女櫻桃爬梅樹的情節：

（桃在樹上見，叫科）鮑四娘，你偷我盒那裡去？（四
娘）你是霍府鄭櫻桃，緣何在梅樹上坐？（櫻桃）我在這
裡等作媒。（四娘）休閒說，下來問你。（桃作繞梅樹走
介）（四娘）這是怎的？（櫻桃）這叫做走媒。（頁
2310）

「梅」與「媒」諧音結合，復延續到《紫釵記》，且換成霍小玉
與梅樹搭配，可視為杜麗娘與梅樹締緣的前奏曲。

　　尤其是前面第十一條引文：

17　感謝當初會議講評人王安祈教授對本處論證提供李千金所唱四支曲子的
　　補充與點醒，對我另有啟發。曲文竟白見王學奇主編，《元曲選校注》
　　第一冊下卷，河北教育出版社，1994 年 6 月，1 版 1 刷，頁 972-973。

每日情思昏昏，忽然半月之前，做下一夢。夢到一園，梅花樹下，立著個美人。不長不短，如送如迎。說道：柳生，柳生，遇俺方有姻緣之分，發跡之期。因此改名夢梅，春卿為字。（第二齣〈言懷〉，頁2612）

《紫釵記》第六齣〈墜釵燈影〉寫霍小玉上元時節「小立向迴廊月下，閒嗅著小梅花。」豈不類似「一園，梅花樹下，立著個美人」？雖後來「（旦眾驚下）（落一釵科）」「梅梢上掛釵，廝琅的墜地」，為李益所拾，【江兒水】唱云：

則道是淡黃昏素影斜，原來是燕參差簪掛在梅梢月。眼看見那人兒這搭遊還歌，把紗燈半倚籠還揭，紅妝掩映前還怯。（合）手撚玉梅低說：偏咱相逢，是這上元時節。

並自解云：「梅者，媒也；燕者，于飛也。」（頁2430-2431）亦同《牡丹亭·言懷》所謂：「遇俺方有姻緣之分」。而「閒嗅著小梅花」、「手撚玉梅低說」，更是杜麗娘在行樂圖中「撚青梅閒廝調」之形象所本。而《紫釵記》【江兒水】的部分曲文是化自宋晁沖之的【傳言玉女】：

一夜東風，吹散柳梢殘雪。御樓煙暖，正鰲山對結。簫鼓向晚，鳳輦初歸宮闕。千門燈火，九街風月。
繡閣人人，乍嬉游、困又歇。笑勻妝面，把朱簾半揭。嬌波向人，手捻玉梅低說。相逢常是，上元時節。

　　巧的是，上片「吹散柳梢殘雪」、下片「手捻玉梅低說」，「柳」、「梅」意象並陳，間接說明，也是典故所致！且《紫釵記》又在第二十七齣〈女俠輕財〉中第二次將「梅」與霍小玉結合，更重要的是換成「青梅」一詞，寫霍小玉、浣紗摘折書窗外半枝青梅時，遇客避走的情況。「見客人來，襪剗金釵溜。和羞走也，走也撚青梅做嗅。」（頁 2500）乃驓括自李清照【點絳唇】「見有人來，襪剗金釵溜，和羞走。倚門回首，卻把青梅嗅。」

　　如果進一步細找，《牡丹亭》的「牡丹」及其「恰三春好處無人見」（頁 2638）之嘆，一併可在《紫釵記》找到，第五十一齣〈花前遇俠〉大談牡丹品種，以及借崔允明之口云：「只那幽廊絕壁之下，有白牡丹一株，素色清香，無人瞅採，好可憐也！」（頁 2587）《牡丹亭》中楚楚可憐的杜麗娘形象早就醞釀於十一年前的《紫釵記》裡。[18]

四、結語

　　由於論題涉及故事淵源的考證，所以，本論文先釐清《牡丹亭》的因襲，再談它的創新。確定關乎杜麗娘的故事，「折柳」是因襲，「弄梅」是新創，兩者基於「柳枝」寓有「復活」及「容止」的特性，進一步推論出柳夢梅必得「持柳」，杜麗娘也只能「弄梅」，窺知可能來之於典故的制約。

---

[18]　除此，《紫簫記》第二十齣〈勝游〉，微有《牡丹亭》第十齣〈驚夢〉的梗概；《紫簫記》中的花卿一角，雖史有其人，與《牡丹亭》的花神相比，也有一些些可聯想之處。

　　湯顯祖《牡丹亭》中的「柳」、「梅」意象雖源於〈杜麗娘記〉中的「折柳」與「梅樹」、「梅子」，且在《紫簫記》、《紫釵記》等愛情劇作中，已約略有柳梅或美人立梅下、手撚玉梅或嗅青梅的場景。但其他托寓之意卻是直到《牡丹亭》才具備且創新的，即與柳之「復活力」有關，在這「死而復生」的故事模式中，「柳」占有極關鍵之地位；而它也是男子容止的借喻，這就確立了「折柳」一方的固定，續而從典故的窺探得知「弄梅」另一方的固定，可能有「青梅竹馬」之喻，後「竹馬」有換替為「楊柳」之跡象；以及可能承自《紫釵記》中的「梅者，媒也」、霍小玉「手撚玉梅」、「也撚青梅做嗅」形象。另一方面，白樸的《裴少俊牆頭馬上雜劇》之「落紅」、「殘花」也為湯氏所承襲，轉為杜麗娘「身似殘梅」的惋歎，遂成今日閱讀文本的面貌。

　　綜觀「柳」、「梅」意象的因襲與創新，除受流傳的杜麗娘故事影響，也轉益自其他文本或典故；同時也在《紫簫記》、《紫釵記》等劇作中醞釀、發展，至《牡丹亭》中匯為一體，凸顯「柳」、「梅」意象在湯氏愛情劇中所起的作用，這在其往後《南柯記》、《邯鄲記》等出世思想劇中是看不到的。

論《長生殿》之〈獻髮〉、
〈進果〉、〈疑讖〉、〈偷曲〉
及其相關改編問題

一、前言

　　本論文處理的問題有三：一是從曹操「割髮代首」的故事，談洪昇《長生殿》的〈獻髮〉與〈進果〉是否受到這個故事的影響或啟發？並兼論高力士形象的塑造，是否也受到間接影響？二是談〈疑讖〉改為〈酒樓〉之後，有的演出本進一步加工改編，探討其變化如何？三是「李暮偷曲」故事淵源何來？李暮此一人物在《長生殿》中的作用如何？

二、從〈割髮代首〉談〈獻髮〉與〈進果〉，
兼論高力士形象

　　京劇有一齣折子戲名〈割髮代首〉，本事出於陳壽《三國志》裴松之注引〈曹瞞傳〉：

　　　　常出軍，行經麥中，令「士卒無敗麥，犯者死」。騎士皆

下馬，付麥以相持，於是太祖馬騰入麥中，勅主簿議罪；
主簿對以《春秋》之義，罰不加於尊。太祖曰：「制法而
自犯之，何以帥下？然孤為軍帥，不可自殺，請自刑。」
因援劍割髮以置地。[1]

《三國演義》第十七回也有相同情節：

操留荀彧在許都，調遣兵將，自統大軍進發。行軍之次，
見一路麥已熟。民因兵至，逃避在外，不敢刈麥。操使人
遠近遍諭村人父老，及各處守境官吏曰：「吾奉天子明
詔，出兵討逆，與民除害。方今麥熟之時，不得已而起
兵，大小將校，凡過麥田，但有踐踏者，並皆斬首。軍法
甚嚴，爾民勿得驚疑。」百姓聞諭，無不歡喜稱頌，望塵
遮道而拜。官軍經過麥田，皆下馬以手扶麥，遞相傳送而
過，並不敢踐踏。操乘馬正行，忽田中驚起一鳩，那馬眼
生，竄入麥中，踐壞了一大塊麥田。操隨呼行軍主簿，擬
議自己踐麥之罪。主簿曰：「丞相豈可議罪？」操曰：
「吾自制法，吾自犯之，何以服眾？」即掣所佩之劍欲自
刎。眾急救住。郭嘉曰：「古者春秋之義，法不加於尊。
丞相總統大軍，豈可自戕？」操沈吟良久，乃曰：「既春
秋有『法不加於尊』之義，吾姑免死。」乃以劍割自己之
髮，擲於地曰：「割髮權代首。」使人以髮傳示三軍曰：
「丞相踐麥，本當斬首號令，今割髮以代。」於是三軍悚

---

[1]　陳壽撰，《三國志》，鼎文書局，1983 年 9 月，2 版，頁 14。

然，無不懍遵軍令。後人有詩論之曰：

　　十萬貔貅十萬心，一人號令眾難禁。

　　拔刀割髮權為首，方見曹瞞詐術深。[2]

　　本文借此事件要談的是，它對洪昇《長生殿》劇情改編的影響，以及割髮代首的曹操玩弄權術，是否也與劇中高力士形象塑造相關，為本小節重點；至於「割髮」足可「代首」是否緣於「身體髮膚受之父母，不敢毀傷」的孝道真諦；抑或是「割髮」與「髡刑」的關聯，皆非本文要探討的。

　　首先來看《長生殿》作者洪昇在〈例言〉中對改編素材所作的交代：

　　史載楊妃多污亂事。予撰此劇，止按白居易《長恨歌》、陳鴻《長恨歌傳》為之。而中間點染處，多採《天寶遺事》、《楊妃全傳》。若一涉穢跡，恐妨風教，絕不闌入，覽者有以知予之志也。今載《長恨歌、傳》，以表所由，其楊妃本傳、外傳及《天寶遺事》諸書，既不便刪削，故概置不錄焉。[3]

---

[2] 羅貫中撰，《三國演義》，桂冠圖書股份有限公司，1994 年 4 月，2 版 5 刷，頁 158。

[3] 本論文所引《長生殿》文字，採徐朔方校注的《長生殿》（里仁書局，1996 年 5 月 30 日，初版本）。此書據徐氏〈自序〉云：「本書以文學古籍刊行社影印鄭振鐸先生所藏稗畦草堂本為底本，並用暖紅室本、通行的光緒庚寅文瑞樓刊本加以校訂。」（頁 26）已屬精校，加上所引

今雖無書名為《楊妃全傳》者，但古人例舉書名本多別稱或簡稱，常略有出入，學者大都認為此處指的是宋初樂史所著《楊太真外傳》，與《長生殿》有著較多近似的情節；至於何謂「楊妃本傳、外傳」，一般理解為《新、舊唐書‧楊貴妃傳》等正史為本傳；諸如前所提《楊太真外傳》一類野史則視為外傳。至於《天寶遺事》指的是《開元天寶遺事》或《天寶遺事諸宮調》。除此，可能還有〈自序〉中提及的元雜劇《秋雨梧桐》（即《梧桐雨》）和明傳奇《驚鴻記》。這些素材中有「割髮」（「剪髮」）情節的，只有《楊太真外傳》，其云：

> 九載二月，……。妃子無何竊寧王紫玉笛吹。因此又忤旨，放出。初，令中使張韜光送妃至宅，妃泣謂韜光曰：「請奏：妾罪合萬死。衣服之外，皆聖恩所賜。惟髮膚是父母所生。今當即死，無以謝上。」乃引刀剪其髮一綹，附韜光以獻。妃既出，上憮然。至是，韜光以髮搭於肩以奏。上大驚惋，遽使力士就召以歸，自後益嬖焉。[4]

這段情節若再結合以下記載：

文字並無關鍵異文，故作為引文之用。因《長生殿》引文不少，採引文後加注頁次方式，以便檢覈，避免注腳太多，以及重複單調。至於〈自序〉、〈例言〉永遠以第一頁開始且至多兩頁，翻檢容易，故不另注頁碼。《楊太真外傳》與《秋雨梧桐》（即《梧桐雨》）則另參照樓含松、江興祐校注的《長生殿》（三民書局，2019 年 11 月，2 版 3 刷）所收附錄。

[4] 洪昇撰，樓含松、江興祐校注，《長生殿》，頁 294。

> 五載七月，妃子以妒悍忤旨。乘單車，令高力士送還楊銛
> 宅。及亭午，上思之不食，舉動發怒。力士探旨，奏請載
> 還，送院中宮人衣物及司農米麵酒饌百餘車。諸姊及銛初
> 則懼禍聚哭，及恩賜浸廣，御饌兼至，乃稍寬慰。妃初
> 出，上無聊，中官趨過者，或笞撻之。至有驚怖而亡者。
> 力士因請就召，既夜，遂開安興坊，從太華宅以入。及
> 曉，玄宗見之內殿，大悅。貴妃拜泣謝過。因召兩市雜戲
> 以娛貴妃。貴妃諸姊進食作樂。自茲恩遇日深，後宮無得
> 進幸矣。[5]

　　即是《長生殿》第八齣〈獻髮〉主要情節，楊貴妃以妒悍忤
上，被遣出宮，完全由善於察言觀色的高力士，主動出謀畫策，
讓李楊兩人恩愛「更添十倍」（頁 51）。但這與曹操「割髮代
首」何干？必須結合《長生殿》第十五齣〈進果〉方能瞧出箇中
關聯。〈進果〉演的是西州道與海南道使臣競相進貢新鮮荔枝至
宮中，途中不惜踏壞農家秧苗趕路，更快馬蹄死一位算命瞎子。
「進果」在《楊太真外傳》也有簡單提及，但無踏苗踐人等事，
從何借來，不得而知！然而，若從曹操「割髮代首」一事來看，
含有「馬騰入麥中」與「割髮」兩要件，正好是〈進果〉與〈獻
髮〉兩齣中主要事件，雖皆承自《楊太真外傳》，但踏苗恐怕另
有靈感來源。筆者認為若從《長生殿》的兩大主題「釵盒情緣」
與「樂極哀來」思考，〈獻髮〉呼應的是「釵盒情緣」[6]，〈進

5　洪昇撰，樓含松、江興祐校注，《長生殿》，頁293。

6　洪昇〈自序〉云：「然而樂極哀來，垂戒來世，意即寓焉。且古今來逞
　　侈心而窮人欲，禍敗隨之，未有不悔者也。」〈例言〉云：「專寫釵盒

果〉呼應的是「樂極哀來」，後者因「逞侈心而窮人欲」，沒有節制，所以，「禍敗隨之」而來。曹操之所以令「士卒無敗麥，犯者死」，就是講求紀律，也就是節制。洪昇或許從曹操「割髮代首」一事得到靈感，結合《楊太真外傳》原有情節，復從「馬騰入麥中」衍生出踏苗踐人。再者，若把曹操割髮視為權謀——「拔刀割髮權為首，方見曹瞞詐術深。」那麼，《長生殿》將《楊太真外傳》中楊貴妃天寶五載七月以妒悍忤旨、天寶九載二月竊寧王紫玉笛吹又忤旨，兩次被遣出宮合成一次，天寶五載確實由高力士出謀畫策讓楊貴妃重獲恩寵；但天寶九載「以髮搭於肩以奏」的是中使張韜光，《長生殿》改為高力士，前後兩次更合為〈獻髮〉這一齣，對集中線索和加深高力士工於心計的形象，是非常成功的！

高力士在第五齣〈禊游〉上場白是這麼介紹自己：

> 咱家高力士是也，官拜驃騎將軍。職掌六宮之中，權壓百僚之上。迎機導窾，摸揣聖情；曲意小心，荷承天寵。今乃三月三日，萬歲爺與貴妃娘娘游幸曲江，命咱召楊丞相並秦、韓、虢三國夫人，一同隨駕。不免前去傳旨與他。「傳聲報戚里，今日幸長楊。」（頁25）

前三齣高力士出場都無特別大段賓白自我介紹，遲至第五齣方才慎重自述，之後在該齣末尾復上：

情緣。」第一齣〈傳概〉云：「借太真外傳譜新詞，情而已。」揆諸劇本，筆者認為《長生殿》有雙主題，即「樂極哀來」與「釵盒情緣」，最終仍以「情」為主。

　　皇上口敕：韓、秦二國夫人，賜宴別殿，號國夫人，既令
乘馬入宮，陪楊娘娘飲宴。（頁29）

雖誠如吳舒鳧所評：「起用力士傳旨，收用力士口敕，前後照
應，章法縝密，斷而不亂。」[7]其實並無特別戲份，應是劇作家
趁隙幫此腳色定調為「迎機導窾，摸揣聖情；曲意小心，荷承天
寵。」往後的情節就是用來印證此四句。

　　〈獻髮〉寫貴妃因妒虢國夫人分寵而忤聖意，被謫出宮，高
力士主動出面搭橋，各給唐明皇與楊貴妃臺階下。楊貴妃「曾共
君枕上並頭相偎襯，曾對君鏡裏撩雲」（頁44）的「香潤青
絲」雖是喚回君心的關鍵物，但其實沒有高力士的「乘間進上」
（頁44），貴妃恐難朝出宮、暮又復召回宮。何以高力士要主
動幫忙？乃因其見「萬歲爺細問娘娘回府光景，似有悔心。現今
獨坐宮中，長吁短歎。一定是思想娘娘，因此特來報知。」（頁
44）楊貴妃之後又有〈絮閣〉事件的「固寵」之舉[8]；高力士也
曾親見梅妃得寵及失寵，皇上眼前紅人高力士何嘗不會想「固
寵」？此時他料定唐明皇只是一時惱怒，一定會回心轉意，貴妃
亦有悔意，也必將重受明皇寵幸，此時若給一臺階讓二人下，自
己必受雙方信任，何樂而不為？

　　至於〈埋玉〉，高力士則已然「變換」另一副心腸，但求自
保，焉能顧及唐明皇、楊貴妃二人之難分難捨。六軍不發，當然
是楊貴妃不得不死之因，但迫使明皇下令賜死的最後一根稻桿之

---

[7]　《長生殿》，廣文書局，1968年6月，初版，卷上，頁19。

[8]　洪昇好友吳舒鳧之《長生殿》評語即認為：「交收釵盒一番，結出固寵
　　本意。」見《長生殿》，廣文書局，卷上，頁81。

壓力卻來自高力士的伺機介入。在「不殺貴妃，誓不扈駕。」
（頁 157）、「外廂軍士已把驛亭圍了。若再遲延，恐有他變」
（頁 158）的緊迫之際，楊貴妃也已說出「今事勢危急，望賜自
盡，以定軍心。」唐明皇竟然「寧可國破家亡，決不肯拋捨」
（頁 158）楊貴妃，甚至要「拚代你隕黃沙」（頁 159），恐遭
池魚之殃的高力士，當然緊張，甚至可說是恐懼，故他陪侍在兩
人之旁，隨時伺機介入。好不容易楊貴妃再度出言：

> 陛下雖則恩深，但事已至此，無路求生。若再留戀，倘玉
> 石俱焚，益增妾罪。望陛下捨妾之身，以保宗社。（頁
> 159）

高力士馬上掩淚，跪介，並云：

> 娘娘既慷慨捐生，望萬歲爺以社稷為重，勉強割恩罷！
> （頁 159）

高力士截斷楊貴妃再出之言，如箭已發，不可收拾。也不給唐明
皇臺階下，反扣上宗廟社稷之名，恰又逢眾軍喧喊，唐明皇終究
頓足哭云：

> 罷罷，妃子既執意如此，朕也做不得主了。高力士，只得
> 但、但憑娘娘罷！（頁 159）

在唐明皇作哽咽、掩面哭下，楊貴妃朝上拜、哭倒後，高力士馬

上斷然宣布：

> 眾軍聽著，萬歲爺已有旨，賜楊娘娘自盡了。（頁159）

對照《楊太真外傳》與《梧桐雨》馬嵬驛之變的描寫，《楊太真外傳》作：

> 六軍不解圍，上顧左右責其故。高力士對曰：「國忠負罪，諸將討之。貴妃即國忠之妹，猶在陛下左右，群臣能無憂怖？伏乞聖慮裁斷。」（一本云：「賊根猶在，何敢散乎？」蓋斥貴妃也。）上迴入驛，驛門內旁有小巷，上不忍歸行宮，於巷中倚杖歛首而立。聖情昏默，久而不進。京兆司錄韋鍔（見素男也）進曰：「乞陛下割恩忍斷，以寧國家。」逶巡，上入行宮。撫妃子出於廳門，至馬道北牆口而別之，使力士賜死。妃泣涕嗚咽，語不勝情，乃曰：「願大家好住，妾誠負國恩，死無恨矣。乞容禮佛。」帝曰：「願妃子善地受生。」力士遂縊於佛堂前之梨樹下。[9]

《梧桐雨》如下：

> （高力士云）貴妃誠無罪，然將士已殺國忠，貴妃在陛下左右，豈敢自安。願陛下審思之。將士安，則陛下安矣。

9　洪昇撰，樓含松、江興祐校注，《長生殿》，頁299。

（正末唱）

【風入松】止不過鳳簫羯鼓間琵琶，忽剌剌板撒紅牙；假若更添個么花十八，那些兒是敗國亡家。可知道陳後主遭著殺伐，皆因唱〈後庭花〉。

（旦云）妾死不足惜，但主上之恩，不曾報得，數年恩愛，教妾怎生割捨？（正末云）妃子，不濟事了。六軍心變，寡人自不能保。[10]

高力士都是搶在楊貴妃願意一死之前就請皇上裁斷、割恩，（《楊太真外傳》多一位京兆司錄韋鍔進曰：「乞陛下割恩忍斷，以寧國家。」），不及《長生殿》中的安排。而且，《長生殿》對高力士的形象塑造，晚至第三十二齣〈哭像〉，仍可見其形象之飽滿。

（生看像驚科）呀，高力士，你看娘娘的臉上，兀的不流出淚來了。（丑同宮女看科）呀，神像之上，果然滿面淚痕，奇怪，奇怪！（頁200）

這裡由唐明皇驚覺楊妃雕像流下淚來，當然一如《長生殿・例言》中提到，是為寫出「明皇鍾情」[11]；高力士之附和，並隨即

10　洪昇撰，樓含松、江興祐校注，《長生殿》，頁314。

11　《長生殿》〈例言〉中提到「其〈哭像〉折，以哭題名，如禮之凶莫，非吉祭也。今滿場皆用紅衣，則情事乖違，不但明皇鍾情不能寫出，而阿監宮娥泣涕皆不稱矣。」故可反思由唐明皇驚覺楊貴妃雕像流下淚來，是為寫出「明皇鍾情」。

說「萬歲爺請免悲傷，待奴婢每叩見娘娘。」（頁 200）也就極
有想像空間；但有的劇團演出，改成高力士發現，提醒唐明皇，
那就雙敗兩個腳色形象了！

　　從以上分析可知，三國時曹操「割髮代首」的故事，「割
髮」與《楊太真外傳》原有的「剪髮」轉為《長生殿》中的「獻
髮」，「割髮」的肇因「馬騰入麥中」轉為〈進果〉中的「踏苗
踐人」，並結合原先的進貢荔枝情節，最後再將「曹瞞詐術深」
移往高力士身上，若撇開此一性格特色，高力士在《長生殿》中
大都只是宣詔，或唯唯諾諾侍奉皇上，也就無甚光彩（兼無為他
量身打造的折子戲）[12]。若真如此，「割髮代首」對《長生殿》
故事素材的改編之影響就非常大了！

三、〈疑讖〉改為〈酒樓〉之後續發展

　　《長生殿》有一齣常演的折子戲名〈酒樓〉，原齣名為〈疑
讖〉，不是生旦戲，而是外（老生）郭子儀的戲。

　　因曾讀及林逢源先生〈《六也曲譜》上冊異文商榷〉（中央
大學第六屆近代中國學術論文研討會論文，2000 年 3 月 24、25
日）一文，論文提到折子戲命名的新舊優劣，云：「也有原本齣
名頗能反映劇情，俗譜改用較空泛字眼者，如《長生殿·疑
讖》，寫郭子儀到京謁選，於新豐館酒樓瞥見貴戚權臣跋扈情

---

[12]　第十九齣〈絮閣〉算是戲份比較重的一齣，但焦點仍在唐明皇與楊貴妃
　　　的釵盒情緣；不過，本齣幫皇上遮掩與梅妃之歡情，而非站在楊貴妃這
　　　邊，也算是可資說明其「迎機導窾，摸揣聖情；曲意小心，荷承天
　　　寵。」

狀，又見壁上讖詩而憂心國亂，因而取名。然而《綴白裘》等卻大多採用空泛的〈酒樓〉齣名，《六也曲譜》則仍用舊稱。」該文註一內容為「讖詩『燕市人皆去』云云，與〈么篇〉『細端詳詩意少禎符』相呼應，近日在國光劇校看演本劇，由黃小午傳授的演員將此詩內容改為憂國憂民，忽略與曲文不合。」筆者則有不同看法。

〈酒樓〉一名，不知何時被何人所改，清乾隆時期錢德蒼編選的《綴白裘》也是改為〈酒樓〉；舉凡當今崑曲團體演出，亦早已例用〈酒樓〉，之所以被改的原因，筆者推測，齣目較為艱澀難明者，常在改編下遭到換字、換詞（如《牡丹亭》之〈鬧殤〉改為〈離魂〉）。[13]再者，無論江蘇省崑劇院的黃小午或上海崑劇團的計鎮華所演《長生殿·酒樓》，劇中原有之「讖詩」，已由原齣下場詩「馬蹄空踏幾年塵，長是豪家據要津，卑散自應霄漢隔，不知憂國是何人？」（頁 59）替代，經此一改，完全集中表現郭子儀憂國憂民卻屈抑下僚的悲憤心情。這也就是，齣名既已改為「酒樓」，預言性質之「讖詩」自然可不必再負預告關目之責任，而且，洪昇之所以安排此齣，旨在與第三十五齣〈收京〉作呼應，（同一首詩，同一人物，但世事已非。）預言唐明皇、楊貴妃愛情及唐代政治國勢之變化。但折子戲有時自成完足天地，原先之配角可以反為主角，郭子儀在《長

---

13 原先《長生殿·疑讖》中之「讖」字，據筆者在靜宜大學通識涵養課程的授課經驗，曾一而再，再而三強調該字之讀音字義，且暗示期中考必考，但全班七十五名學生中，答對者不到一半，可見「讖」字在當今早已成為非中文系學生眼中的「罕見字」，如果再以之為齣名，恐難令人望齣名而能推知梗概者。

生殿》中絕對只是輔線中的一個配角，甚至常在舞台「整本戲」
（串連精彩折子戲成一情節大致完整的戲）中被刪除。而在〈酒
樓〉中他卻絕對是主角，是外（老生）大展嗓喉唱腔、身段的絕
佳機會。也因此，原先若有「讖詩」存在，則須說「細端詳詩意
少禎符」（頁 57），刪掉之後，焦點集中於郭子儀地位之升降
浮沈，故而現今演唱版本適時將「少禎符」改為「有乘除」，且
下場詩正符合郭子儀用世之心，兼之本折末尾，郭子儀於蕭條蹉
蹟中接獲朝報，授為天德軍使，豈非人生「乘除」兩判？從此一
角度察之，反而絲毫未忽略「與曲文不合」之問題。朝報本在郭
子儀返回寓所後，由副淨扮演的家將呈上，〈酒樓〉則改為送至
新豐酒館由酒保在樓下轉呈，雖不甚合理，但就省一演員上場，
集中焦點在老生與丑兩腳色的戲份設計而言，則是常見的改編手
法。

　　不僅如此，改編者極為用心地在【上京馬】後丑（即酒保）
之賓白中增入十五種酒名之介紹，最後停在兩種酒上。

> 「金盤露、銀盤露、梨花春、竹葉青、玉蘭香、桑老白、
> 紹興老酒、高郵皮酒、山西汾酒、汴梁青、惠山泉酒、雪
> 酒、藥酒；還有兩種。」
> 「那兩種？」
> 「秀才甕的老婆酢。」
> 「怎麼有這兩個名兒？」
> 「無非有些酸味兒。」

看似插科打諢、無關緊要，卻從秀才之「酸」、老婆之「酸」

（吃醋）帶出郭子儀「壯懷磊落有誰知」（郭之上場詩首句）之「酸」。

整齣折子戲改動較明顯的部分就此三處：一為齣名，二為壁上讖詩，三為酒名。另外，小處尚有郭子儀上場詩「壯懷磊落有誰知，一劍防身且自隨。整頓乾坤濟時了，那回方表是男兒。」（頁 54）第二句被代以「滿目山川疾疾飛」，高下不易判別，原句消極落拓，改句則增添了人物漂泊流浪之感，無暇亦無心觀賞沿途山川，「疾疾飛」除給人不斷奔波、漂泊於廣大空間之意，也有時光不饒人、長久不遇之感，加強了人物丹心報國之急切，依此看，改者似更勝一籌。

今本折子戲之局部修改[14]，自有其改編者之特殊考量，也可說是為腳色（郭子儀）量身打造的一齣戲，而它不僅道出郭子儀個人的人生浮沈，也道出了與其相似不遇的許多人共同心聲。若說改換「酒樓」真有何不妥之處，鄙意以為「酒樓」二字尚俗之餘，卻與其他如《翠屏山·酒樓》、《黨人碑·酒樓》「撞名」，明星最怕「撞衫」，想名劇或也有此慮！至於〈酒樓〉一名，或有人質疑其無以涵括劇情之大概，但至少先入為主會浮現一個人或一群人在酒樓喝酒（悶酒或暢飲甚或打群架），若再配合酒樓館名「新豐」，用的是唐代馬周早年窮困不得志，後竟為唐太宗不次擢拔的典故，完全合乎郭子儀在此劇「酒樓」之遭遇，感嘆「卑散自應霄漢隔」，喝完悶酒，旋即被「不次擢拔」

---

14 若與《綴白裘》中之〈酒樓〉折子戲相比較，顯然這是後來加工修改的，因以上幾處，《綴白裘》所收，皆仍其舊。代表清乾隆年間所見〈酒樓〉折子戲曲文賓白仍與《長生殿》大致一樣。

為天德軍使[15]，誰說不能反映劇情呢？

四、李謩偷曲與傳曲

李謩出現在《長生殿》第十四齣〈偷曲〉、第三十六齣〈看
襪〉、第三十八齣〈彈詞〉，另在第三十九齣〈私祭〉由李龜年
敘述中提及。其人其事也散見他書，如《唐詩紀事》、《太平廣
記》、《甘澤謠》、《綠窗新話》、《堯山堂外紀》、《養一齋
詩話》、《古今詞話》、《京塵雜錄》、《詞苑萃編》、《大鶴
山人詞話》、《鳴野山房書目》、《霓裳續譜》、《歷代詞
話》、《逸史》、《墨莊漫錄》、《晚晴簃詩匯》、《國史補》
[16]，善吹笛，但皆無偷曲一事；不過，元稹〈連昌宮詞〉「李謩
擫笛傍宮牆，偷得新翻數般曲。」句下注：「又玄宗嘗於上陽宮
夜後按新翻一曲，屬明夕正月十五日，潛遊燈下。忽聞酒樓上有
笛奏前夕新曲，大駭之。明日密遣捕捉笛者，詰驗之，自云：

15　徐朔方在本齣的注（一）提到：「本齣提到的史事：一、天寶九載，安
　　祿山封為東平郡王，唐代以將帥而封王的，他是第一個人；二、天寶十
　　二載，郭子儀任天德軍使。（在此之前，郭子儀已經做了將軍——橫塞
　　將軍。以後，他陞任朔方右廂兵馬使，兼九原郡太守。安、史之亂一爆
　　發，他就被任為衛尉卿、靈武郡太守，充朔方節度使。）戲曲把這兩件
　　事處理為同時發生，而且某些事實有意加以改動，一方面是由劇情發展
　　的內在邏輯所決定，另一方面，還反映了安、史之亂前夕，用人不當，
　　政治腐敗的部分真相。」見所校注《長生殿》頁 59。但郭子儀從武舉
　　出身，到京謁選，不次擢拔為天德軍使，也應是為了馬周新豐典故的呼
　　應所致。
16　參見國學網，李友冰〈唐詩故事：李謩偷曲〉，2014 年 6 月 12 日。

『某其夕竊於天津橋玩月，聞宮中度曲，遂於橋柱上插譜記之。
臣即長安少年善笛者李暮也。』玄宗異而遣之。」[17]時地雖與
〈偷曲〉不同，亦未言明新翻何曲，但偷曲一事明顯是有關聯。
且〈連昌宮詞〉這首詩通過宮邊老翁之口，敘述連昌宮之興廢變
遷，反映唐代自玄宗至憲宗時期之興衰歷程，尤其是安史之亂的
歷史教訓，最終「老翁此意深望幸，努力廟謀休用兵」。正像是
第三十八齣〈彈詞〉，李龜年以琵琶彈唱安史之亂前後歷史，無
限感傷與蒼茫。若再對照下面的兩段文字：

〈連昌宮詞〉

我聞此語心骨悲，太平誰致亂者誰。

翁言野父何分別，耳聞眼見為君說。

姚崇宋璟作相公，勸諫上皇言語切。

燮理陰陽禾黍豐，調和中外無兵戎。

長官清平太守好，揀選皆言由相公。

開元之末姚宋死，朝廷漸漸由妃子。

祿山宮裏養作兒，虢國門前鬧如市。

弄權宰相不記名，依稀憶得楊與李。

廟謨顛倒四海搖，五十年來作瘡痏。[18]

〈彈詞〉

（小生）當日宮中有《霓裳羽衣》一曲，聞說出自御製，

---

17 元稹撰，冀勤點校，《元稹集》，中華書局，1982 年 8 月，1 版；2000
年 6 月，2 刷，頁 271。

18 元稹撰，冀勤點校，《元稹集》，頁 271-272。

又說是貴妃娘娘所作。老丈可知其詳？請唱與小生聽
咱。（末彈唱科）……

（外嘆科）哎，只可惜當日天子寵愛了貴妃，朝歡暮樂，
致使漁陽兵起。說起來令人痛心也！（小生）老丈，休
只埋怨貴妃娘娘。當日只為誤任邊將，委政權奸，以致
廟謨顛倒，四海動搖。若使姚、宋猶存，那見得有此。
（頁 238-239）

很明顯，《長生殿》中李暮所說的「廟謨顛倒，四海動搖。若使
姚、宋猶存，那見得有此。」直接承自元稹的〈連昌宮詞〉，
「廟謨顛倒，四海動搖。」八字更是從「廟謨顛倒四海搖」增添
一字而來。〈彈詞〉的一問一唱方式，與〈連昌宮詞〉的問答模
式，也是相仿。故李暮相關的改編素材，理應有元稹的〈連昌宮
詞〉在內。

　　《長生殿》一劇，常以今昔之比，透顯人世之變化，刻畫李
楊兩人自不待言，其他如第十齣〈疑讖〉與第三十五齣〈收京〉
的郭子儀面對同一首讖詩，當年不懂，如今悟了，欷歔之感自然
流布。巧的是，第三十六齣〈看襪〉的李暮出場，自然令人憶起
第十四齣的〈偷曲〉，連兩齣，一武一文，勾起的都是「廟謨顛
倒，四海動搖」之感！而第三十九齣〈私祭〉，寫李龜年清明佳
節於女貞觀偶逢逃難金陵為女道士的永新、念奴，這條線索銜接
的就是前面李龜年與李暮相遇於鷲峰寺大會，而此四者早於〈偷
曲〉一齣，藉《霓裳羽衣》曲於朝元閣上下神遇過一回，但彼此
不識。而女貞觀主又恰恰於第三十六齣〈看襪〉王嬤嬤酒店與李
暮不期而遇；李暮因此貫串了長安、馬嵬坡、金陵三地的十年人

事，其作用顯在於天寶興亡之黍離滄桑！

　　再者，《霓裳羽衣》曲是《長生殿》中，除了金釵與鈿盒之外[19]，也是頻頻被提及的東西，在〈聞樂〉、〈製譜〉、〈偷曲〉、〈舞盤〉、〈罵賊〉、〈彈詞〉、〈重圓〉等七齣以演奏的方式出現。在〈合圍〉、〈窺浴〉、〈驚變〉、〈情悔〉、〈神訴〉、〈私祭〉、〈仙憶〉、〈改葬〉、〈覓魂〉、〈補恨〉、〈寄情〉、〈得信〉等十二齣是通過劇中人物之口提到。

---

[19]　關於金釵鈿盒之重要幾乎無人不曉，這裡要補充的是，實際被劇中人物拿出的次數與齣次並非洪昇好友吳舒鳧所指的八齣，而是九齣：第二齣〈定情〉、第十九齣〈絮閣〉、第二十五齣〈埋玉〉、第三十齣〈情悔〉、第四十齣〈仙憶〉、第四十七齣〈補恨〉、第四十八齣〈寄情〉、第四十九齣〈得信〉、第五十齣〈重圓〉──也許吳氏所謂「釵盒自定情後凡八見」是指〈定情〉之後加八次，只可惜批文只見提示八處轉折。今之學者多不察而沿用，至廖玉蕙先生《細說桃花扇──思想與情愛》，三民書局，1997年6月，初版，頁149。才指出有九齣，但仍不正確，其中漏〈仙憶〉而誤添〈尸解〉。再有党月異〈《長生殿審美意象的異質同構》〉指出：「其實在《長生殿》中釵鈿意象出現的次數並不是吳舒鳧說的八次，而是十次（以一齣為一次），包括〈定情〉〈絮閣〉〈埋玉〉〈情悔〉〈尸解〉〈仙憶〉〈補恨〉〈寄情〉〈得信〉〈重圓〉。沒有出現但劇中人物提到的有八次：〈傳概〉〈密誓〉〈冥追〉〈哭像〉〈神訴〉〈彈詞〉〈見月〉〈改葬〉。」（《古代文學》，2010年7月）也是不正確，〈尸解〉一齣楊貴妃提及釵鈿五次，卻無拿出之動作（介）。另有趙山林先生〈專寫釵盒情緣──《長生殿》怎樣寫情〉一文中指出：「另外，第二十七齣〈冥追〉、第三十二齣〈哭像〉、第四十齣〈仙憶〉、第四十一齣〈見月〉、第四十三齣〈改葬〉、第四十九齣〈得信〉等齣中，也曾出現，或通過人物之口反覆提及。所以金釵鈿盒在《長生殿》中的出現，還不止吳舒鳧所說的八次，而是更多。」（《南京大學學報》2006年，第8卷第1期）若以通過人物之口計算，也非趙、党兩位學者所言而已，「而是更多」。

在劇情中隱含歷史興亡與人事變遷，且寄寓著樂極哀來的主題，
除此，以其傳播路線來看，也與李楊情緣回歸天庭、《長生殿》
流播人間有關。第十一齣〈聞樂〉云：

> 向有《霓裳羽衣》仙樂一部，久祕月宮，未傳人世。今下
> 界唐天子，知音好樂。他妃子楊玉環，前身原是蓬萊玉
> 妃，曾經到此。不免召他夢魂，重聽此曲。使其醒來記
> 憶，譜入管弦。竟將天上仙音，留作人間佳話。卻不是
> 好！（頁64）

而這譜由楊貴妃醒來追憶，譜成新曲，再同唐明皇細細點勘一
番，復「令永新、念奴，先抄圖譜，妃子親自指授。然後傳與李
龜年等，教習梨園弟子」。（頁75）之後，在朝元閣上演習，
李謩在宮牆外面竊聽，偷記新聲數段。不久，經安史之亂，《霓
裳羽衣》曲倒得流傳，不想製譜之人已歸地下，連演曲的永新、
念奴、李龜年等都流落他鄉，令人傷感！然而，此曲最後卻又回
到月宮，由月主嫦娥宣告「月中向有《霓裳羽衣》天樂一部，昔
為唐皇貴妃楊太真于夢中聞得，遂譜出人間。其音反勝天上。近
貴妃已證仙班。吾向蓬山覓取其譜，補入鈞天。擬于今夕奏演。
不想天孫憐彼情深，欲為重續良緣。要借我月府，與二人相會。
太真已令道士楊通幽引唐皇今夜到此，真千秋一段佳話也。」
（頁302）《霓裳羽衣》曲由月宮至人間，之後復返月宮，此路
徑本身是一種循環，也是一種「重圓」，而第五十齣就叫「重
圓」！人間的路徑則非止於李龜年而已，而是由偷曲未全的李
謩來完成這個「圓」，此「圓」先完成於第三十八齣〈彈詞〉，

另一個天上之「圓」則重圓於中秋之夕。圓者，緣也！

　　李謩的偷曲與傳曲，正呼應了第一齣〈傳概〉所說的「《霓裳》遺事，流播詞場」（頁 1），也就是《長生殿》流播千古的祝願！

五、結語

　　綜合以上分析，首先，三國時曹操「割髮代首」的故事，「割髮」與《楊太真外傳》原有的「剪髮」轉為《長生殿》中的「獻髮」，「割髮」的肇因「馬騰入麥中」轉為〈進果〉中的「踏苗踐人」，並結合原先的進貢荔枝情節，最後再將「曹瞞詐術深」移往高力士身上，豐富細緻化這個腳色！再者，今本折子戲〈酒樓〉之局部加工改編，使本齣不再是以讖詩預言楊貴妃馬嵬坡之死為主，而是為腳色（郭子儀）量身打造的一齣戲，不僅道出郭子儀的人生浮沈，可能也道出了與其相似不遇的許多人共同心聲，甚至奢望「不次擢拔」。第三則探討李謩偷曲的故事淵源及其在《長生殿》中的作用，發現李謩相關的改編素材，理應有元稹的〈連昌宮詞〉在內。而李謩也貫串了長安、馬嵬坡、金陵三地的十年人事，其作用顯在於抒發天寶興亡之黍離滄桑！並與劇中《霓裳羽衣》曲的傳播路線、李楊情緣回歸天庭、《長生殿》流播人間有關。人世間的傳播路徑非止於李龜年而已，而是由偷曲未全的李謩來完成這個傳曲任務。最終，使得《長生殿》永久流傳的冀望，與唐明皇、楊貴妃情緣歸宿於永恆之境相呼應！

《驚鴻記》對《長生殿》的
幾點影響之新論

一、前言

　　本論文旨在探討李、楊故事中明傳奇《驚鴻記》對清傳奇《長生殿》的影響，傳統大都只就白居易〈長恨歌〉、白樸《梧桐雨》與《長生殿》的關係，或洪昇自言取材《天寶遺事》等書入手，對於洪昇〈自序〉中所提明傳奇《驚鴻記》似都不以為意。筆者深入追蹤後，發覺《驚鴻記》對《長生殿》情節轉化可能強過以往聚焦的幾本相關文本，將分數小節於後展開討論。

　　在進入正題之前，先就所用《驚鴻記》版本及其作者相關問題略作交代。本文所用《驚鴻記》版本為康保成點校的中華書局《明清傳奇選刊》本[1]，它是臺灣較易見到的參考版本，且建基在：

> ……以萬曆十八年序刊本為底本，以世德堂本為主要參校本，同時參考了《群音類選》中的有關選齣。底本一般不作改動，改動輒出校；異體字改動不出校。沈肇元、吳叔

---

[1]　與《鹽梅記》合刊，2004 年 7 月，1 版 1 刷。

> 華的兩篇〈敍〉，除影印置於書前外，還另加標點，供研
> 究者參考。筆者在點校時參考了竹村則行先生的有關成
> 果，……。[2]

各版本異文並不多，且不妨礙推論，故以此為論述底本。

又，康保成據兩〈敍〉及一些資料對「作者吳世美」這個問
題提出不同以往的獨到見解──作者可能不是吳叔華（世美），
而是其仲兄。吳書蔭在其《曲品校註・後記》中也提到作家隱姓
埋名的現象：

> 明代戲曲作家鄭之文，寫完《芍藥記》傳奇後，向友人黃
> 汝亨求序。黃氏復信說：「鄙意則以吾仗雲氣直上，有千
> 秋無窮之業，刻此傳願少隱香名，如湯若士清遠道人之
> 題，庶不刺俗人忌才者之眼。」（《寓林集》卷二七）玩
> 味文意，這後一句不過是託辭。其實封建士大夫大多鄙薄
> 戲曲，認為不登大雅，如染指此道，應隱姓埋名，否則會
> 招致物議。正因為這樣，過去許多作者姓名不彰，生平事
> 迹不易稽考；其作品或自生自滅，或屢遭兵燹之厄，幾乎
> 散失殆盡，難以探本溯源，得窺原貌。[3]

這使筆者想到〈鶯鶯傳〉（〈會真記〉）作者假小說自敍風流韻
史卻託名張生一事，安知《驚鴻記》之敍不會是元稹另立分身張

2　《驚鴻記》，〈前言〉頁6。

3　《曲品校註》，吳書蔭校註，中華書局，1990 年 8 月，1 版 1 刷，頁
　　484。

生的翻版？這類事其實頗值得探討，只是非本文重心。且不管作者是誰，生平都非常簡略，甚至可說「不詳」，因此本論文也就沒有著墨於此。

二、洪昇〈自序〉為何提及《驚鴻記》，並歎其「未免涉穢」？

　　李、楊故事相關傳說及史料載籍不少，洪昇在《長生殿·自序》中提到〈長恨歌〉、《秋雨梧桐》、《驚鴻記》、《天寶遺事》；〈例言〉增提〈長恨歌傳〉、《楊妃全傳》：第一齣〈傳概〉又云「借太真外傳譜新詞」等等取材出處。其中令人不解的是明傳奇只提了《驚鴻記》一劇，且微微歎其「未免涉穢」而已，彷彿白璧微瑕。然就以明代戲曲評論家呂天成《曲品》一書來看，《驚鴻記》是被擺在中下品，評價並不高。今視其關目結構也確實不佳，洪昇大可不必特別青睞，且為之喟歎。但若重新省視其〈自序〉開首數句及對照《驚鴻記》與《長生殿》的結局，會發現《驚鴻記》對洪昇創作李、楊故事的影響非可小覷。

　　《長生殿·自序》云：

　　　余覽白樂天〈長恨歌〉及元人《秋雨梧桐》劇，輒作數日
　　　惡。南曲《驚鴻》一記，未免涉穢。……[4]

---

[4]　《長生殿》，洪昇原著，徐朔方校注，里仁書局，1996 年 5 月 30 日初版。〈自序〉頁 1。

從上也許會以為，明南曲《驚鴻記》是因其中描繪楊貴妃與安祿山有曖昧關係而不獲洪昇青睞。但他究竟不滿意唐白居易或元白樸作品的原因何在？關鍵在「惡」字作何解，筆者以為這才是語焉不詳的原因所在，若「惡」念成「ㄜˇ」，同噁心之「噁」，則可能是指楊貴妃與安祿山私情之事令洪昇噁心欲嘔，難而這僅是《梧桐雨》中才有的情節，〈長恨歌〉根本對此一字不提；更何況按其語意，南曲《驚鴻記》令他不滿意的地方應與前二者不同。那麼前二者有無相同之處，有！二者皆以悲終，即「天長地久有時盡，此恨綿綿無絕期。」之憾。故這是洪昇「厭惡」（若讀成「ㄨˋ」）它們的地方，所以〈密誓〉中將「此恨綿綿無絕期」改成「此誓綿綿無絕期」。然而，「惡」除了念「ㄜˇ」、「ㄨˋ」之外，還可念成「ㄜˋ」，指不好、身心不適。而且「輒作數日惡」語出有典：

> 《晉書・王羲之傳》云：謝安嘗謂羲之曰：「中年以來，傷於哀樂，與親友別，輒作數日惡。」

細繹李、楊故事若可能引發洪昇「與親友別」之感，這正是所謂「哀樂中年」者最不堪之「惡」。《長生殿》的〈自序〉寫於康熙己未（1679）仲秋，洪昇（1645-1704）三十五歲，正值中年，故〈長恨歌〉、《秋雨梧桐》中所透露出的「長恨」，自然令洪昇感傷，而恰巧洪昇在三十四、五歲之際有二首詩相繼透顯傷感情緒：

> 《稗畦集・戊午除夕》：

牢落仍如故，年華忽又新。一家歧路哭，六載異鄉人。
臘盡難留夜，星移漸入春。燈前對兒女，脈脈轉思親。[5]

《稗畦續集・己未元日》：
大地春回日，羈人淚盡時。七年身泛梗，八口命如絲。
覽鏡知顏改，聞鐘覺歲移。空懷拊髀恨，終愧弱男兒。[6]

足證洪昇的「感傷」情懷與《長生殿》的構思起源是有相當程度
關聯的，至於感傷何所來？長期以來大都認為跟洪昇父親遇難有
關，而值得留意的是，今人劉輝校箋的《洪昇集》，詩題首字作
「送」、「寄」者特別多，或與親人、或與友朋，「中年以來，
傷於哀樂」之感傷寄懷實多。從此一角度來看〈長恨歌〉、《秋
雨梧桐》與《驚鴻記》最大的不同，當然就不是在文采上，而是
現實生活的渴望之投射，自身與親友的不能長相聚，與李、楊的
「天長地久有時盡，此恨綿綿無絕期。」也就感同身受；而《驚
鴻記》的大團圓結局，唐明皇與梅妃不但安度安史之亂，又與成
仙之楊貴妃重逢，自然是洪昇生命中虛構的自娛。

　　然昔因《驚鴻記》不同版本一藏北京大學圖書館；一藏日本
大谷大學圖書館。後來前者收於《古本戲曲叢刊》第二集影印發
行，但仍不易購睹。讀者輾轉藉由他書介紹而生誤解，以為「未
免涉穢」是指楊貴妃與安祿山有淫穢姦情，這顯然與《秋雨梧
桐》混為一談。《驚鴻記》通篇並無兩人苟合之鋪排，只有「洗

5　見《洪昇集》，劉輝校箋，浙江古籍出版社，1992 年 8 月，1 版 1 刷，
　　卷二，頁 249。
6　見《洪昇集》，劉輝校箋，卷三，頁 415。

兒會」一事有所交涉，但作者卻無意使用任何片言隻字暗示楊、安有野史般醜聞，所以，洪昇所嫌應非如《秋雨梧桐》一劇中之楊、安曖昧關係，也不一定是指唐明皇周旋於楊貴妃、梅妃間之風流荒淫，疑指唐明皇迎娶子媳壽王妃楊玉環一事——在《長生殿》中已四兩撥千金，將楊貴妃改為以「宮女」身分見寵，可見洪昇有意避此一淫穢史實，將之轉為半虛擬人物的愛情。

三、《驚鴻記》對洪昇三易稿《長生殿》的可能啓迪

洪昇在《長生殿‧例言》云：

> 憶與嚴十定隅坐皋園，談及開元、天寶間事，偶感李白之遇，作《沉香亭》傳奇。尋客燕臺，亡友毛玉斯謂排場近熟，因去李白，入李泌輔肅宗中興，更名《舞霓裳》，優伶皆久習之。後又念情之所鍾，在帝王家罕有，馬嵬之變，已違夙誓，而唐人有玉妃歸蓬萊仙院、明皇遊月宮之說，因合用之，專寫釵合情緣，以《長生殿》題名，諸同人頗賞之。樂人請是本演習，遂傳於時。蓋經十餘年，三易稿而始成，予可謂樂此不疲矣。[7]

可惜的是，前二稿已佚，《長生殿》中李白已被處理為暗場，一語帶過，李泌輔肅宗事全無，所以，徐朔方認為：

7　《長生殿》，洪昇原著，徐朔方校注，〈例言〉頁1。

《沉香亭》傳奇應該在寫作自序的一六七九年以前就已經寫好了。這是《長生殿》的第一個稿本。據同一篇〈例言〉所說，《長生殿》的第二個稿本《舞霓裳》的內容是以「李泌輔肅宗中興」去代替李白的故事，和〈自序〉所說的《長生殿》的內容也是不同的。它也應該是一六七九年以前的作品。……第三個稿本……至遲當在一六七九年開始，……大約在一六八八年完成。徐靈昭序說：「歲戊辰（一六八八年）先生（洪昇）重取而更定之」。第二年發生了演《長生殿》之禍，所以戊辰不能是第三個稿本開始寫作的一年，而是定稿的一年。洪昇自己說的「經十餘年三易稿而成」的創作過程，大體說來就是如此。[8]

章培恒則參照洪昇詩文內容，在其所撰《洪昇年譜》[9]著作中更明確指出《沉香亭》作於康熙十二年（1673）；《舞霓裳》成於康熙十八年（1679）；《長生殿》改於康熙二十七年（1688）。一個人經歷十餘年風雨際遇，寫作主角的大挪移，並非不可能。孫書磊根據章培恒的斷年對「《長生殿》題材選擇的現實寫照性」作了一番分析，認為：

> ……而仕途的失意，讓其回鄉之際倍感羞慚。政治追求的失敗，家難的困擾，生計的艱辛，使身處困頓與屈辱中的洪昇一旦接觸李白事述，便從李白坎坷的一生中，感受到

8　《長生殿》，洪昇原著，徐朔方校注，〈前言〉頁4。

9　《洪昇年譜》，章培恒著，上海古籍出版社，1979年2月，1版1刷。

　　　自己與李白精神上的契合。……《沉香亭》中李白形象，
　　　遂成洪昇寄托精神和理想的載體，流露了其對當時社會壓
　　　抑人才的憤懣與不滿。

文人借古人酒杯澆自己心中塊壘，在傳奇此一文體自不例外，寫
李白以自喻不難理解。接著其云：

　　　……一方面不滿「三藩之亂」給人民和社會家庭帶來的災
　　　難，另一方面，潛在的民族意識又使他苦苦思索真正的民
　　　族興旺之路。此時，洪昇思想中的個人功名利祿成分漸趨
　　　淡化，而民族興亡感、社會與歷史的責任感逐漸加強。在
　　　此情況下創作的《舞霓裳》去掉原《沉香亭》中的李白形
　　　象，而添加李泌報國無門、退隱入道的經歷，曲折地表達
　　　了洪昇對仕進的痛苦揮別和對統治集團的最終失望。[10]

這段分析說「添加李泌報國無門、退隱入道的經歷」，筆者因未
見《舞霓裳》原著，不便置喙。但欲從另一角度切入，即《驚鴻
記》中有李泌高士，受唐明皇重用，委輔太子平安史之亂，戲份
及劇中人物形象都比郭子儀重要。此一人物非但報國有門，事成
還如范蠡、張良般急流勇退，也與《長生殿·例言》所謂「入李
泌輔肅宗中興」吻合，故鄙意以為除洪昇自身際遇可能有關外，

10　以上兩段引文參見孫書磊，〈《長生殿》：文人歷史劇對歷史的合理
　　「誤讀」〉，收於謝柏梁、高福民主編《千古情緣：《長生殿》國際學
　　術研討會論文集》，上海古籍出版社，2006 年 12 月，1 版 1 刷，頁 137-
　　149。

第二稿的重大改動，與閱讀《驚鴻記》的經驗之關聯性，實也不容忽略。至於第三稿創改動機，洪昇自己說得非常明確，就不再贅引辨正。

四、《驚鴻記》與《長生殿》在關目上的轉化

由於洪昇自己所提素材來源已不少，還包括「玉妃歸蓬萊仙院、明皇遊月宮之說」等傳說以足成其曲終奏雅。但作者是否完全交代素材或情節如何剪裁，之間的微妙轉化，恐因讀者的不同，而有千百種相異的體悟。

例如《牡丹亭》作者湯顯祖只在〈作者題詞〉說取材了三則簡單志怪小說：「晉武都守李仲文」、「廣州守馮孝將兒女事」、「漢睢陽王收拷談生」，雖自言「予稍為更而演之」，但誰都知道這三則故事只能是一種類型，不是一種規模粗具的情節架構。兼之，後來又有〈杜麗娘慕色還魂〉話本、〈杜麗娘記〉文言小說的發現，更加證明創作心靈的幽微難測。言歸正傳，擬以《長生殿》之「樂極哀來」、「釵盒情緣」兩重主題線索來看其與《驚鴻記》的關係，外加結局來談，故以下再分三小節論述：

（一）「樂極哀來」

《驚鴻記》的主題非常明顯，不在愛情，而是在寄託「懷才不遇」之悲情。而不遇的原因則是昏君荒淫，己才遭忌。兩篇敘及第一齣創作動機之剖白，三者口徑一致。

沈肇元〈敘《驚鴻》〉云：

《驚鴻記》者，余友人仲子所為。睥睨滑稽，為東方齕世之語，以寄其牢騷不平之氣者也。仲子雅負才，目無人士，尤善建安而下諸詞賦。一日為科制所縛，悒怏謂余曰：「滄浪之歌，萍實之謠，亦足會致。丈夫屈首受書，豈必餖飣字句，拘拘博士家言哉！」蓋扼腕月餘，而《驚鴻》遂成。

叔華周鄭王〈《驚鴻記》敘〉則說：

……使夫清時蓋臣，知禍天下止一女子。而女子之姣如江氏者，不得歌詞品題，猶之隨珠下玉，陸沉海沒。澡士冶女，殊途一致。顯微闡幽，所以寄哀。斯仲氏鬱鬱之懷，耿耿之恨。

作者多口洞天人於第一齣〈本傳提綱〉更是憤呼：

……不遇文人才士，沉埋黃土誰知。

末齣（三十九）〈幽明大會〉下場詩亦嘆：

生不逢辰可奈何，且裁伶語任婆娑。……[11]

明顯與《長生殿》「釵盒情緣」、「樂極哀來」有別，雖說洪昇

11　以上四段引文分見《驚鴻記》正文前頁 7、9 及正文頁 1、101。

在第十齣〈疑讖〉亦頗有藉郭子儀之口嘆懷才不遇，但重點仍在暗示楊貴妃之死的讖詩上，「懷才不遇」轉為主題乃是改為折子戲〈酒樓〉時才形成的。雖說如此，《驚鴻記》既是與歷史有關之劇，文中必然少不了涉及興亡之感，而此感又必然導源於李、楊的荒淫生活或帝王的昏庸，因此字裡行間免不了「樂極哀來」一類垂戒來世的情節設計與詞句閃現，這對身為讀者或觀眾的洪昇不可能沒有絲毫潛意識的勾動。

例如《驚鴻記》第一齣〈本傳提綱〉【漢宮春】唱：

……看往代荒淫敗亂，今朝垂戒詞場。[12]

第五齣〈君臣宴樂〉唐明皇忽問李白：

卿曾記漢武帝〈秋風辭〉乎？辭云：「歡樂極兮哀情多」，朕與諸學士今日歡樂已極，不覺哀情頓生。[13]

第九齣〈楊妃入宮〉，李抱楊唱著「準備著朝朝暮暮樂未央」[14]已逐漸將享樂推往荒淫的程度。第十一齣〈權奸獻諛〉安祿山窺及楊妃受寵，君臣荒淫，正是他得志之秋，遂獻助情花以助唐明皇「千秋樂未央」[15]。這種樂極會生悲的道理人人都覺察得到，卻不一定真能及時回頭。第十八齣〈花萼霓裳〉唐明皇再度於歡

12　《驚鴻記》，頁 1。

13　《驚鴻記》，頁 10。

14　《驚鴻記》，頁 20。

15　《驚鴻記》，頁 24。

宴中戚然不樂，說出「正是酒闌人倦，不覺樂極悲生。」[16]而當祿山叛逆，馬嵬殺妃後，反倒是第二十八齣〈梅妃投庵〉先讓梅妃唱出「是霓裳攪禍，是霓裳攪禍。我苦盡不甜來，你樂極還悲至。」[17]既暗喻懷才不遇，也指出興亡之道。至第二十九齣〈父老遮留〉方讓唐明皇罪己「此朕之不明，悔無所及。」[18]而楊貴妃本人之悔僅於第三十九齣〈幽明大會〉唱出：「端的是妾誤您，《霓裳羽衣》，太痴迷，雲雨朝夕，樂極悲至。……」情節之安排漸進與《長生殿》相若；更與《長生殿・自序》中所明示暗合：

> ……然而樂極哀來，垂戒來世，意即寓焉。且古往今來，逞侈心而窮人欲，禍敗隨之，未有不悔者也。玉環傾國，卒至隕身。死而有知，情悔何極！苟非怨艾之深，尚何證仙之與有。[19]

但如果極相似之外，洪昇所撰沒有極相異之處，就無能造就《長生殿》的掩古蓋今之光采。他與前者不同處正是楊貴妃「死而有知，情悔何極！苟非怨艾之深，尚何證仙之與有」的部分，也是洪昇獨步千古，傾半部《長生殿》之力勝比《驚鴻記》幾句悔恨之詞，更著力刻畫愛情，並轉其為第一主題之處。

16　《驚鴻記》，頁 42。
17　《驚鴻記》，頁 73。
18　《驚鴻記》，頁 75。
19　《長生殿》，洪昇原著，徐朔方校注，〈自序〉頁 1。

（二）「釵盒情緣」

　　次者談的是愛情這一主題，問題看似較複雜，實則簡單。《驚鴻記》壓根就不把唐明皇當成是多情天子，更別說是罕有的專情帝王。因此梅、楊二人都不是為了凸顯愛情而存在。梅妃只是劇中作者遭忌不遇被冷落的投射者，楊貴妃也只是用來襯托唐明皇的荒淫好色與昏庸。而且楊貴妃反而更淪為楊國忠一類進讒的小人，比紅顏禍水更等而下之了。因此作為李、楊定情物的金釵鈿盒，在《驚鴻記》中就微不足道。而看在洪昇靈眼之中，此二物卻是縮結主題與關目的重要意象，更別說是穿梭牛郎織女於其間了。洪昇好友吳舒鳧就曾於最末一齣〈重圓〉評云：

> 釵盒自定情後凡八見，翠閣交收，固寵也。馬嵬殉葬，志恨也。墓門夜玩，寫怨也。仙山攜帶，守情也。璇宮呈示，求緣也。道士寄將，徵信也。至此重圓結案。大抵此劇以釵盒為經，而借織女之機杼以織成之。鳴呼！巧矣。[20]

---

[20] 關於金釵鈿盒之重要幾乎無人不曉，這裡要補充的是實際被拿出的次數與齣次並非洪昇好友吳舒鳧所指的八齣，而是九齣：第二齣〈定情〉、第十九齣〈絮閣〉、第二十五齣〈埋玉〉、第三十齣〈情悔〉、第四十齣〈仙憶〉、第四十七齣〈補恨〉、第四十八齣〈寄情〉、第四十九齣〈得信〉、第五十齣〈重圓〉——也許吳氏所謂「釵盒自定情後凡八見」是指〈定情〉之後加八次，只可惜批文只見提示八處轉折。今之學者多不察而沿用，至廖玉蕙先生《細說桃花扇——思想與情愛》，臺北市：三民書局，1997 年 6 月，初版，頁 149。才指出有九齣，但仍不正確，其中漏〈仙憶〉而誤添〈尸解〉。趙山林先生〈專寫釵盒情緣——《長生殿》怎樣寫情〉一文中指出：「另外，第二十七齣〈冥追〉、第

反觀《驚鴻記》的釵盒情緣就無此繁複多見且深刻的意義。除此，只見楊貴妃和梅妃的爭寵、與唐明皇的不專情。試看第十齣〈兩妃妒寵〉面對面以詩各譏對方「肉勝」、「骨勝」，僵持不下，高力士居然插科打諢云：

> 「唐朝女英伴娥媓，趙家姊妹共昭陽。梅娘娘休要吃醋，楊娘娘不用着忙。」有一件，只求爺爺今夜，與兩位娘娘在花萼樓上睡罷。……樓上有長枕大被，娘娘們滾做一床，爺爺省得搬來搬去，娘娘省得爭短爭長。[21]

這大概就是洪昇〈例言〉中所謂的：

> 近唱演家改換，有必不可從者，如增虢國承寵、楊妃忿爭一段，作三家村婦醜態，既失蘊藉，尤不耐觀。[22]

再從《驚鴻記》齣次的安排，第三十四齣〈南內思妃〉說本想跟梅妃「同諧百歲，不料卒然禍起。今日還宮，已難起玉真于九泉，尤想申梅亭之永誓。遍訪民間，未見蹤跡……」[23]也就是

三十二齣〈哭像〉、第四十齣〈仙憶〉、第四十一齣〈見月〉、第四十三齣〈改葬〉、第四十九齣〈得信〉等齣中，也曾出現，或通過人物之口反覆提及。所以金釵鈿盒在《長生殿》中的出現，還不止吳舒鳧所說的八次，而是更多。」（《南京大學學報》2006 年第八卷第一期）但若以通過人物之口計算，也非趙氏所言而已，「而是更多」。

21　《驚鴻記》，頁 22。
22　《長生殿》，洪昇原著，徐朔方校注，〈例言〉，頁 2。
23　《驚鴻記》，頁 89。

說，梅亭「永」誓可以因楊貴妃出現奪寵就立刻煙消；玉真不死，就不會想找梅妃慰己寂寥。至於第三十五齣〈馬嵬移葬〉卻又透過念奴、高力士的對話寫上皇必然睹香囊舊物「轉增憔悴」。第三十六齣〈入觀遇梅〉李、梅重逢玄都觀，梅妃可憐楊妃死於馬嵬，李卻說出「那時節，始信卿卿幸未隨」，對玉環之死似嫌無可奈何而已，甚而有點為梅妃感到慶幸。但最末三齣卻又回到對楊貴妃的哀悼上，聽說有她的消息隨即欲一見以解思念。最後是楊貴妃以太一玉妃仙師身分出現，李「欲玉妃憐而收之」，梅願「拜事玉妃，為奉事弟子」云云作結。真無鍾情可言，故說愛情絕非作者所要側重的主題之一。[24]也難怪洪昇要將梅、楊其中一人作暗場處理，同時讓唐明皇由多情天子走向專情帝王，跨越生死去將綿綿無絕期的「此恨」轉化為「此誓」。[25]

（三）結局及其他

第三部分要來談談《驚鴻記》的結局。作者是讓唐明皇生時即如漢武帝召李夫人般，見到楊貴妃道服手持青紼出現眼前，與洪昇安排唐明皇魂飛月宮重圓不同，這倒無可厚非。但兩人款款傾訴衷情時，《驚鴻記》卻安排李白問候楊貴妃，楊貴妃道出己乃太一玉妃，而李白前生亦為方壺仙吏，已屬突兀，之後又說「聽我道來，唐天子乃孔昇真人，梅夫人乃王母侍女許飛瓊

---

[24] 分見《驚鴻記》，頁91、94、100。

[25] 《長生殿》第二十二齣〈密誓〉洪昇將〈長恨歌〉最末兩句「天長地久有時盡，此恨綿綿無絕期。」改為李、楊死生守之的誓詞——「天長地久有時盡，此誓綿綿無絕期。」一字之差，立意頓轉，這是洪昇的高明之處。見《長生殿》，頁143。

也。」[26]楊貴妃同時度脫三人，實令人有雜糅傳說、亂無章法之
感。

　　《長生殿》第五十齣〈重圓〉亦有「玉帝敕諭唐皇李隆基、
貴妃楊玉環：咨爾二人，本係元始孔昇真人、蓬萊仙子。偶因小
譴，暫住人間。今謫限已滿，准天孫所奏，鑒爾情深，命居忉利
天宮，永為夫婦。」[27]之說，也許此安排源於《驚鴻記》的結
局，兩者似乎都將「情緣總歸虛幻」[28]。《驚鴻記》因主題不在
愛情，所以，陰陽兩隔之情所占篇幅極少，虛化愛情極速，因它
強調的是「竟雞皮鶴髮，悔却悟來遲。」[29]而洪昇是將情緣昇華
入永恆不滅的虛幻之天宮，「永為夫婦」，兩者大大不同，天壤
之差。當然，洪昇在借鏡此一關目，前半部曲文中早已處處安排
楊貴妃之才貌皆似非人間者所能有，來暗示她的前生。雖《驚鴻
記》並非沒有提及，只是若有若無，似不刻意如此，因此結尾處
楊貴妃身列仙籍，洪昇處理的較為水到渠成，而兩本之有此相似
之處，也許是來自白樸《秋雨梧桐》的一句讚美之詞——「絕類
嫦娥」[30]，否則只能說同採傳說而成[31]。至於「孔昇真人」之

26　《驚鴻記》，頁 100。

27　《長生殿》，頁 305。

28　《長生殿》，〈自序〉，頁 1。

29　《驚鴻記》，頁 100。

30　白樸《唐明皇秋葉梧桐雨雜劇》中唐玄宗曾云：「去年八月中秋，夢遊
　　月宮，見嫦娥之貌，人間少有；昨壽邸楊妃，絕類嫦娥⋯⋯。」見《元
　　人雜劇選》，世界書局，1989 年 10 月，4 版，頁 80。

31　關於楊貴妃為蓬萊仙子或月殿嫦娥、梅妃的杜撰等等，曾師永義先生
　　《俗文學概論》〈柒、楊妃故事〉有相關闡述可供參考。三民書局，
　　2003 年 6 月，初版 1 刷，頁 529-550。

說，兩者都是突如其來，毫無鋪排暗伏。只不過洪昇為讓李、楊永為夫婦而落此鑿痕，還是較勝一籌。尤其刪掉李白、梅妃前世之舉，實為明智。

　　除此之外，從前以為源於《秋雨梧桐》的細微之處，在《驚鴻記》的現形被選刊普及之後，洪昇提及此劇的用意也就較為明朗。雖說「影響」的界義不易嚴格釐定，但筆者認為從閱讀之後轉為創作的微調上，不宜太理論化或狹義化，雖說文學家的思考是十分活躍縝密的，正因有如此無限的可能，只要能找出蛛絲馬跡，它就存在一種相關性。

　　兩劇的關係，徐朔方有過一段話：

> 洪昇曾經對《驚鴻記》很不滿意，但是《驚鴻記》的〈翠閣好會〉、〈七夕私盟〉、〈胡宴長安〉、〈馬嵬殺妃〉、〈父老遮留〉、〈馬嵬移葬〉對《長生殿》的〈絮閣〉、〈密誓〉、〈罵賊〉、〈埋玉〉、〈獻飯〉、〈改葬〉應該是多少有過借鑑作用的。《驚鴻記》全劇以〈仙客蜀來〉、〈幽明大會〉作結束，也是《長生殿》的先聲。雖然以整個戲曲說起來，《驚鴻記》遠不能和《長生殿》相比。[32]

前面已對「未免涉穢」四字討論過，洪昇對《驚鴻記》說不上「很」不滿意。結局也比較過，加上未談及的部分，基本上筆者與徐朔方意見相近。要補充的是，兩本的旦腳扮演劇中人物不

32　《長生殿》，頁 24。

同，一為梅妃、一為楊貴妃，戲份比例不同，自然有些情節會有
調整。尤其是《長生殿》中梅妃自身整個消音、沒了戲，想當然
耳，《驚鴻記》裡梅妃的一些事蹟自會移轉到李、楊的互動上。
如《驚鴻記》梅妃的被貶及南宮遇楊，與《長生殿》〈傍訝〉、
〈獻髮〉、〈絮閣〉等幾齣非常類似，而《驚鴻記》遠不能與
《長生殿》比的原因，不在於梅妃的遭遇換成楊貴妃的遭遇而
已，更在於洪昇的巧思設計。洪昇置入虢國夫人的受寵與梅妃從
冷宮中被復召，除了說明楊貴妃對愛情的爭寵外，也反映了要一
個人專情，要先寫他的多情。而古人善於以二分法含括全部，即
唐明皇風流成性，不管是與楊貴妃有親戚關係的姊妹，還是毫無
血緣關係的嬪妃，甚至是久置冷宮的梅妃，他都無法忘情。當這
些風波都被擺平後，自然李、楊終於在長生殿七夕密誓，同步走
向專情，兩顆心只有都一致獨衷對方時，這段感情才能顯出真摯
的「愛」。反之，《驚鴻記》的唐明皇只是扒灰的荒淫帝王──
第九齣〈楊妃入宮〉下場詩即云：「天地近來作怪，周公孔子請
開。若非戲弄嫂子，教爾怎得扒灰。」[33] 整個朝廷，高力士幫刷
選美女，漢王好色如命戲梅妃，且找來駙馬楊廻、太師楊國忠詭
計（幫襯楊貴妃入宮）陷梅妃以避罪，似乎整個天寶年間朝廷突
然成了色情集團，通本《驚鴻記》不斷強調「聖上好色」，首鼠
兩端於楊貴妃與梅妃之間，試問如此，這段帝妃愛情能稱得上真
摯嗎？真要說專情者，梅妃勉強是作者用力之點，而她的專情卻
遭冷落，還安排避安史之亂入道觀，這恐怕想表達的還是作者懷
才不遇、欲走而入道之心態，難怪要譫說「周公孔子請開」。從

---

[33]　《驚鴻記》，頁 20。

此一視角觀之，《驚鴻記》較成功之處還是兩敘所言之旨。

　　再來續看的是，《驚鴻記》的貢梅改貢荔枝，與《長生殿》之進荔枝果也有雷同點，只是仍然經過轉化，同中有異。同的當然是唐明皇對所寵妃子的實際恩賜行動，《驚鴻記》在李、楊七夕私盟前安排閩中荔枝驛使取代嶺南梅使，正式宣告「君王自棄驚鴻舞，不貢疏梅貢荔枝。」這處安排倒有畫龍點睛之妙，遂被衍化為《長生殿》中更為誇張的〈進果〉，海南道、西州道使臣爭相快馬加鞭欲於七日內趕貢荔枝進宮，不管民間疾苦，只為滿足楊貴妃個人小小的嗜食，間接側面反映皇恩浩蕩在一個女人的身上，遑論更全方位的澤被是如何地「逞侈心而窮人欲」。洪昇依然再細分為二，於〈禊游〉後半三國夫人赴游曲江途中遺落珍物，任由百姓拾去，道出與楊貴妃沾親者都如此，其本人受的賞賜實更難想像，兩相呼應也就全部反映了隨著李、楊極度奢華愛情的發展，隨之欲來的禍敗會是如何的驚天動地。

　　除了曲文關目的影響，音樂上有一齣的套數安排都是南北合套，即《驚鴻記》的〈翠閣好會〉和《長生殿》之〈絮閣〉，時地一樣，只是鬧絮者梅楊互異，前者生唱北曲旦唱南曲，似只能說梅妃委屈唱南曲較妥。洪昇卻應用得更為淋漓盡致，改讓氣急敗壞、理直氣壯，幾乎把握「抓姦在床」的楊貴妃唱北曲；小心翼翼把風的高力士與自知理虧、欲蓋彌彰的唐明皇唱南曲，達到曲情相融的地步，至今仍為人所津津樂道。凡此種種，都可看到《驚鴻記》倒映在《長生殿》的影子。除此當然還有不少可堪比對，但以上之論述應已足窺大半。

五、結語

　　本文跳脫過去談李、楊故事的流變史論述方式，不從起源一本本或一件件論起，因為這種寫法：一則會拾人牙慧甚多；一則可能變成泛論，無法深入深出，尤其一再被淺談的《驚鴻記》，可能永遠只占李、楊故事流變史的一兩段、兩三百字的篇幅。另外，為免過度節外生枝，《驚鴻記》受〈梅妃傳〉及其他可能來源的影響就只能略而不談。

　　經由論述策略的改動，本文看到了幾個重點：(1)洪昇所謂《驚鴻記》「未免涉穢」，與今之所見似有所差距，已予以深入辨正；(2)洪昇三易稿《長生殿》，第一稿以李白為主角；第二稿入以李泌輔肅宗中興事，今之第三稿中前二者幾已略去，卻可在《驚鴻記》裡清楚見到兩劇本之微妙關係；(3)《長生殿》釵盒情緣與樂極哀來的主題，後者很可能是承自《驚鴻記》而來；(4)結尾李、楊前身皆是仙胎，尤其唐明皇突被冠以孔昇真人稱號，兩本如出一轍，皆無前兆；(5)其他如《驚鴻記》梅妃的被貶及南宮遇楊與《長生殿》〈傍訝〉、〈獻髮〉、〈絮閣〉等幾齣非常類似；《驚鴻記》的貢梅改貢荔枝與《長生殿》之進荔枝果幾可說是雷同。最後，希望這些研究成果可以達到拋磚引玉之效，讓更多久被忽略的書重獲研究，繼而把一些斷裂的環結給銜接上。此乃筆者衷心所盼！

參考書目

（以出版社出版年月排序，不詳則置於該分類末尾）

一、古籍文獻（含校注、輯佚、集成）

錢南揚，《宋元戲文輯佚》，上海古典文學出版社，1956 年 12 月。

中國戲曲研究院編，《中國古典戲曲論著集成》，中國戲劇出版社，1959
　　　年 7 月，1 版，1982 年 11 月，4 刷。

洪昇著，吳舒鳧評點，《長生殿》，廣文書局，1968 年 6 月，初版。

王溥，《唐會要》，世界書局，1968 年 11 月，3 版。

李日華，《繡刻南西廂記定本》，臺灣開明書店，1970 年 4 月，臺 1 版。

徐霖，《繡刻繡襦記定本》，臺灣開明書局，1970 年 4 月，臺 1 版。

陸采，《繡刻懷香記定本》，臺灣開明書局，1970 年 4 月，臺 1 版。

陸采，《繡刻明珠記定本》，臺灣開明書店，1970 年 4 月，臺 1 版。

袁于令，《繡刻西樓記定本》，臺灣開明書店，1970 年 4 月，臺 1 版。

梁紹壬，《兩般秋雨盦隨筆》，正文書局，1974 年 1 月 1 日，初版。

劉昫等著，《舊唐書》，國泰文化事業有限公司，1977 年 1 月，初版。

歐陽修、宋祁等著，《新唐書》，國泰文化事業有限公司，1977 年 1 月，
　　　初版。

王利器輯錄，《元明清三代禁毀小說戲曲史料》，河洛圖書出版社，1980
　　　年 1 月，臺景印初版。

房玄齡等著，《新校本晉書並附編六種》，鼎文書局，1980 年 3 月，1 版。

董解元、王實甫著，凌景埏、王季思校注，《西廂記》（董王合刊本），
　　　里仁書局，1981 年 12 月 25 日。

元稹著，冀勤點校，《元稹集》，中華書局，1982 年 8 月，1 版；2000 年 6 月，2 刷。

陳壽，《三國志》，鼎文書局，1983 年 9 月，2 版。

錢謙益，《列朝詩集小傳》，上海古籍出版社，1983 年 10 月，新 1 版 1 刷。

王夢鷗校釋，《唐人小說校釋》，正中書局，1985 年 1 月，初版，1998 年 11 月，5 印。

李延壽，《新校本南史附索引》，鼎文書局，1985 年 3 月，4 版。

王實甫著，金聖歎批點，張國光校注，《金聖歎批本西廂記》，上海古籍出版社，1986 年 4 月，1 版 1 刷。

劉義慶編，徐震堮校箋，《世說新語校箋》，中華書局香港分局，1987 年 1 月，1 版 1 刷。

霍松林編，《西廂匯編》，山東文藝出版社，1987 年 9 月，1 版 1 刷。

湯顯祖著，呂碩園刪定，《繡刻還魂記定本》，臺灣開明書店，1988 年 4 月，臺 2 版。

徐復祚、袁于令著，姜智、李復波校點，《明清傳奇選刊：紅梨記、西樓記》，中華書局，1988 年 11 月，1 版 1 刷。

臧懋循編，《元曲選》，中華書局，1989 年重排版，1989 年 3 月，4 刷。

呂天成著，吳書蔭校注，中華書局，1990 年 8 月，1 版 1 刷。

夏庭芝著，孫崇濤、徐宏圖箋注，《青樓集箋注》，中國戲劇出版社，1990 年 10 月，1 版 1 刷。

朱彝尊著，《靜志居詩話》，人民文學出版社，1990 年 10 月，1 版。

古本小說集成編委會編，《古本小說集成》，上海古籍出版社，1990 年。

李漁，《閒情偶寄》，江蘇廣陵古籍刻印社，1991 年 9 月，1 版 1 刷。

王讜，《唐語林》（外十一種合刊），上海古籍出版社，1991 年 12 月，1 版 1 刷。

洪昇著，劉輝校箋，《洪昇集》，浙江古籍出版社，1992 年 8 月，1 版 1 刷。

李漁著，單錦珩校點，《李漁全集》（修訂本，全二十卷）第三卷《閒情偶寄》，浙江古籍出版社，1992 年 10 月，1 版 1 刷。

馮夢龍重定，俞為民校點，《馮夢龍全集：墨憨齋定本傳奇》，浙江古籍
　　出版社，1993 年 7 月，1 版 1 刷。

羅貫中著，《三國演義》，桂冠圖書股份有限公司，1994 年 4 月，2 版 5
　　刷。

臧懋循編，王學奇等校注，《元曲選校注》，河北教育出版社，1994 年 6
　　月，1 版 1 刷。

孔尚任著，俞為民校註，《桃花扇校註》，華正書局，1994 年 9 月，初
　　版。

王實甫著，王季思校注，《西廂記》，里仁書局，1995 年 9 月 28 日，初
　　版。

洪昇著，徐朔方校注，《長生殿》，里仁書局，1996 年 5 月 30 日，初版。

孔尚任著，王季思、蘇寰中、楊德平校注，《桃花扇》，里仁書局，1996
　　年 10 月 15 日，初版。

梁辰魚著，吳書蔭編集校點，《梁辰魚集》，上海古籍出版社，1998 年 7
　　月，1 版 1 刷。

董解元著，《西廂記諸宮調》，世界書局，1999 年 3 月，1 版 4 刷。

王實甫，《西廂記雜劇》，世界書局，1999 年 6 月，2 版 1 刷。

徐朔方、楊笑梅校注，《牡丹亭》，里仁書局，1999 年 10 月 31 日，初版
　　3 刷。

馮夢龍，《情史》，收於《中國禁毀小說百部》，中國戲劇出版社，2000
　　年 6 月，1 版 1 刷。

陸采、李日華，張樹英校點，《明清傳奇選刊：明珠記、南西廂記》，中
　　華書局，2000 年 11 月，1 版 1 刷。

袁閭琨、薛洪勣主編，《唐宋傳奇總集》【唐五代（上）】，河南人民出
　　版社，2001 年 9 月，1 版 1 刷。

黃竹三、馮俊傑主編，《六十種曲評注》，吉林人民出版社，2001 年 9
　　月，1 版 1 刷。

湯顯祖著，吳震生、程瓊批評，華瑋、江巨榮點校，《才子牡丹亭》，學
　　生書局，2004 年 4 月，初版。

吳世美、青山高士著，康保成點校，《明清傳奇選刊：驚鴻記、鹽梅記》，

中華書局，2004 年 7 月，1 版 1 刷。

錢德蒼編撰，汪協如點校，《綴白裘》，中華書局，2005 年 9 月，1 版 1
　　刷。

王實甫著，金聖歎批點，張建一校注，《第六才子書西廂記》，三民書
　　局，2008 年 5 月，2 版 1 刷。

湯顯祖著，陳同、談則、錢宜合評，《吳吳山三婦合評牡丹亭》，上海古
　　籍出版社，2008 年 7 月，1 版 1 刷。

俞為民、孫蓉蓉編，《歷代曲話彙編：新編中國古典戲曲論著集成‧清代
　　編‧第二集》，黃山書社，2008 年 8 月，1 版 1 刷。

湯顯祖著，徐朔方箋校，《湯顯祖集全編》，上海古籍出版社，2015 年 12
　　月，1 版 1 刷。

洪昇撰，樓含松、江興祐校注，《長生殿》，三民書局，2019 年 11 月，2
　　版 3 刷。

《四部叢刊初編》第四十九冊《大戴禮記‧本命》，景印無錫孫氏小綠天
　　藏明袁氏嘉趣堂刊本，商務印書館。

毛奇齡，《毛西河論定西廂記五卷》，誦芬室重校本。

二、今人論著

金夢華，《汲古閣六十種曲敘錄》，嘉新水泥公司文化基金會，1969 年 7
　　月，初版。

章培恒，《洪昇年譜》，上海古籍出版社，1979 年 2 月，1 版 1 刷。

莊一拂，《古典戲曲存目彙考》，上海古籍出版社，1982 年 12 月，1 版 1
　　刷。

寧宗一、陸林、田桂民編著，《元雜劇研究概述》，天津教育出版社，
　　1989 年 7 月，1 版 2 刷。

寒聲、賀新輝、范彪編，《西廂記新論》，中國戲劇出版社，1992 年 8
　　月，1 版 1 刷。

徐朔方，《晚明曲家年譜》，浙江古籍出版社，1993 年 12 月，1 版 1 刷。

鄧長風，《明清戲曲家考略》，上海古籍出版社，1994 年 12 月，1 版 1
　　刷。

蔣星煜，《西廂記新考》，學海出版社，1996 年 11 月，初版。

廖玉蕙，《細說桃花扇──思想與情愛》，三民書局，1997 年 6 月，初版。

郭英德，《明清傳奇綜錄》，河北教育出版社，1997 年 7 月，1 版 1 刷。

林宗毅，《西廂記二論》，文史哲出版社，1998 年 12 月，初版。

董每戡著，黃天驥、陳壽楠編，《董每戡文集》，廣東高等教育出版社，1999 年 8 月，1 版 1 刷。

杜貴晨，《傳統文化與古典小說》，河北大學出版社，2001 年 7 月，1 版 1 刷。

王立、劉衛英，《紅豆：女性情愛文學的文化心理透視》，人民文學出版社，2002 年 10 月，1 版 1 刷。

陸萼庭，《崑劇演出史稿》（修訂本），國家出版社，2002 年 12 月，初版 1 刷。

曾師永義，《俗文學概論》，三民書局，2003 年 6 月，初版 1 刷。

華瑋，《明清婦女之戲曲創作與批評》，中央研究院中國文哲研究所，2003 年 8 月，初版。

白先勇總策畫，《姹紫嫣紅牡丹亭──四百年青春之夢》，遠流出版事業股份有限公司，2004 年 4 月 10 日，1 版 1 刷。

白先勇總策畫，《曲高和眾：青春版牡丹亭的文化現象》，天下遠見出版股份有限公司，2005 年 11 月 30 日，1 版 1 刷。

謝柏梁、高福民編，《千古情緣：《長生殿》國際學術研討會論文集》，上海古籍出版社，2006 年 12 月，1 版 1 刷。

張燕瑾，《張燕瑾講西廂記》，天津古籍出版社，2011 年 7 月，1 版 1 刷。

三、學位論文

林宗毅，《「西廂學」四題論衡》，臺灣大學中國文學研究所博士論文，1998 年 6 月。

王琦，《袁于令研究》，華東師範大學中國語言文學研究所博士論文，2006 年 12 月。

洪逸柔，《六十種曲表記情節研究》，中央大學中國文學研究所碩士論

文，2011 年 1 月。

寇鵬飛，《明清女性戲曲理論批評研究》，陝西師範大學文學院碩士論
文，2011 年 5 月。

周玉軒，《袁于令與西樓記之研究》，中央大學中國文學研究所碩士論
文，2011 年 6 月。

四、期刊或論文集論文

徐扶明，〈袁于令與《西樓記》〉，《中國文學研究》，1996 年第 2 期。

華瑋，〈《才子牡丹亭》作者考述──兼及〈笠閣批評舊戲目〉的作者問
題〉，《中國文哲研究集刊》，第 13 期，1998 年 9 月。

陳多，〈《西樓記》及其作者袁于令〉，《徐州教育學院學報》，1998 年
第 4 期。

華瑋，〈論《才子牡丹亭》之女性意識〉，《上海戲劇學院學報》，2001
年第 1 期。

孫玫、熊賢關，〈晚明劇作中的青樓女子──略論《西樓記》、《紅梨
記》和《三生傳玉簪記》〉，《藝術百家》，2002 年第 1 期。

江巨榮，〈《才子牡丹亭》的歷史意蘊〉，《南京師範大學文學院學
報》，2002 年第 2 期。

江巨榮，〈《才子牡丹亭》對理學賢文的哲學、歷史和文學批判〉，《戲
曲研究》，第 66 輯，2004 年第 3 期；亦收於《湯顯祖與牡丹亭》
（上）（華瑋主編），中央研究院中國文哲研究所，2005 年 12 月。

徐錦玲，〈《牡丹亭》藍本綜論〉，《北方論叢》，2004 年第 4 期。

華瑋，〈情的堅持──談青春版牡丹亭的整編〉，收入《曲高和眾：青春
版牡丹亭的文化現象》，天下遠見出版股份有限公司，2005 年 11 月
30 日，1 版 1 印。

商偉，〈一陰一陽之謂道──《才子牡丹亭》的評注話語及其顛覆性〉，
《湯顯祖與牡丹亭》（上）（華瑋主編），中央研究院中國文哲研
究所，2005 年 12 月。

奚如谷（Stephen H. West）著，孫曉靖譯，〈論《才子牡丹亭》之《西廂
記》評注〉，《湯顯祖與牡丹亭》（上）（華瑋主編），中央研究

院中國文哲研究所，2005 年 12 月。

葉長海，〈理無情有說湯翁〉，上海戲劇學院學報《戲劇藝術》，2006 年第 3 期。

向志柱，〈《牡丹亭》藍本問題考辨〉，《文藝研究》，2007 年第 3 期。

劉明今、杜娟，〈「好色」與「意淫」──《才子牡丹亭》的評點旨趣〉，《中國文學研究》，第 10 輯，2007 年第 3 期。

徐龍飛，〈「霓裳羽衣」──《長生殿》中的一個重要物象研究〉，《中國戲曲學院學報》，第 28 卷第 4 期，2007 年 11 月。

王燕飛，〈論《才子牡丹亭》之男性意識〉，《中國古代小說戲劇研究叢刊》，第 6 輯，2008 年第 2 期。

陶慕寧，〈《霞箋記》與《西樓記》考論〉，《遼東學院學報》，第 11 卷第 1 期，2009 年 2 月。

党月異，〈《長生殿》審美意象的異質同構〉，《古代文學》，2010 年 7 月。

甄靜，〈明傳奇《懷香記》略論〉，《西安電子科技大學學報》（社會科學版），第 20 卷第 5 期，2010 年 9 月。

蔡孟珍，〈從明清縮編版到現代演出版《牡丹亭》──談崑劇重構的幾個關鍵〉，《成大中文學報》，第 32 期，2011 年 3 月。

華瑋，〈《牡丹》能有多危險？──文本空間、《才子牡丹亭》與情色天然〉，《文化藝術研究》，第 5 卷第 3 期，2012 年 7 月。

路露，〈從明傳奇《西樓記》之關目探究袁于令才子傳奇之筆墨〉，《文教資料》，2012 年 11 月號中旬刊。

楊杉，〈《牡丹亭》中的夫妻群象塑造〉，《華中師範大學研究生學報》，第 19 卷第 4 期，2012 年 12 月。

吳偉斌，〈元稹連昌宮詞新解〉，《廈門廣播電視大學學報》，第 3 期，2016 年 9 月。

馬強，〈唐代名笛手李謩的藝術生平構建〉，《湘南學院學報》，第 39 卷第 1 期，2018 年 2 月。

國家圖書館出版品預行編目資料

世間何物似情濃——古典言情名劇新探

林宗毅著. – 初版. – 臺北市：臺灣學生，2024.01
面；公分

ISBN 978-957-15-1933-3 (平裝)

1. 戲劇文學 2. 中國戲劇 3. 劇評 4. 文集

824.07   112022556

世間何物似情濃——古典言情名劇新探

著　作　者　林宗毅
出　版　者　臺灣學生書局有限公司
發　行　人　楊雲龍
發　行　所　臺灣學生書局有限公司
地　　　址　臺北市和平東路一段 75 巷 11 號
劃 撥 帳 號　00024668
電　　　話　(02)23928185
傳　　　眞　(02)23928105
E - m a i l　student.book@msa.hinet.net
網　　　址　www.studentbook.com.tw
登記證字號　行政院新聞局局版北市業字第玖捌壹號
定　　　價　新臺幣四〇〇元
出 版 日 期　二〇二四年元月初版